www.tredition.de

Die Autorin Lele Frank – sie selbst bezeichnet sich als Schreibwerkerin - wurde 1957 in Bad Kreuznach geboren, ist Bauingenieurin und hat über 35 Jahre in dieser Ellbogen-Branche gearbeitet. Ende 2012 gab sie Beruf und Firma aus persönlichen und gesundheitlichen (ausgebrannt) Gründen auf. Nach dem Ende einer dramatischen Beziehung entdeckte sie, die Liebe und Leidenschaft, Bücher zu schreiben. Mit ihrem ersten Buch

„Tanz der Optimisten", das eigentlich nur einen therapeutischen Zweck erfüllen sollte, hat sie sich ins Leben zurückgeschrieben.

Sie lebt an der Ostsee und bezeichnet ihre jetzige Tätigkeit als:

„Das Leben genießen."

AF201968

„Er liebt mich, er liebt mich schlicht",

ist nichts weiter als die wahren Wahrheiten einfach noch wahrer und wahrhaftiger zu verdrehen; sie einzufangen und niederzuschreiben in der Annahme, es möge sich - *hoffentlich* - keiner finden, der sich darin erkennen kann oder könnte.

Oder etwa doch...? Ist alles am Ende doch viel wahrscheinlicher als angenommen? Weniger gelogen als geglaubt und erlaubt? Dem launischen Leben auf sein Tun geschaut und, leise lächelnd, den Kopf geschüttelt, um dann so zu tun als habe man nichts gehört und gesehen. Das ist schließlich ein probates Mittel sich vor seiner eigenen Wahrheit zu drücken und temporär, sowie gelegentlich, zu erblinden für die Wahrhaftigkeit der Wirklichkeit. Und mal ganz ehrlich...: sind wir nicht alle ein bisschen... unfehlbar? Ein bisschen wunderbar und vollkommen, und im *(Irr)*-Glauben gefestigt immer das Richtige- das Gute zu tun, ganz selbstlos natürlich und voller Liebe und Nächstenliebe, verzehrend nach Reflektion und Applaus? Ja, so wird es sein. Wir sind vollkommen. Das Gegenteil zu behaupten wäre eine infame Lüge.

Abhängigkeit und Lobbyismus findet sich selbst in der allerkleinsten Zelle der Beziehung, Partnerschaft, Ehe oder Verbrüderung. Dumm nur, wenn man aus purer Gewohnheit die Liebe in ihrer reinsten Form, mit hinein in diese kühle Schale wirft. In diesem Gefäß würde sie umkommen und sterben, die Liebe.

Aber... an Humor soll es hier nicht mangeln, ist er doch - in seiner sauberen, aufrichtigen Form - stets ein Pflaster zur Hand.

Lele Frank

Er liebt mich,
er liebt mich schlicht.

Kurzgeschichten - Beziehungskisten

© 2017 Lele Frank
Umschlag, Illustration: © Lele Frank
Verlag: tredition GmbH, Hamburg

Paperback: ISBN 978-3-7439-5457-1
e-Book: ISBN 978-3-7439-5458-8

Inhaltsverzeichnis:

**Alle Personen in diesen Kurzgeschichten
sind frei erfunden, oder etwa nicht...**

(leise Vermutung)

Alles, Schweizer Käse

"Ob ich ihn denn nicht endlich heiraten wolle", fragte der mich, stell dir vor. Ganz offiziell will er die Sache haben, stell dir vor. Nein! Das kann sich niemand vorstellen, echt nicht. Was um Himmels Willen denkt der sich überhaupt, dieser halbverhungerte Gigolo", faucht sie empört ins Telefon.

"Der kann doch nicht ganz bei Trost sein, *der*", ereifert sie sich weiter und legt, eine nachdrückliche Betonung,, auf das letzte Wort.

"Hat seinen Kopf doch nur, damit es oben nicht hineinregnet und es irgendwo, eine sinnvolle Stelle hat, wo er etwas zu essen hineinstopfen kann, *der*. Auf meine Kosten natürlich, stell dir vor", stänkert sie noch abschließend, höchst entrüstet, und auf Zustimmung hoffend in den Hörer.

Aurora - so heißt die ebenso attraktive wie wohlhabende Anklägerin besagter Umstände, tritt wankend von einem baren pedikürten Fuß auf den anderen hin und her, und bemerkt nicht dass sie, vor lauter Aufregung, ihren weißen Kater viel zu feste an sich drückt, und der – sein Name ist Bogard – seit Minuten versucht, sich das behaarte Katzen-Leben zu retten. Als es ihm nun doch zu eng und Zuviel wird, befreit er sich unter Zuhilfenahme seiner scharfen Krallen, aus dem Würgegriff seines erzürnten, aufgebrachten Frauchens und springt, mit einem beherzten Satz, auf und davon, um die nächste Ecke.

Im sicheren Abstand einer Sofalänge sitzt die vornehm zurückhaltende Tuléar-Hündin, die von sich selbst glaubt, eine waschechte, ausgewachsene Löwin zu sein. Sie beobachtet, vornehm distanziert, wie immer, das etwas seltsame Schauspiel, das sich vor ihren dunklen Äugelein hier auftut. So außer sich, hatte Lakschmi – gerufen wurde sie simpel und kurz nur Laki – die schöne Dame, die täglich die köstlichsten Leckereien darbot und extra nur für sie alleine zum Einkaufen ging wenn etwas fehlte, noch nie im Leben gesehen. Die sonst eher ruhige Sanftmut persönlich – damit war Aurora gemeint - ließ nun sogar ihre Stimme in Höhen schwingen, wo es für so zarte Ohren wie die von Lakschmi, langsam anfing etwas unangenehm zu werden. Ihre Augen suchten aufmerksam nach Bogart, aber, der nicht gerade domestizierte, eigenwillige und etwas eingebildete Kater, schien durch den offenen Spalt der Terrassentür verschwunden zu sein. Pech!

„Nun...?", schrillte die sich überschlagende Stimme der barfüßigen Aurora, ungehalten und stark erregt in die Telefonmuschel, nah ihres Mundes.

„Nun was?", fragte die, aus der typischen Lethargie einer desinteressierten Zuhörerin aufgeschreckte, ziemlich beste Freundin, am anderen Ende der Telefonleitung.

„Was du dazu sagst, will ich wissen. Also wirklich... hörst du mir überhaupt zu?"

Agathe, so der Name der ziemlich besten Freundin, war so betrübt in ihre eigenen Gedanken versunken, dass sie wirklich das Ende von Auroras Beschwerde verpasst hatte. Gerade erst heute Morgen war ihr Ehemann Gerhard, zum werweißwievielten Male, ohne ein Wort des Grußes, geschweige denn unter Beigabe eines Kusses, hurtig durch die Haustüre geschlüpft, als gelte es einer großen Katastrophe zu entrinnen. In letzter Zeit benahm er sich höchst merkwürdig, um nicht zu sagen: geheimnisvoll und unverständlich. Nun, genaueres Hinsehen oder Beobachten dieser neumodischen, hoffentlich nur temporären Verhaltensabart, wollte sich Agathe lieber ersparen. Das würde sich sicherlich in Bälde wieder legen und er, der Gatte, würde zu den hübsch alten und vertrauten Gewohnheiten ihrer bewährten Ehe, zurückkehren als sei nichts gewesen. Vermutlich war es nur eine kleine Krise in der typischen Mitte des männlichen Lebens. Immerhin waren sie bald seit fast fünfundzwanzig Jahren verheiratet und die Silberne stand an. Und außerdem: Wenn man *zu* genau hinsah, es *zu* eng betrachtete, konnte man unter Umständen Dinge sehen, die unterm Strich niemandem nutzen; am wenigsten ihr selbst, beschloss Agathe und sah erblindet weg.

Wäre das herannahende Unglück ihrer Freundin Aurora, nicht so ungemein spannend gewesen, dann hätte es womöglich passieren können, dass sie, Agathe, aus Versehen versehentlich entdeckt hätte, dass ihr lieber Ehemann Gerhard, seit über einem Jahr ein handfestes Verhältnis mit einer Golfspielerin aus seinem Club hatte. Alle Welt wusste es; alle. Sie, Agathe, wollte nicht.

Und nun schien doch alles schief zu gehen. Agathe hörte nur mit einem Ohr zu, was ihre Freundin erzählte, weil sie ihr – das konnte sie nicht einmal vor sich selbst zugeben, so sehr schämte sie sich selbst über ihre Gendanken – eigentlich ein winzig kleines Unglück an den Hals wünschte. Diese Frau, so fand Agathe, hatte doch überhaupt keine Ahnung wie gut es ihr ging. Und außerdem: Es war in ihren Augen schon fast ein Affront vom lieben Gott – sie nahm das

9

sehr persönlich - gegen sie selbst, dass sie nie im Leben, so klassisch schön aussehen konnte und würde, wie ihre angeblich beste Freundin Aurora. Was sie auch anstellte, neben Aurora sah sie immer aus wie eine plumpe Sennerin, die, gerade die Verführungen der Modewelt entdeckt hatte und noch nicht wusste damit umzugehen.

Dieser schräge, allerdings unverschämt gut aussehende Drystan, war genau der richtige Mann gewesen. Er kam Agathe wie gerufen. Im Nullkommanix hatte er Auroras Herz im Sturm erobert, sie umschmeichelt, sie bezirzt, sich unentbehrlich im Haushalt gemacht und sich, sukzessive, so peu a`peu bei ihr eingenistet. Ganz schleichend. So, dass man es ihm gar nicht übel nehmen konnte. Die blanke Unehrlichkeit schillerte ihm aus den hinreißend veilchenblauen, wachen Augen. Nur Aurora sah darin die weißen Wolken des Himmels vorüberziehen.

Agathe riet ihrer Freundin mit warmen Worten zu dieser, naja... sagen wir mal: etwas ungleichen Verpaarung. Fakt ist, dass Aurora von zu Hause aus, mit einem höchst angenehmen Wohlstand ausgestattet worden ist, wogegen Drystan, der attraktive Prototyp eines unendlichen Versagers, sozusagen von der Hand in den Mund- oder von einem Bett ins nächste lebte. Seine äußerst ansprechende Optik machte ihm das Leben enorm leicht. Er wusste wie man auf Kosten anderer durchs Leben schlidderte. Selbst, war ihm im Leben, nichts gelungen was erwähnenswert gewesen wäre. Nichts. Noch nicht einmal als er sich als eleganter Zuhälter versuchte hatte. Selbst hier hatte er kläglich versagt. Und dann kam da eines Tages diese herrliche Frau auf ihn zu. Nein, so war es nicht. Sie kam nicht auf ihn zu, sondern sie fiel vom Himmel in der Form, dass sie bereits an einem der Tische saß, und nicht einmal bemerkt hatte, dass Drystan auf der Bildfläche auftauchte. Ihre Augen waren ganz und gar auf die ungehorsame Tuléar-Hündin gerichtet. Sie sah nicht – mit keinem Blick, dass er, Drystan, eigentlich schon einen anderen Tisch angesteuert hatte, bevor er sie entdeckte und den Kurs änderte. Im Handumdrehen hatte Drystan die Hunderasse auf seinem internetfähigen Smart-Phone ausfindig gemacht, schnell alles wissenswerte überflogen und sich gemerkt, nicht lange gefackelt oder überlegt, und sich aufgemacht Aurora zu fragen, ob er, gnädigst, an ihrem Tisch platznehmen dürfe, es sei ja schließlich nichts dabei. Er durfte.

Und von da an blieb er offensiv am Ball. Faszination über irgendwas oder irgendwen vorzuspielen, war ihm längst in Fleisch und Blut eingesickert. Aurora bemerkte nichts von seinem Spiel. Sie verfiel Zusehens in so viel zärtliche Aufmerksamkeit und stürzte nach obenhin ab.

Und nun... Nun ärgerte sich Agathe grün und blau. Nun ist Aurora ihm, dem schönen Drystan, anscheinend auf die Schliche gekommen. So ein verdammter Mist aber auch. Agathe fühlte sich augenblicklich, auf der Stelle wieder schlecht, weil sie jetzt alles davonschwimmen sah, worüber sie, ihr eigenes filigranes Glück, so hervorragend definieren konnte. Wie sollte sie nun ihr eigenes, verlogenes Klischee noch decken, wenn sie nichts Schadhaftes mehr sah, an dem sie sich messen- und vergleichen konnte? Wie?

Agathe unternahm einen zaghaften Versuch, Aurora zu beruhigen und vom Gegenteil zu überzeugen. Sie müsse sich irren und womöglich steigere sie sich in irgendetwas hinein, was es in Wirklichkeit überhaupt nicht gäbe, dozierte sie aufmunternd. Alles würde sich sicherlich bald aufklären, meinte sie zu wissen. Sie solle ihm doch nur eine Chance geben und nicht vorschnell urteilen. So eine wundervolle Beziehung gäbe man auch nicht so leichtfertig auf, sie müsse jetzt mutig kämpfen, riet sie selbstlos. Schließlich sei sie, Aurora, ja auch keine dreißig Jahre mehr jung, und sie solle es sich gut überlegen ob sie, so einen Leckerbissen wie Drystan, so ohne weiteres aus dem Hause jagen wolle.

Es dauerte nur einen winzig kleinen- etwas längeren Augenblick, bevor das von Agathe Gesagte, in Auroras Synapsen platznahm. Zuerst wanderten ihre Augenbrauen in die zentrale Mitte ihrer wohlgeformten Stirn, dann wurde ein tiefer Graben, zwischen eben beiden Augenbrauen, deutlich und markant sichtbar. Einmal, zweimal atmete sie bis tief unter die nackten Füße und dann, betrachtete sie fragend und zweifelnd, sekundenlang den Telefonhörer, den sie ein klein wenig von sich weghielt, um ihn besser sehen zu können. Entsetzt wollten ihre Augen aus dem Höhlen springen: Das schlägt dem Fass den Boden aus, dachte sie enttäuscht von so wenig Freundschaft, die ihr hier von Agathe, auf derart hinterhältige Weise entgegenschlug. Ihre ziemlich beste schlechte Freundin riet ihr, bei einem Mann zu bleiben, welcher sie nicht nur schamlos und ohne jeden Skrupel ausgenutzt hatte, sondern am Ende noch versuchte, sie um eine milde Gabe in sechsstelliger Höhe zu bitten. Für eine Eisdiele... Für eine Champagner-Eisdiele. Hier in Bern. Als gäbe es in Bern keine Eisdielen weit und breit, geschweige denn einen vernünftigen, trinkbaren Champagner zu verkonsumieren. Als warte die Stadt auf einen wie Drystan. Für wie blöd und unterbelichtet hielt er sie eigentlich? Dieses abgekartete Spiel war so offensichtlich und dumm, dass es ihr, der geübten Weltmeisterin in Gutgläubigkeit, sogar auffiel. Die Zweifel, die sich ihr auftaten, waren allesamt begründet und am Ende richtig vermutet. Der Vermieter angeblicher Gewerbefläche, war ein sehr guter und wohlvertrauter Freund von Drystan. Und besagter, augenscheinlicher Vermieter, war noch nicht einmal rechtskräftiger Eigentümer der erwähnten Räumlichkeiten, sondern nur der Verwalter, so schlecht und recht; mehr nicht als doch, auf jeden Fall aber nicht mehr lange. Und außerdem schon mehrmals insolvent, was sich sogar bis zur ahnungslosen Aurora herumgesprochen hatte. Bern ist schließlich keine Weltstadt; keine Metropole in der man sich ganz anonym verlieren kann. In Bern kennt sich der ein- oder andere Menschenkreis, zumal dann, wenn man ein so auffälliges Paar darstellte, wie es Aurora mit ihrem Galan Drystan gewesen ist. Die Menschen drehten sich gerne und neidvoll nach ihnen um, wenn sie ihnen begegneten, nach so viel harmonisierender Schönheit, die man so selten zu Gesicht bekam. Man sah nicht alle Tage optisch homogene Paare, verliebt durch die Straßen pilgern und auch noch miteinander reden. In dieser beschaulichen, langsamen Stadt war Aurora wer; längst vor Drystan, der erst seit vier Jahren in der Stadt lebte. Man kannte ihren Vater und hielt was von ihm. Aurora hatte ihm – auch wenn sie sich kaum an ihn erinnern konnte, weil er starb als sie noch ein kleines Kind war – den Ursprung ihrer heutigen Aussage zu verdanken, dass sie auch reich geworden sei, *ohne* dafür unnötig zu schwitzen. Zwar meinte sie das stets – mit einem Augenzwinkern - im Scherz, ahnte aber nicht, dass gerade deswegen, selbst der gefühlt freundliche, loyale Freundeskreis, hier und da, wenn auch für Aurora unsichtbar - den Neid von der Leine ließ.

Nun hatte sie den Beweis aus allererster Hand, respektive aus schnurlosem Telefonhörer: Man meinte es nicht aufrichtig und ehrlich mit ihr. Was war das denn für eine ziemlich beste Freundin, die ihr dazu riet durchzuhalten und Drystans Wünschen nachzugeben. Was? Was wollte sie ihr damit suggerieren? Das Glück? Die Liebe? Wirklich Liebe? Oder am Ende Verderben?

Was war Agathe eigentlich für eine Freundin? Von welcher Qualität war sie. Wo hatte sie in der Vergangenheit unbegrenzte Loyalität gezeigt, oder sich Zeit genommen wenn Aurora sie brauchte? Wie oft erzählte sie von eigenen Sorgen, wenn überhaupt? Die Antwort, welche Aurora sich selbst geben musste, dauerte keine volle Sekunde. Nie! Agathe stellte ihr eignes Leben immer nur als unantastbares Perfektions-Gebilde dar; als ihren Erfolg mit ihr als Ursache.

Aurora traf eine alles verändernde Entscheidung die sie für angemessen hielt. Sie nahm den Hörer wieder ans Ohr und sagte:

„Agathe… höre mir doch einmal kurz zu und lasse mich – wenn's sich einrichten lässt, bitte ganz kurz ausreden. Es dauert nicht lange."

Agathe bemerkte zunächst den Ernst in Auroras Stimme nicht, und meinte sagen zu müssen, dass sie es doch nur gut mit ihr meine. Um Liebe zu kämpfen, das würde sich doch immer lohnen.

„Agathe", sagte Aurora nochmals vergeblich in den Hörer. Aber die Freundin plapperte unbeeindruckt weiter, in dem sie Aurora die Zukunft in den schillerndsten Farben ausmalte. Fehlte nur noch, dass sie Zukunftsprognosen über die Rentabilität besagter Eisdiele anstellte. Agathe, die pensionierte, ehemalige Kindergärtnerin. Von betriebswirtschaftlichen Dingen, genaugenommen, so viel Ahnung wie ein Lurch vom Ponyreiten.

„Hör` zu", schrie Aurora, für sie, die eher leise Frau völlig unüblich, in den Hörer. Normalerweise verlor sie nie die Fassung, behielt immer die Contenance im Blick, die gute Erziehung. Dezente Unauffälligkeit im Dialog mit Stil sind ihr ganz wichtig. Ganz still, ganz ruhig wurde es auf der anderen Seite, dort wo die ziemlich beste Freundin, erstaunt und nicht wenig erschrocken, ihren Hörer kurz vom Ohr riss und ihn anstierte.

„Agathe", sprach Aurora nun wieder so sanft wie man es von ihr kannte; oder glaubte sie zu kennen. „Agathe, liebste Freundin", säuselte sie, gefährlich leise geworden. „Ich will dir jetzt mal etwas sagen, was dein und mein Leben, ab sofort, verändern wird. Hörst Du bitte gut zu?"
Agathe nickte am anderen Ende der Leitung, was Aurora natürlich nicht sehen konnte, weil sie ja nicht hellsichtig war, dieses Schweigen jedoch richtig interpretierte. Sie stellte sich Agathes lauerndes Gesicht bildlich vor, wie sie, auf eine weitere Sensation hoffend, neugierig die Ohren spitzte und sich schon eine weitere schlechte Empfehlung zurechtlegte.

„Leck mich am Arsch", sagte Aurora in aller Ruhe und legte den Hörer sachte auf.

Irritiert von diesem tiefen Seufzer des Ausatmens, hob Laki interessiert das Köpfchen und beobachtete die Dame dort am Telefon, die ihr geliebtes, angebetetes Frauchen war, und die mit ungekannter Lautstärke, ganz plötzlich, herzlich auflachte.

Aurora grinste Laki liebevoll an und sagte: „Na...? Was meinst du zu der ganzen Sache, mein Liebling. Brauche wir eine ziemlich beste Freundin, die uns in Wirklichkeit überhaupt nicht liebt?"

Laki war mit dieser Frage nun etwas überfordert, zumal ihr die Konsequenzen nicht hinreichend bekannt waren. Sie hatte es gut getroffen, in ihrem himmlischen Hundeleben; ihr fehlte es an nichts. Anstandshalber und pflichtbewusst, gab sie – um ihre Anteilnahme zu signalisieren – ein ebenso charmantes wie verlegenes Niesen von sich, was wohl eine Zustimmung bedeuten sollte. Zärtlich strich Aurora dem Hündchen über sein anmutiges Köpfchen und flüsterte, mehr zu sich selbst:

„Nein... das brauchen wir nicht."

Mein Mann heißt Maria.

„Hast du den Otto Hörbiger angerufen - den Fernseh-Hörbiger, du weißt schon, den, mit den Fernsehern und Hifi-Dingens", ruft Rainer Maria die Treppe hinunter zu seiner Frau. Seine Stimme klingt recht ungehalten, man möchte fast sagen wirsch.
Karola, die Gattin von Rainer Maria, ist gerade nicht auf Empfang. Sie schielt während des Kochens, wenn man so dazu sagen darf – es gibt selbstgeöffnete TK-Pizza, wie immer am Freitagabend - immerzu auf den kleinen Flachbildschirm, welcher dekadenter Weise, in der Küche, auf dem kleinen Stückchen freie Wand, neben dem Fenster, schon fast in der Ecke des Raumes installiert ist, und verfolgt aufmerksam die Angebote von QVC, über die allerneuesten Schlankstütz-Modelle in den Farben Schwarz, Weiß und Haut. Dieses Mal gibt es die Modelle im Dreierpack, zum gleichen Preis wie man sonst für zwei bezahlen muss; also eins geschenkt. Karola braucht unbedingt noch ein Model in Weiß; jetzt wo der Sommer vor der Tür steht. Zwei dieser Nerv tötenden und atemraubenden Speckröllchenbezwinger hat sie bereits. Schwarz und Hautfarben liegen sie, meist einsam, in der hinteren Schublade des Bügelzimmers in relativer Sicherheit, damit Rainer Maria sie nicht gewahrt. Karola ist sich sicher: würde Rainer Maria ihr kleines Geheimnis entdecken, würde er auf der Stelle ein paar demütigende Worte übrig haben, wo er doch sonst immer, bestätigend, zu ihr sagt: es sei schon in Ordnung, dass sie so an Gewicht zugelegt habe. Aber vermutlich sagt er das nur deshalb, damit Karola nicht auf die Idee kommt, ihren Gatten etwas näher

zu beäugen. Rainer Marias äußere Hülle lässt, in den letzten paar Jahren, nämlich einiges zu wünschen übrig. Sein Schmerbauch dehnt sich, in aller Stille, langsam aber stetig aus. Diese Tatsache ist auch bei sieben Dioptrien nicht mehr zu ignorieren. In den zählbar wenigen Momenten seiner selbstkritischen Beurteilung, fliegen Rainer Maria, hier und da, zwar gute Vorsätze an, die leider – gibt er sich selbst, ohne mit den Wimpern zu zucken, leider ohne eine gewisse, notwendige Ernsthaftigkeit zu – keine Chance haben zu ihm vorzudringen. Er befände sich, so sagt er untere der Maske eines Scherzes, nun in dem Alter, wo ihn der Anblick *eines* kühlen Blonden, weit mehr beeindrucken könne als der Anblick *einer* kühlen Blonden. Die wertlosen Lacher, die er für diese abgedroschene Bemerkung meist erntet, die gefallen Rainer Maria. Er genießt solche Aufmerksamkeiten, solche Lacher sehr gerne, weil er sie, vom eigentlich vorhandenen Desinteresse am Aussehen seiner Person, nicht unterscheiden kann.

Man müsste eigentlich zugreifen, überlegt Karola, verführbar wie sie nun einmal ist, verwirft aber diesen Gedanken schnell wieder, weil ihr Mann - Rainer Maria heißt er, wie wir nun wissen - nicht unbedingt mitzukriegen braucht, wieviel Geld sie für diesen temporär helfenden Unfug zum Fenster hinauswirft. Im Grunde braucht sie diese Helferlein nicht wirklich, denn ob sie nun eine sechsundvierzig oder achtundvierzig trägt, macht den Kohl auch nicht fett. Außerdem: sie gehen ja ohnehin kaum aus; höchstens mal zu den Veranstaltungen im hiesigen Fußballverein. Und in ihrem Bekanntenkreis kennt man ihre Schwachstellen. Dort braucht sie auch nichts zu vertuschen oder einzuzwängen. Hinzu kommt noch - und dies ist Letztlich das k.o. Kriterium für die Order eines weißen Models, dass sie jedes Mal pitschnass geschwitzt ist, bis diese Nerv tötenden Speckröllchenbezwinger, endlich an Ort und Stelle sitzen, um dort ihre heilige Pflicht zu erfüllen. Am liebsten riefe Karola jedes Mal die Feuerwehr zur Hilfe, damit sie unterstützend Hand anlegten, so unkomfortabel lässt sich diese Unterwäsche anlegen.

„Meine Güte, hast du mich jetzt erschreckt", schnauft Karola ganz blass geworden, und fasst sich, mit beiden Händen ans hämmernde Herz. Von ihren Überlegungen: *ob, oder ob nicht,* war sie derart abgelenkt und gedankenverloren, dass sie nicht bemerkt hatte, wie Rainer Maria die Küche betrat. Natürlich barfuß, wie immer. Im hohen Bogen flog die Salami durch den Raum.
Rainer Maria steht ganz plötzlich hinter ihr und sagt laut und ungehalten, der fliegenden Salami hinterherblickend:
„Na...? Was ist denn jetzt, verfluchtnocheins. Hast du nun, oder hast du nicht?"
„Was denn", fragt sie, wie von einem anderen Stern. „Was soll ich denn haben?"
„Na, den *Fern-seh-Hör-bi-ger-an-ge-ru-fen*. Was ist da drinnen in deinem leeren Schädel, was?"
Dabei macht Rainer Maria eine Geste, die vermutlich jeder vernünftig aufgestellten Frau, das helle Feuer aus den Augen getrieben hätte. Er tippt Karola, drei Mal hintereinander, mit dem Zeigefinger an ihre Stirn, so fest, dass sie einen Schritt zurückmachen muss, weil der Druck seiner frechen Hand, unbeson-

nen hoch ist. Die Acht- und Respektlosigkeit seiner Frau gegenüber, hatte Rainer Maria, und seine immer schlechter werdenden Manieren, für einen kurzen Moment lang im Sticht gelassen.

Karola, eine wirkliche Seele von Frau, lässt sich das alles gefallen und entschuldigt sich noch bei ihrem Mann, *obwohl* sie den Hörbiger längst angerufen hat, der im Übrigen schon auf dem Wege zu ihnen ist. Was für ein Arsch, denkt sie nur. Damit hat sich ihre Rebellion auch schon erledigt, Rainer Marias benehmen zu monieren.

Er hat es wirklich sehr gut getroffen, dieser fettleibige, ungehaltene Fußball-Fan, dem die Haare aus der Nase wachsen, die den Weg auf den Kopf nicht mehr gefunden haben. *Dem* Maria... dem Rainer Maria, *der* so viel von sich selbst hält, weil er, in der naheliegenden Kreisstadt, eine mittelgroße Filiale eines Baumarkts leiten darf, *dem* geht es wirklich gut.

Alleine sein Vorname, auf den er in Vollständigkeit ausgesprochen, höchsten, ja allerhöchsten Wert legt, lässt jedermann und jederfrau auf eine intellektuelle Begegnung hoffen, der man sich, nach einem Wimpernschlag nur, nach einem ersten Satz nur, in einer großen Enttäuschung herumbaumeln sieht und zu verkraften hat welche Simplizität sich einem hier entgegenstellt. Da gibt es nichts mehr dran zu deuteln...: Rainer Maria ist ein dämliches, unsensibles Stück Mensch, mit den unübersehbaren Attributen zur Acht- und Taktlosigkeit. Empathisch gesehen ist er ein Totalschaden, und dümmer als alle noch dämlicheren, dickhäutigen, zur Faulheit neigenden Polizisten dieser westlichen Welt zusammen; und das will, weiß Gott etwas heißen.

Warum ausgerechnet Polizisten hier erwähnt werden, muss man kurz erklären:

Rainer Marias ursprünglicher und eigentlicher Berufswunsch war damals - als er wirklich noch jung und motiviert war, und im Saft stand wie ein einjähriger Gummibaum - einmal ein ganz berühmter Robin-Hood-Polizist zu werden. Einer, der sich für die schwachen und hilflosen Menschen einsetzen wollte. Seine Vorstellungen über diesen Beruf, waren derart romantisch verpeilt, dass er gleich die erste Aufnahmeprüfung völlig vergeigte. Man hatte bei der Polizei schon genügend Dummköpfe herumlaufen die sich, zu gerne, vor dem lästigen, endlosen Schreibkram drückten und hinter der starren Barriere der Bürokratie, sowie unerklärbarer Gesetze und Paragraphen versteckten. Man brauchte hierbei, weiß Gott, keine weitere Verstärkung mehr. Rainer Maria bekam keine zweite Chance, obwohl man, in diesem Berufsstand wirklich, auf intellektuell- und empathischer Ebene, winzig kleine Brötchen backen darf, ohne dass es großartig auffällt.

Karola hatte den Hörbiger, so wie ihr Rainer Maria es aufgetragen hatte, erreicht. Ein berechtigte Grund dafür, dass *sie* das erledigen musste, war schnell erklärt: Wenn nämlich Rainer Maria dort selbst vorgesprochen hätte, dann würde die Störung des launischen Fernsehers, für heute jedenfalls, nicht mehr beseitigt werden. Sein, ihm fehlender Charme und seine fordernde Art, machten dem selbstbewussten Rainer Maria, nicht selten einen fetten Strich durch geplante Rechnungen. Karola hingegen, konnte mit ihrer lieblichen Art und Weise, einen Haifisch zum

Häkeln überreden. Sie war ein wirklich liebevolles, Frieden liebendes, harmoniesüchtiges Engelchen. Und wäre sie sich ihrer angenehmen Wirkung bewusst gewesen, hätte sie es zu einer schönen, etwas korpulenteren, selbstbewussten Frau geschafft. Das wäre dann allerdings das Ende ihrer Ehe gewesen, denn: Klaus Maria fühlte sich immer sofort bedroht von so viel Selbstbewusstsein. Er lebte noch in der, ihm anerzogenen, alten Tradition der Rollenverteilung. Und so sparte er auch nicht mit dümmlichen Äußerungen im Alltag, wenn er – was wirklich selten vorkam – mit Karola einen kleinen Bummel durch die sommerliche Stadt machte.

Um ein Beispiel hinzuzuziehen, an dieser Stelle eine kurzer Blick auf Rainer Marias Sichtweise:

Singlefrauen, die sich erdreisten außerhalb der trauten vier Wände feste Nahrung zu sich zu nehmen, sind ohnehin schon die Verwahrlosung bewährter Werte in unserer Gesellschaft, denkt Rainer Maria in voller Überzeugung, dass seine Ansichten die einzig wahren sind; aber Singlefrauen über fünfzig, alleine essend an einem Tisch der öffentlichen Gastronomie, das ist wirklich skandalös. Das geht eigentlich überhaupt nicht. Das bringt sein eigenes, banales Selbstbewusstsein, völlig aus dem Gewicht. Er spart auch in Anwesenheit seiner Frau nicht mit entsprechenden Kritiken, ja er beginnt sogar über jene Objekte, die ihm da so herausfordernd ins Auge stechen, erniedrigend abzulästern und sie zu denunzieren. Da kennt er nix, der Rainer Maria aus gut bürgerlichem, katholischem Hause. Da kennt er nur die bewährte Ordnung und die Moral, ist er überzeugt - während er einer vorbeigehenden Passantin, die sich in eine wirklich enge Sommerhose gezwängt hat, äußerst interessiert und schamlos auf den Allerwertesten schielt und zweimal schluckt, weil dieser Anblick seine Lenden aufheizt.

Und seit geraumer Zeit, so klagt er, hat er sich mit einem wirklich ärgerlichen Phänomen auseinanderzusetzen, beinahe täglich. Frauen... Frauen, die ganz frech in den Baumarkt hereinstolzieren, und so tun – man stelle sich das einmal vor – als wüssten sie genau was sie suchten. Ungeheuerlich... das war wirklich ungeheuerlich, fand Rainer Maria entsetzt. Was sich hier so langsam für Moden einschlichen, dass konnte auf Dauer nicht gesund sein. Das nicht. Wo verkommen wir da noch hin, wenn alles aus dem Ruder läuft

Nun... Kommen wir wieder zurück zum Fußball-Samstag-Abend, im gepflegten, gutbürgerlichen Hause des Marktleiters Rainer Maria Frickes, nebst seiner - mitten im Klimakterium befindlichen Gattin Karola. Zu zwei erwachsenen, unabhängigen Kindern hatte man es gebracht. Beide jedoch - schon seit vielen Jahren - längst (fluchtartig) aus dem Hause; der Kommandozentrale, wie sie das elterliche Heim bezeichneten. Der Familienhund, ein störrischer Rauhaardackel Namens Emil, war erst kürzlich an Altersschwäche eingegangen. Wohnhaft war man in einem mittelgroßen, beschaulichen Örtchen mit einer Pizzeria, einem Quelle-Shop, einem Hofladen mit kleiner Gastronomie, einem Klempnerbetrieb in dritter Generation und einer Mangelstube, die vermutlich aus Altersgründen bald schließen würde. Besagtes Dörp, befand sich neuneinhalb Kilometern von der hundertzwanzigtausend Einwohner zählenden Kreisstadt entfernt, wohin man, mit einem abbezahlten, stattlichen Opel-Kombi der Mittelklasse, welcher für alle gut sichtbar vor der Haustüre geparkt stand, jederzeit hingelangen konnte.

Fußball: Karola sieht ihrem Gatten mitten ins Auge, nur um seine Abwesenheit festzustellen. Das kennt sie schon. Er kaut auf seiner Pizza herum, ohne den köstlichen Geschmack festzustellen, den Karola mit einem letzten Firnis aus frischen Zutaten, zum Beispiel einer fliegenden Salami, obendrauf, auf die TK-Pizza gezaubert hat. Der Salat steht noch unberührt neben Rainer Marias Teller. Dort wird er, für heute zumindest, auch stehenbleiben. Grünzeug liegt ihm nicht. Es habe keinen Nutzen, behauptet er.
Rainer Maria ist mit der Aufstellung der Mannschaft beschäftigt, die er – wie so oft – nicht gutheißen kann. Er weiß es besser, ist Rainer Maria von sich, fest überzeugt. Er hätte es anders gemacht.
Ohne sich bei Karola zu bedanken, steht er auf und geht ins Wohnzimmer, wo der Hörbiger gerade seine sieben Sachen zusammenpackt. Der Hörbiger, der unverschämte Kerl, hatte doch tatsächlich Rainer Maria gebeten, das Zimmer zu verlassen. Er ginge ihm auf den Senkel mit seiner Besserwisserei, behauptete der Hörbiger frech, sich seiner Überlegenheit bewusst. Also, verzog sich der Hausherr - angewiesen auf den guten Willen des Fernsehtechnikers, gehorsam maulend in die Küche, um dort, mit seiner Frau das Abendessen zu verzehren, wo er prompt von ihr, an seinen Salat neben seinem Teller, erinnert wurde. Das fehlte ihm noch. Wie soll man denn,

vor so einem wichtigen Spiel, bei der Sache sein und auch noch Salat freiwillig essen? Das Grünzeug kostet nur unnötiges Geld und bringt, nahrungstechnisch betrachtet, kaum einen Gewinn für den Körper des jeweiligen Essers, erklärte Rainer Maria besserwisserisch. Sie solle ihn bitteschön in Ruhe damit lassen. Auf seiner Stirn zog ein Gewitter auf. Man konnte es sehen, wenn man Rainer Maria lange genug kannte. Da war eine ganz bestimmte, unruhige Ader; mittendrauf. Hörbiger im Wohnzimmer, die fehlerhafte Mannschaftsaufstellung, den überflüssigen Salat neben dem Teller -, alles zusammen, das war Zuviel. Vielleicht könnte ein zweites Bierchen die Unannehmlichkeiten wieder gerade biegen.

„Karola", rief Rainer Maria in Richtung Küche. Mehr Worte bedurfte es nicht nach so langer Zeit des ehelichen, symbiotischen Zusammenlebens. Karola wusste Bescheid. Sie eilte zum Kühlschrank und nahm, mit ihren rauen Händen, die zweite Flasche Bier heraus, um sie ihrem Mann zu bringen. Mitten in ihrer Bewegung hielt sie inne, drehte sich um und sah auf ihre Hände herab. Aus heiterem Himmel, einfach so, eine Eingebung sozusagen. Um nicht ins zerstörerische Selbstmitleid zu stürzen, überlegte sie sich einen spontanen, ungeplanten Aktivismus, indem sie ins Wohnzimmer ging und den Hörbiger fragte, ob er denn auch ein kaltes Bier trinken möchte. Die Arbeit sei, so wie es aussieht, ja erfolgreich erledigt und draußen... draußen sei es ja immer noch so heiß, obwohl die Stunde schon auf neunzehn Uhr zulief. Dabei vermied Karola den Blickkontakt zu ihrem Mann mit voller Absicht. Rainer Maria würde ihre eigenmächtige Gastfreundschaft ärgern, dass wusste Karola mit aller Gewissheit. Er, der bequeme Gatte, wollte nämlich nicht länger gestört werden; in einer Stunde würde das Spiel beginnen. Karola rieb sich - nervös von ihrer eigenmächtigen Aktion, die Hände ohne es zu bemerken. Ein paar, gerade erst zur Welt gekommene, unsichtbare Flusen Gehässigkeit, schwebten ungesehen auf den Parkettboden. Eine völlig neue Gefühlswelt riss, nach Karolas Ego schnappend, weit den gierigen Rachen auf.

„Danke nein, Karola", sagte der Hörbiger lächelnd zu diesem, durchaus schmackhaften wie freundlichen Angebot. „Karin wartet schon längst mit dem Abendbrot auf mich. Nur deinetwegen habe ich diesen kleinen Auftrag noch erledigt. Sonst hätte ich beileibe, lange schon den Feierabend genossen. Man ist ja schließlich nicht mehr der Jüngste, nicht wahr? Und Sonnabend steht in meinem Kalender. Das bedeutet für Gewöhnlich, dass um sechzehn Uhr nachmittags, der Bleistift im Büro fällt. Und wir wollen danach, nach dem Abendbrot, noch ein schönes, ungesundes Eisbecherchen mit Amarenakischen, bei unserem Italiener vertilgen; die Karin und ich. Und mit etwas Glück gewinnen heute Abend die Italiener, dann wird dort der Teufel los sein und es gibt etwas zu sehen und zu feiern. Und baden will ich auch noch schnell; den Schmutz der Woche hinter mir lassen, du verstehst das sicher."

Karola nickte schweigend, womit sie ihre Akzeptanz ausdrücken wollte. Beklommen und betrunken von so vielen- an sie gerichteten Worten, voller Aufmerksamkeit, mit gehaltenem Blickkontakt und an einem Stück gesprochen, ging sie, wie in Trance, zurück in die Küche um ihre Arbeit zu beenden.

Ob er zu Hause mit seiner Karin auch so viel redete, der Hörbiger? überlegte sie. Ob das nicht vielleicht ein bisschen zu übertrieben war und nur dem äußeren Eindruck diente, den er, der Hörbiger, hier hinterlassen wollte? Nein, entschied Karola. Wenn sie sich das Gesicht von Karin, vor ihr inneres Auge holte, dann sah sie eine Frau mit entspannten Gesichtszügen, die unglaublich gerne lachte und ohne Hemmungen drauflos schwatzte. Ihr Lachen war ansteckend, erinnerte sich Karola, die nur drei Jahre älter ist als die Frau von Hörbiger.

In ihrer Brust fühlte Karola einen leichten, beklemmenden, undefinierten Schmerz, ohne zu wissen oder zu ahnen, dass sich hier gerade, ein Neidgefühl ein Plätzchen verschaffte. Ein ganz neues- kein gutes Gefühl, dass sie so, noch nie verspürt hatte.

Drinnen im Wohnzimmer saß Rainer Maria, immer noch, in einer Art Lähmung erstarrt, und glotzte mit leerem Blick, auf den – Dank Hörbigers schneller und unbürokratischer Hilfe – einwandfrei funktionierenden Bildschirm. Eigentlich wartete er auf die Nachrichten. Rainer Maria war es ziemlich egal was vorher über den Bildschirm flimmerte, solange er sich nur nicht hektisch bewegen musste, bei der Hitze. Aber was der Hörbiger da gerade vom Stapel gelassen hatte, dass ließ ihm doch das dicke, langsame Blut in den Adern gefrieren: *Wenn* die Italiener *gewinnen? Wenn...?* Unglaublich! Hatte er das wirklich und wahrhaftig gesagt? War diesem hirnlosen Fernsehfuzzi überhaupt klar, dass es sich ums Halbfinale der Weltmeisterschaft handelte? War der noch ganz bei Trost in der Birne? Und *was* wollte der machen, der weichgespülte Hanswurst, was? Mit *seiner* Karin ein Eischen essen gehen? Ein Eischen - kein Eis, wie normale Menschen, nein: ein Eis-*chen*. Mit Amarena-kirschen? Beim *Italiener*...? Heilige Maria Mutter Gottes und ein Stückchen vom Josef, welche Drogen nahm der zu sich, der Hörbiger? Wer hatte dem denn ins senile Gehirn geschissen, überlegte Rainer Maria, gebeutelt vom blanken Entsetzen in der breiten, schwer atmenden, immer fetter werdenden, behaarten Brust. Das konnte doch wirklich nicht wahr sein; das musste er doch eben geträumt haben.

So, in diese unfassbaren Ungeheuerlichkeiten vertieft und gefesselt, bekam Rainer Maria nicht mit, dass Karola die Treppe nach oben- dort wo die Schlafzimmer und das Bad lagen, hinaufstieg, ohne noch vorher bei ihm vorbeizuschauen und zu fragen, ob er denn auch alles habe was zu (s)einem zünftigen Fernseh-Fußball-Abend so dazugehöre. Rainer Maria wäre niemals auf die Idee gekommen, selbst für sein Wohlbefinden zu sorgen. Wozu hatte er denn eine Ehefrau? Wozu sonst war er verheiratet? Wozu hatte er, all die Jahre, die Ernte seiner Arbeit in diese Familie investiert? Das hatte schon alles seine richtige Ordnung, befand er. Das hatte alles seinen Platz. Karola hatte ihren Platz. So sollte es bleiben, bis zum Sankt Nimmerleinstag am Ende seines eigenen Endes.

Grundgütiger, stöhnte Karola erschöpft, die ersten Schweißtropfen auf der Stirn. Resigniert starrte sie auf den Speckröllchenvertuscher, den sie vorhin, klammheimlich aus der Schublade gefischt- und mit nach oben genommen hatte. Dieses Vorhaben war ebenso unnötig wie aussichtslos, entschied sie nach kurzer Überlegung der Erkenntnis, welch eine qualvolle Tortur ihr bevorstehen würde, wenn sie auf dieses Utensil nicht freiwillig verzichtete. Niemals im Leben würde sie dahineinpassen. Niemals. Und was, wenn Rainer Maria plötzlich Gefühle hätte, und es würde ihn überkommen, so ganz plötzlich und wahrhaft unverhofft. Was würde er bei der Sichtung dieser Panzerung wohl sagen? Diesen Gedanken verwarf Karola allerdings sofort wieder. Dazu würde es gewiss nicht kommen. Eher würden sich die Eisbären im Zoo das Fell herunterreißen, um fortan, nackt durchs Gehege zu pilgern. Karola wollte auch ihre Überlegungen, *wann* sie denn das letzte Mal mit Rainer Maria in näherem Kontakt gelegen hatte, nicht weiter vertiefen. So weit zurück, entschied sie, würde ihr Gedächtnis nicht reichen. Sie war ein wenig aus der Übung was Erinnerungen in die Vergangenheit betraf, so sehr war die Gegenwart in ihrer Dominanz manifestiert und allgegenwärtig.

Karola setzte sich erschöpft auf die Bettkante. Ihr Blick fiel auf ihr eigenes Gesicht, das sie im Spiegel des Kleiderschrankes, zwangsläufig ansehen musste. Breit und bieder war es geworden, das einst so liebliche Antlitz. Unehrlich. Unehrlich sich selbst gegenüber, das wusste sie nur zu gut. Wo war ihr verkümmertes, schüchternes Selbstbewusstsein stecken geblieben, falls sie überhaupt je eines besessen hatte? Und war das jetzt alles? War es so? Blieb es so und würde sich, niemals wieder, etwas ändern?

Es war und ist kein wirkliches gutes Zeichen, wenn die Tendenz der Kommunikation, sich der Einsilbigkeit zuneigt. Auch das war Karola glasklar. Ihre Ehe lag, unbestritten, seit Jahren schon, auf dem trockenen- staubigen Boden der alltäglichen Tatsachen. Sie hätte genauso gut auf der Stelle sterben können, stellte Karola in diesem Moment eigener Betrachtung fest. Sie würde nichts, aber auch rein gar nichts verpassen. Die Kinder und Enkelkinder lebten ohnehin ihr eigenes Leben. Und wenn sie, Karola, den Mut hätte ehrlich zu sich selbst zu sein, dann war die Tochter damals, regelrecht aus dem bürgerlichen Mief geflohen. Die Streitereien, damals an der Tagesordnung, machten ein Zusammenleben unmöglich. Kräche mit dem Vater – auch weil er so schroff mit der Mutter umging – waren am Ende, für keinen in der Familie noch länger auszuhalten. Sie zog schon mit achtzehn Jahren von zu Hause aus, heiratete den erstbesten Kerl der an ihr geschnuppert hatte, ließ sich von ihm ein Kind und ein Zweites machen, und wiederholte - mit sehr, sehr großer, wahrscheinlicher Wahrscheinlichkeit, - *dieselben* Fehler vor denen sie, so Hals über Kopf, aus dem elterlichen Ehedesaster, auf und davongelaufen war.

Der Sohn, ein eher verschlossener, ruhiger Mensch, war in jungen Jahren beim Militär hängengeblieben, hat dort, als Schlosser im Schiffsbau, eine mittelmäßige Karriere gemacht und ging anschließend, zusammen mit einer langweiligen Frau, nach Kiel. Dort leben sie bis heute ein zufriedenes, ereignisloses, Leben als dreiköpfige Musterfamilie. Vaters ganzer Stolz war der Sohnemann dennoch. Der Patriot in der Familie, wie Rainer Maria immer, mit stolz geschwellter Brust, herumposaunte. Der Sohn, der alles aufrechterhalten würde, wenn es um eine unverzichtbare Ordnung ging, glaubte er zu wissen. Dabei schien er zu vergessen, dass es sich keineswegs um eine höhere Laufbahn handelte. Solche Nebensächlichkeiten verdrängte er gekonnt. Der Sohn beließ es dabei. Eine Korrektur der väterlichen Sichtweise, fand er, sei niemandem von Nutzen. Vater und Sohn standen sich – auch optisch - nahe, zumindest aber zweckgebunden. Wenn der Sohn den Weg nach Hause fand, wusste er, dass sich auf dem Nachhauseweg, mindestens ein Hunderter in seiner Jackentasche befand, den der Vater dem Sohn, heimlich und ungesehen wie er glaubte, zugesteckt hatte.

Mutter und Sohn hingegen, begegneten sich mit einer oft gelebten Variante der Liebe. Auf der einen Seite Mitleid mit einer Spur Verachtung allem Schwachen gegenüber, auf der anderen Seite blinde Vergebung und tiefe mütterliche, grenzenlose Liebe. Eine recht wertlose Allianz, die im Falle von Auseinandersetzungen, seitens des Sohnes, leicht ins parteiergreifende abdriften konnte, weil der sich zum Ernährer der Familie hingezogen fühlte. Fad, und auf eigene Weise feige und oberflächlich, so war der Umgang. Ein leeres Mutter-Sohn-Verhältnis, gestützt von erwarteter und gelebter Rücksichtnahme auf die vorhandenen Umstände, die Rollenverteilung der Eltern betreffend. Ebenso untrennbar wie unfruchtbar, würde sich an Karolas Beziehung zu ihrem Sohn, nichts ändern können. So war es und so bleib es, solange sie ihn, den Sohn, so betrachtete und behandelte wie ihren Mann.

Und mit einem Mal macht Karola ihren Rücken gerade. Sie versucht sich, mutig und entschlossen, selbst in die Augen zu blicken, ohne dass sie sich für sich selbst schämt. Diese kleine Zwischenbilanz in ihren Gedanken hatte eine, bislang unentdeckte, Flamme in ihr entzündet.

„Was willst du eigentlich", fragt sie leise ihr Spiegelbild. Die Antwort bleibt aus; nicht einmal der Schöpfer will ihr diese überfällige Frage beantworten. Karolas gestellte Frage ins Nichts, schlingerte unsicher und zaghaft, wie eine schwerelose Feder, durch den fantasielosen, weißgetünchten, kühlen Schlafraum, in dem Träume immer nur Träume geblieben sind.

Eine einsame Träne kullerte über ihre pralle Wange und kitzelte sie, am Ende ihres Gesichtes, dort wo das Doppelkinn beginnt. Sie lässt sie dort an Ort und Stelle vertrocknen. Karola steht auf, öffnet die Schranktür, holt ihr Sommerkleid vom letzten Jahr heraus, streift ihre Alltagskleidung ab und das Sommerkleid über, geht – wie eine Schlafwandlerin - ins Bad, greift nach dem billigen Parfüm, sprüht es in die Haare, kämmt sie anschließend energisch durch, schüttelt sie, nimmt den einsamen, fast neuen Lippenstift zur Hand und führt ihn zu ihrem schönen, sinnlichen Mund, trägt die Farbe – nicht so sparsam wie sonst, auf die Lippen auf, strafft nochmals ihren Rücken und besieht im Spiegel über dem Waschbecken, das Ergebnis ihrer gewagten Bemühungen.

Mit festen Schritten geht sie in den Flur hinunter, nimmt ihre schönsten Sandalen - die mit den üppigen Strass-Applikationen - heraus, streift sie über ihre geschwollenen Füße, greift nach ihrer kleinen, weißen Handtasche die an der Garderobe baumelt, geht ins Wohnzimmer zu Rainer Maria, der, wie paralysiert in den Fernseher glotzt, stupst ihn kurz aber deutlich an, weil er es nicht für nötig befindet den Kopf nur kurz vom Bildschirm abzuwenden und sagt einsilbig knapp auf ihn herunter:

„Ich gehe ein Eis essen. Tschüss." Weg war sie.

Rainer Maria, der gerade einen Schluck aus der Flasche trinken wollte, starrt auf seine Hand, die vor ihm schwebend, die Bierflasche umklammert. Es dauert fast fünf Minuten, bis er begreift, was da gerade soeben geschehen war. Zunächst beruhigte er sich, glaubte an eine Halluzination; womöglich hatte er die ersten beiden Biere zu schnell getrunken. Und nun..., nun spielt ihm seine Fantasie einen kleinen Streich. Aber je länger er darüber nachdenkt, umso mehr begreift er, dass Karola, *seine* Ehefrau, sich soeben auf die Socken gemacht hat, um *ganz alleine*, ohne ihn, ein Eis essen zu gehen. Das bedeutet Krieg, kocht es plötzlich in ihm auf. Krieg. Jawohl. Was erlaubt sie sich...? Was denken die Leute von uns? Dem Rainer Maria geht die Frau aus, oder was?

Das Fußballspiel war ihm jetzt gehörig versaut. Wie soll man sich denn jetzt auf die wesentlichen Spielzüge gescheit konzentrieren? Aus dem Nachbargarten, wo eine italienische Familie in einem netten, gepflegten Einfamilienhaus wohnt, die schon in zweiter Generation in Deutschland lebt, erklang wildes Jubeln ins schattige Wohnzimmer von Rainer Maria herüber. Ein Tor für die italienische Mannschaft war gefallen und er hatte es nicht gesehen, was ihm erst durch den Jubel der Nachbarn klar geworden ist. Die Wut und die Hilflosigkeit in der er, in diesem Moment steckt, machen seine Atemwege eng. So geht das nicht. So nicht, denkt Rainer Maria.

Karola betritt die Pizzeria mit kombinierter Eisdiele. Sie kann vor lauter lautem Herzklopfen kaum vernünftig atmen. Sie ist noch nie alleine in eine gastronomische Einrichtung gegangen, um dort etwas zu verzehren. Dies hier ist eine echte Primäre. Die ganze Situation ist auch noch doppelt belastend, weil der Laden wegen des Halbfinales, brechend voll ist und alle Anwesenden, außer sich vor Freude über ein gefallenes Tor der italienischen Mannschaft, jubelnd und völlig aus dem Häuschen auf den Bildschirm starren, der, riesengroß, am Ende der Gaststube, extra zu diesem Zweck aufgebaut wurde. Gerade als Karola hereinschneit, fällt man sich mit wildem Geschrei, um die dargebotenen Hälse. Im ersten Moment schenkt ihr deshalb auch niemand Beachtung, so groß ist die Freude über ein frühes, unerwartetes Tor. Noch bevor Karola sich einen freien Platz ausgucken kann, kommt eine frühere Nachbarin auf sie zu, packt sie am Arm und reißt sie mit den Worten: „Komm her und setz dich zu uns; du stehst im Weg", mit sich fort und drückte Karola auf einen freien Stuhl nieder. Sie weiß kaum wie ihr geschieht. Erleichterung und Überraschung kämpften in ihrer Brust um den ersten Platz. Kaum dass sie zu sich kommt, steht ein Glas Bier vor ihr und unbekannte Gesichter prosteten ihr zu.

Karola sieht, neugierig, einen nach dem andern der feiernden Gäste an und lächelt. Sie lächelt ihr bezauberndes Kleinmädchen-Lächeln, das sie, bis heute nicht verloren hat; auch wenn es wenige Situationen waren, in den letzten Jahren, wo es etwas zum Lachen gegeben hätte. Die überlebenden, erretteten Reste dieses Lächelns hatten es schwer an die Oberfläche zu dringen, so eingezäunt vom Alltag. Was jetzt davon noch übrig war, von diesem bezaubernden Lächeln, reichte jedoch aus, Karola einen sanften Schleier aus Liebenswürdigkeit überzuwerfen. Sie machte, unbemerkt von den Anwesenden, zum zweiten Mal an diesem Abend ihren Rücken gerade und... und, plötzlich wollte sie atmen... Frei und unbeschwert ein- und ausatmen, bis ganz tief runter, bis unter die Seele, den Bauch, die Füße. Ein Gefühl- eine Vorahnung die sie, auf der Stelle, betrunken machte. Und niemand um sie herum fragt eine Frage. Niemand will wissen, warum sie denn alleine hier sei. Niemand fordert Rechenschaft über ihr außerordentliches Verhalten; so ganz gegen alte Gewohnheiten. Niemand - und das verwundert Karola am allermeisten: niemand erkundigt sich nach Rainer Maria. Und das Atmen fällt ihr auf einmal so leicht und immer leichter. Und ihre Gesichtszüge wollen das Lächeln nicht mehr loslassen; finden Gefallen daran wie sich die Haut spannen lässt und die Mundwinkel auseinander drängen.

Zu Hause sitzt - immer noch wie unter Hypnose, Rainer Maria in seinem Sessel und kratzt sich, in völliger Abwesenheit seiner Sinne, apathisch zwischen den stämmigen Beinen, die er, weit gespreizt von sich streckt. Die Ungehörigkeit seiner Gattin hatte sich immer noch nicht in seinem Gehirn angemeldet. Geschehenes waberte immer noch ziellos um ihn herum und macht sich, hämisch, über ihn lustig, wie es scheint. Sie war also tatsächlich gegangen, grübelt er kindlich dumm, von einem Schuck zum nächsten. Gegangen ohne ihn- oder, ohne ihm um Erlaubnis zu fragen. Sie, Karola, eine gestandene Frau, bieder und konservativ bis in den Baumwollschlüpfer, sie war ausgegangen um Eis essen.

Rainer Marias fäulnisverändertes Gehirn, weigerte sich noch immer die Tatsachen des heutigen Abends zu akzeptieren. Wie sollte es auch, wo es doch noch nie seine Gedanken, in Richtung Anstrengung bemüht hatte. Nach der Trauung war doch alles gesagt, was man sagen muss, um eine ordentliche Familie auf die Beine zu stellen. Wozu noch viele Worte machen und Beobachtungen, in Richtung Wohlbefinden des Partners anstellen, wo doch alles schon millionenfach vorgelebt- praktiziert wurde, und irgendwie... irgendwie immer funktioniert hatte. Gut... mal gut mal weniger gut; aber irgendwie immer. Wenn sie, seine bislang unauffällig gewesene Ehefrau, den ersten Löffel Eis in den Mund schieben würde, käme ihr sicherlich die erste Reue in den Sinn, dachte Rainer Maria, von sich recht ungesund überzeugt. Aber womöglich, tröstete er sich noch ein bisschen weiter, wagt sie es nicht einmal einen Fuß in das Lokal zu setzen, weil ihr Mut sie bereits unterwegs, schon längst verlassen hat.

Ein Irrtum, wie sich bald herausstellen wird. Zwei Stunden später, hatte sich, an Rainer Marias zweifelhafter Lage noch immer nichts geändert. Das Fußballspiel war längst gespielt und verloren; seine Trauer darüber war allerdings – in Anbetracht der offensichtlich, ungehörigen Vernachlässigung seiner Gattin - verkümmert klein und still- fast schon unsichtbar geblieben. Es war ja niemand da, der an seinen Verletzungen hätte teilnehmen können. Wozu dann trauern? Die Entscheidung, ob er nun wutentbrannt losmarschieren sollte, um sein Weib in die häuslichen Gefilde zurückzutreiben, oder lieber den stolzen, unberührten Patriarchen mimte, den das alles nicht einmal peripher kratzte, lag immer noch im Unentschieden vor ihm auf dem altmodischen Teppich. So recht wollte sich keine Tendenz herauskristallisieren. Mit einem Gefühl hatte Rainer Maria allerdings nicht gerechnet. Es schob sich Stück für Stück nach oben, immer weiter in Richtung seines speckigen Nackens; es verharrte dort einen Moment lang und wanderte, so langsam wie es überhaupt geboren wurde, unbeirrt in die Richtung seiner Gehirnwindungen, um sich dort, schüchtern und zurückhaltend, aber manierlich vorzustellen:

„Guten Abend. Mein Name ist Neugierde", sagte es formvollendet, dieses neue Gefühl. „Ich bin das Neue", sprach es, dieses seltsame, diffuse Gefühl. „Bislang lebte ich in den unerschlossenen Gegenden dieses simplen Geistes und suhlte mich auf meiner Insel, die den hübschen Namen *was geht mich das alles an?",* trägt, und habe dort ein sehr, sehr ruhiges Dasein geführt, welches man gemeinhin als Desinteresse bezeichnet, sagte es in höflicher Art und Weise, dieses neue Gefühl, das sich da so zaghaft vorstellte.
„Nun wurde ich jäh auf den Plan gerufen", setzt es sachte und schüchtern fort, „und ich weiß überhaupt nicht wie mir geschieht. Was geht hier vor? Wer weiß das?", flüstert es neugierig, das neue Gefühl, dass sich erstmals, seit der Trauung vor Jahrzehnten, heute wieder zeigte.
Rainer Maria war - was man durchaus als untertrieben deklarieren konnte, völlig ratlos und überrumpelt. Um nicht an seinen Gedanken zu verkommen,

verdünnte er die brandneuen Eindrücke mit billigem Branntwein, damit er klarer sehen konnte. Das Bedürfnis aufzustehen, und Karola mit Tamtam heimzuholen, sickerte Zusehens auf den dicken Boden der fast leeren Flasche hinab. Das Bedürfnis des Bemühens seinerseits, war ein lausiger Nichtschwimmer, untauglich für einen Kampf an der Front des liebevollen Umganges.

Karola ließ sich mitreißen, in diesen unverhofften Freudentaumel eines Sieges, den sie, auf ihre Weise- und auf ihr ganz persönliches Konto notieren durfte. Italien hatte sich erfolgreich qualifiziert, und Karola... Karola irgendwie auch. Eine ganze Portion Mut und überfällige Konsequenz hatte sie heute Abend bewiesen. Nur eine halbe Träne lang, wollte sich ein schlechtes Gewissen nach oben drängen, um dort oben, in ihren noch schüchternen Gedanken, einen bitteren, unerwünschten, giftigen Beigeschmack zu hinterlassen. Karola, im unterschlucken und hineinfressen diverser Kränkungen weiß Gott sehr geübt, schluckte einmal kräftig, und die halbe Träne musste - in der Zwischenzeit auf dem Weg in ihre Seele - verdorren und vertrocknen.
Dieser Abend lief so unbeschwert und fröhlich von alleine vorwärts, nicht zurück, dass sie, Karola, für ein paar Stunden ihren unhöflichen, abgestandenen Mann zu Hause, regelrecht vergaß.
Eine glatte, gelungene und erfolgreiche Primäre; vergleichbar mit Erreichen der heißersehnten Volljährigkeit, seinerzeit. Manche Träume, dachte Karola in die jubelnde Menge hinein... manche Träume dauern einfach zu lange. Und wenn man dann tatsäch-

lich, ein Stückchen von einem Traum abbeißt, kann man diesen Bissen nicht unbeschwert genießen. Karola dachte an Rainer Maria; was er jetzt wohl gerade machen würde. Noch bevor sie sich ausmalen konnte, wie sich ihr Empfang, *nach* diesem Ausflug, zu Hause gestalten könnte, stand Karin, die Frau vom Fernseh-Hörbiger hinter ihr und tippte ihr freundlich an die Schulter.

„Das ist ja schön", sagt Karin zu Karola, ganz so, als hätte sie diese Worte schon oft gesprochen und sei an sie gewöhnt. „Das ist ja schön…", wiederholt sie mit federnder Leichtigkeit, „dass wir uns heute hier begegnen. Ich wollte Dich nämlich schon lange etwas fragen. Wo ist überhaupt Rainer Maria?"
Karin stand in gebeugter Haltung, etwas unkomfortabel über Karola geneigt, damit sie sich, bei diesem Trubel und der Lautstärke, besser verständlich machen konnte.

„Rainer Maria wollte ganz ungestört das Spiel genießen", log Karola, die Frage von Karin beantwortend. „Und ich wollte eigentlich nur ein schönes Eis essen gehen; an das Fußballspiel habe ich überhaupt nicht gedacht, wenn ich ehrlich bin. Das hier die Hölle los ist, damit habe ich nicht gerechnet."

„Ich wollte dich fragen", nickte Karin zur Bestätigung, dass sie Karolas Worten Glauben schenkte, „ob du nicht Lust hättest, mit mir gemeinsam, dieses rasche Gehen, das mit diesen Stöcken, mal auszuprobieren", vollendete sie ihre Frage. „Ich bin ein wenig aus den Fugen geraten", gestand Karin. „Ich muss dringend etwas tun, um meine Ausdehnungen, so hinten rum verstehst du, in Schach zu halten. Naja, und weil du ja – entschuldige bitte – *nur* Hausfrau bist, Zeit hast und auch ein paar Kilo Zuviel herumschleppst, da dachte ich..."

„Ja, ja, ja", unterbrach Karola die Frage von Karin. „Das ist eine supergute Idee. Wirklich super gut. Lass uns schnellstens damit anfangen. Ich brauche wirklich jemanden der mir gepflegt in den Hintern tritt, sonst wird daraus nichts. Ich bin dabei. Du kannst dich darauf verlassen. Wo bekommen wir denn diese Stöcke her? Die, du weißt schon... Mir fällt der Name jetzt nicht ein."

„Ich rufe dich morgen Vormittag mal an. Dann können wir alles besprechen. Hier versteht man ja sein eigenes Wort nicht", lächelte Karin strahlend und sehr erfreut darüber, offensichtlich eine Gleichgesinnte gefunden zu haben.

Karola nickte zustimmend und strahlte nicht weniger. Sie strahlte und leuchtete wie der Abendstern in einer klaren Sommernacht. Karin nickte wortlos ein Verstehen zurück und ging zu ihrem Mann, der sie – nach dieser langen Zeit ihrer Ehe, immer noch freundlich und respektvoll behandelte, indem er Karins Stuhl einen Stoß versetzte, damit sie sich, ungehindert und bequem setzen konnte. Zwar keine formvollendete Geste, die ohnehin hier nicht angebracht wäre, aber immerhin...

Kurz vor Mitternacht, nach drei Gläsern Prosecco und einem himmlischen Eis mit Sahne, bezahlte Karola nur ihren Eisbecher. Zu den Getränken war sie offensichtlich eingeladen, ohne zu wissen von wem genau. Sie machte sich - seltsamer Weise ohne die erwarteten Beklemmungen, auf den kurzen, gut ausgeleuchteten Nachhauseweg. Draußen auf der Straße des Ortes, war immer noch die reinste Hölle los. Karola konnte sich nicht vorstellen, dass hier nur lauter Italiener, euphorisch hin und her rollten, denn so viele gab es in der Gemeinde nun auch wieder nicht. Ganz bestimmt, vermutete Karola, waren solidarisch gestimmte, deutsche Fußball-Fans mit beteiligt am Werk der Freude, weil sie einfach nur Gefallen an diesem Treiben hatten und gerne mitfeiern wollten. Warum auch nicht.

Vor der späten Stunde brauchte sie sich nicht zu fürchten; heute, in dieser wundervoll befreienden Nacht des Sieges, wo immer noch so viele Menschen auf der Straße herumliefen oder fuhren. Wie herzlich hatte man sie vorhin verabschiedet, dachte Karola wehmütig. So lange ihr Weg an Zeit verzehrte, hielt diese schöne, neue Freude in ihr an. So herzlich wurde sie in Begleitung ihres Mannes, erinnerte sich Karola, sonst, weder begrüßt noch verabschiedet. War er, Rainer Maria, am Ende überhaupt nicht so beliebt wie er von sich selbst immer glaubte? War auf ihrer Seite am Ende sogar mehr Sympathie? Wenn Rainer Maria das erführe, grinste sie leicht mit dem Kopf schüttelnd, das wäre ein derber Schlag gegen sein stabiles Ego. Das zöge ihn gehörig runter, falls er die Wahrheit zuließe und nicht, mit seinem behaarten Arm, einfach wegwischte; mit dieser typischen Geste die besagen sollte, dass keine weitere Diskussion mehr gewünscht wird.

Rainer Maria sitzt, bis zum Adamsapfel abgefüllt, immer noch breitbeinig in seinem Fernsehsessel, in dem auch sonst niemand Platz nehmen durfte, außer ihm selbst. Schwindlig geworden von dem was er wollte, und dem, was er sich letztendlich traute, hatte der Alkohol kollektiv, zusammen mit seinem gekränkten Wankelmut, seinen freien Willen außer Gefecht gesetzt. Er saß da wie ein schlaffer Hefekloß den niemand essen wollte. Mit einem letzten Rest an organischen Fähigkeiten, nahm er wahr, dass die Haustür leise ins Schloss fiel, bewegte sich aber nicht, um wenigstens kurz den Kopf in Richtung der Wohnzimmertüre zu drehen. Karola nutze die Gunst der Stunde und schlüpfte, ungesehen, ins Schlafzimmer. Nach einer Auseinandersetzung stand ihr nicht der Sinn; sollte er doch die ganze Nacht dort unten sitzen bleiben, das wäre ihr gerade recht.

„Guten Morgen", flötet Karola scheinheilig und sie weiß dass es scheinheilig klingt. Als Antwort bekommt sie ein mürrisches Brummen, welches man deuten konnte wie einem gerade der Sinn stand. Rainer Maria steht an der Spüle und bereitete sich einen großen Cocktail aus Aspirin und Leitungswasser zu. Wenn er sich zu schnell bewegt, stellt er niedergeschlagen fest, verändert sich der Fußboden in eine wabernde Silikonmasse ohne festen Halt.
Karola hat nun doch einen kleinen, störenden Kloß im Hals, denn dieser schweigende Lärm ist ihr unheimlich. Wieso sagt er kein Wort des Vorwurfs? Wo bleiben die Unterstellungen und endlosen, demütigenden Hinweise auf ihr intelligenzfreies Dasein, an dem er sich sonst, so ausgiebig labt und sie, mit beinahe sadistischer Freude, unterschwellig darauf hinweist, dass sie, Karola, doch eigentlich *ohne* ihn, rein gar nichts ist, außer einer banalen Hausfrau. Es macht fast den Anschein, wagte Karola zu spekulieren, als habe sein Mut ihn, zusammen mit den vielen

Kronkorken der vergangenen Nacht, regelrecht verlassen. So defensiv hatte sie ihren Mann noch nie erlebt; und das konnte nicht an seinem mordsmäßigen Kater liegen, den er gerade, mit Aspirin zu ersäufen versuchte.

„Wir sollten mal reden...", macht Karola den zaghaften Anfang einer gewünschten Aussprache.
Diese Eröffnung hat nur selten wirklich Früchte getragen. Man kann sich viel zu gut und viel zu lange, vorher schon die Worte zurechtlegen. Es fehlt an Spontanität und dementsprechender Authentizität der inneren Sprache. Karola lag, lange bevor sie aufgestanden war, wach und überlegte angestrengt und unsicher auf dem Gebiet der Auseinandersetzung, was sie ihrem Mann sagen wollte und musste. Lieber sich verheddern und Unsinn reden, als konstruiert den anderen in die plötzliche Niederlage treiben zu wollen, war vermutlich die bessere Variante, überlegte sie. Dieser Sieg hält nämlich nicht lange vor; er verwischt und verweht im Laufe der darauffolgenden Zeit des Alltags. Altes schleicht sich wieder ein und klebt in allen Winkeln der Beziehung fest wie Teer. Aber woher sollte sie so plötzlich, die ungeübt in diesen Dingen war, das denn wissen? So gut wie nie hatte sie Rainer Maria all die Jahre widersprochen, warf sie sich jetzt vor. Gerade so, als versorgte sie, die von aller Verantwortung befreite Ehefrau, ohne eigene Rechte und Meinung wenn es um wichtige Entscheidungen ging, weil die der gutbürgerlichen Familie – Rainer Marias ganzer Stolz - nicht gut zu Gesicht gestanden hätten, den familiären Frieden stets mit ihrem angepassten Schweigen. Gerade so,

gab sie zu. Und natürlich, weil das Klischee sich beschwert hätte, über so viel Freiheiten einer plötzlich eigenen Meinung. Karola glaubte schon, dass ihr zaghaftes Veto in Rainer Marias klopfendem Kopfschmerz, ungehört verpufft wäre, als er plötzlich zu sprechen begann:

„Willst du dich jetzt, auf deine alten Tage, Hals über Kopf in die Emanzipation hineinstürzen?", kam der vom Schmerz gelähmte Gatte seiner – wie er fand, renitenten Ehefrau zuvor. „Oder was sollte das werden, gestern Abend?"

Rainer Marias Blick ist eine Mischung aus gekränkter Anklage, vermischt mit hämmernder, unerträglicher Qual hinter seinem Schädel. Vorsorglich hält er sich an der Arbeitsplatte fest, um nicht ins Wanken zu geraten. Karola, der dieser dramatische Blick nicht entgangen ist, hat, nur einen Wimpernschlag lang, Mitleid mit ihm. Es nutzte alles nichts, jetzt galt es die Situation auszunutzen. Sie wollte ihren Mann nicht mehr als nötig kränken und ihn, mit Vorwürfen oder Beschwerden, überschütten; er kannte es ja nicht besser von ihr, als dass sie zu allem lieber friedfertig schwieg. Nicht nur dass er, Rainer Maria selbst, aus einem Elternhaus des bürgerlichen Klischees entstammte, sondern dass sie, Karola, es *gemeinsam,* mit ihm, Rainer Maria, hat fortbestehen lassen. Der Anteil ihres eigenen Versagens, war ebenso groß wie der Seinige, gab sie sich ein ehrliches Eingeständnis. Sie, Karola, war doch all die vielen Jahre, die Hüterin des eigenen bürgerlichen, erzkonservativen Miefs, in beinahe schon obszöner Art und Weise, weil sie ein Teil dieser Wahrheit war und ist; jederzeit und immerzu bereit, mit Nachgiebigkeit großzügig um sich zu werfen, wenn es um die eigene Komfortzone zu kämpfen galt. Wie eine biegsame Balletttänzerin lästigen Stolpersteinen ausweichend, leichtfüßig, fast schon ein wenig schwebend, überflog sie – gab sie nun zu - ausnahmslos alle Unebenheiten dieser abgestandenen Ehe. Aber jetzt war die Zeit gekommen. Jetzt musste sie ihm, irgendwie verklausematüddeln, dass sich dringend etwas ändern musste mit der gegenseitigen Wertschätzung und Wahrnehmung; mit dieser Verdrängungsakrobatik, dem Wegsehen. Weglaufen und von vorne anfangen, das wäre lächerlich gewesen. Warum einen gefüllten Kühlschrank wegwerfen, nur weil die Innenbeleuchtung defekt war? Hier würde sich doch bestimmt noch etwas richten lassen. Natürlich, gestand sie sich ein: Ihre Liebe zueinander, war im Laufe der vielen Jahre schlicht geworden, das war nicht von der Hand zu weisen; und es war auch nicht alleine Rainer Marias Schuld. Aber da war ja auch einmal eine Zeit, die sehr lange zurücklag, in der man sich gerne gesehen- und gehört-, vielleicht sogar gespürt hat. Ja... vielleicht sogar gespürt hat. Alles was sie sah, wenn sie sich umblickte, war ja nicht nur Rainer Marias Verdienst. Auch ihre eigenen Opfer lagen unter den Steinen des Hauses begraben.

Karola, von innenheraus bekennend konservativ, befand sich noch nie im Leben in einem Alter, in dem sie Ungewissheit genossen hätte. Sie war noch nie in den Höhen des Lebens, in denen man es spannend fand, *nicht* zu wissen, was als nächstes geschehen würde. Ein innerer Instinkt sagte ihr, dass sie mit diesem kurzen Ausflug gestern Abend, auch ein Stück weit gegen sich selbst gewonnen hatte. Eine

Schuldzuweisung hätte hier also niemandem wirklich gedient; die Anteile lagen deutlich sichtbar auf beiden Seiten. Karola wollte kein Ende- sondern eine Korrektur herbeiführen, gestand sie sich ein. Und diese Korrektur, glaubte sie aus einer inneren Überzeugung heraus, hatte doch wenigstens eine Chance verdient. Hätte sie sich geirrt, würde das Ergebnis in Bälde sichtbar werden. Und dann, beschloss sie, könne man immer noch über Konsequenzen nachdenken. Aber vorerst...

„Ich will kein Haus im Krieg", sagt sie, und sieht dabei Rainer Maria, mit einer diffusen Kampflust im Blick, fest in die geröteten, unausgeschlafenen Augen. Dieses Geräusch – vermutlich sollte es eine Art Antwort sein, war für Außenstehende eher undefinierbar. Eine Art knurrendes, gurgelndes, schluckendes Murren-Schnaufen, von hörbarem Ein- und Ausatmen begleitet. Karola, in Deutung solcher Laute geübt, entnahm daraus seine Zustimmung und erzählt – so als sei nichts von Belang vorgefallen – Rainer Maria, was sie zusammen mit Karin vorhatte. Fortgetragen von ihrer eigenen Euphorie des geplanten Vorhabens, zusammen mit der Frau vom Hörbiger, bemerkt sie nicht den resignierten Blick ihres Mannes, der sie mit den Worten ansah: „Jetzt hat es mich also auch erwischt. Nun ist es soweit. Sie will laufen lernen und ich werde es nicht mehr aufhalten können."

Wohl kalkuliert und vielleicht eine kleine Spur hinterhältig, fragte Karola in ihre ausführlichen Erklärungen hinein, ob sie denn nicht heute Abend, die Hörbigers zum Grillen einladen sollten, um die fußballerische Niederlage, gemeinsam zu betrauern. Das Wetter sei geradezu wie geschaffen dafür und Besuch... - ach Gottchen, stöhnte sie künstlich, der Dramaturgie des Augenblicks geschuldet, Besuch hätten sie schon Jahre nicht mehr gehabt; es sei doch genau der richtige Augenblick dafür. Jetzt, heute Abend. Genau heute, und nicht morgen.

Methodisch gesehen reagierte Karola völlig richtig auf Rainer Marias Schweigen, denn keine Antwort ist auch eine Antwort, und zwar jene, die man eben in diesem Moment, irgendwie, sinnvoll einbauen kann. Karola machte daraus eine unbestrittene Zustimmung seinerseits und grapschte, selbstbewusst, nach dem Autoschlüssel, um auf der Stelle einkaufen zu gehen, was für einen gemütlichen Grillabend benötigt wurde. Sie wusste, dass es für ihren Mann die allergrößte Qual darstellte, wenn sie *alleine* mit dem großen Kombi davonfuhr. Hatte er irgendeine Möglichkeit es zu verhindern, dann tat er es.

Heute sah er ihr, nur schweigend - die eine Hand an den pochenden Schädel gepresst, durch das Küchenfenster resigniert hinterher und dachte nichts - nahm sie hin, die Leere in seinem Kopf, bewegte sich nicht und atmete flach. In seinem schmerzenden Schädel war kein Platz für Besorgnisse um sein heiliges Auto. Heute nicht.

Und Karola... die kutschierte, fröhlich lächelnd, zum Fleischer im Nachbarort. Er würde ihr auch an einem Sonntag die Tür öffnen und mit ihr, ein kleines, gemütliches Schwätzchen halten. Bei der Gelegenheit, nahm sich Karola vor, würde sie Rosi, die Frau des Fleischers fragen, ob sie nicht Lust habe, sich ihr und

Karin anzuschließen. Zu dritt wären sie schon beinahe ein kleiner Verein.

„Das wird schon", sagt Karola zur Windschutzscheibe des gepflegten, bezahlten Familienautos. „Schließlich heißt mein Mann Maria und nicht Hans oder Franz oder Helmut." Und außerdem: War er nicht, doch irgendwie, noch ganz gut und mit heiler Haut davongekommen, wenn man überlegt was sie eigentlich alles vorhatte, um an ihrer langjährigen Ehe, an nachhaltigen, durchgreifenden Renovierungsarbeiten durchzuführen?
Ob Karola je wieder in ihre alte Nachgiebigkeit zurückgefallen- und die Oberhand aus dem Moment wieder abgegeben hat, ist leider nicht überliefert.
Fest steht nur:
„Jeder ist seines Glückes eigener Fleischer."
Nicht wahr?

Der letzte macht das Licht aus.

In dem Augenblick wo Liebe gespürt oder sich ein-
gebildet- vielleicht sogar vorgegaukelt wird, wo sie
überhaupt erst in Erscheinung zu treten glaubt, die
Liebe, werden mache Frauen regelrecht manövrier-
unfähig. Das geht so weit, dass sie komplett die Orientierung verlieren und wie betrunken, auf jeden
Fall aber beseelt durch die Gegend stürzen.
Sie lassen eine Kraft zu, die über ihre Gedanken und
Handlungen die Macht übernimmt. Sie strecken grazil die Flügel von sich, verdrehen verzückt die Augen
und erteilen sämtlichen Machenschaften des anderen Geschlechts, eine Generalvollmacht über ihre
Gefühle. Mach. Nimm mich. Mach mit mir was Du
willst, Hauptsache du liebst mich so, dass alle es sehen können. Allen voran die engsten Freundinnen.

So hatte alles angefangen vor, fast genau, einundzwanzig Jahren. Und jeder und jede, ganz egal wer, in
ihrem damaligen Bekannten- und Freundeskreis,
hatten sie vor diesem Mann gewarnt. Sogar die eigene Mutter, die sich sonst eher gerne am Anblick der
jungen Männer erfreute, die ihre Tochter so an-
schleppte. Ausnahmslos jeder, sagte damals zu Soraya – ihre Mutter war schon immer ein Verehrer
von exotischen Namen, vergaß allerdings dabei den
Klang, wenn beide Namen - Vor- und Nachname ausgesprochen werden mussten, sie solle sich in Acht
nehmen vor dieser wunderschönen, aber leider hoh-
len Vase. Die eigene Mutter, man stelle sich das vor.
Und sie war sicherlich nicht vom Neid verseucht, wie
ihre damaligen Freundinnen, denen sie dieses Gefühl

der Niedertracht, reihum unterstellt hatte. Allesamt seid ihr doch bloß neidisch, warf sie jedem an den Kopf, der seine Bedenken auch nur andeutete.

Und heute, gerade eben, kurz bevor sie das Haus verlassen wollte, um zur Arbeit zu gehen, kam dieses unerfreuliche Gespräch in Gang:

Kultiviertes streiten, verlangte sie nachdrücklich von ihm, dem Manne, den sie damals so unbedingt hatte haben wollte, vor mehr als zwanzig Jahren. Kultiviert bitteschön, jawohl. Stil müsse man bewahren; immer! So viel Zeit müsse sein, schleuderte sie ihm unverzüglich, sehr deutlich an den Kopf.

Man müsse überhaupt nicht streiten. Kein bisschen müsse man. Klar sei alles, entgegnete der gekränkte, eingeschnappte Gatte vornehm. Wenn *sie* die Güte hätte, auf *seine* Bedürfnisse einzugehen und die Erziehung der Kinder, bitte *nicht* als zentralen Mittelpunkt ins Universum zu stellen, solange es auch noch andere Probleme gäbe. Schließlich sei er auch noch da, und seine Bedürfnisse, jawohl, die duldeten keinen Aufschub. Außerdem solle sie sich, doch bitte sehr, glücklich schätzen dass er nur Sex wollte und kein Bier. Ein Säufer sei er nicht, das müsse sie schließlich und entsprechend honorieren und endlich tätig werden. Und noch etwas führte er als wohlbekannten Vorwurf ins Feld: Die Kinder seien auch keine Kinder mehr, sondern junge Erwachsene, schon längst flügge und Nestflüchter, die, wenn sie endlich mal den Mund aufmachen würden, sicherlich bemängeln würden, dass sie sich in jeden Scheißdreck einmische der sie überhaupt nichts anginge. Aber von der Seite käme ja auch kein Veto, weil Hotel Mama, so überaus bequem und preisgünstig-, bei all der Versorgung und dem Hinterherräumen, eine verflixt einfache Lebensform sei. Eine Glucke sei sie; eine elende Glucke, womit sich seine Argumente auch langsam dem Ende neigten. Und er, setzte er noch ein Häppchen drauf, sei schließlich kein Erpel sondern ein Mann mit eben diesen Bedürfnissen. Jawohl! Wie es denn jetzt aussähe wollte er noch recherchieren, sagte diesen finalen Satz jedoch schon auf den Rücken seiner sich abwenden Frau.

Immer sei es das gleiche, hatte sie ihm entgegengehalten. Immer ginge es nur um dieses blöde Thema. Entweder sei er hungrig oder aus Langeweile geil. So sähe es nämlich aus. Er sei nicht ausgelastet, so als Frührentner. Er solle seinen Arsch hochheben und endlich einen Wintergarten bauen. Sie wolle ihn. Unbedingt. *Un-be-dingt,* sagte sie ein zweites Mal mit mehr Nachdruck. Und ob er überhaupt zuhöre was sie sagte, schob sie diesen gefragten Vorwurf, noch eine Spur gehässiger, hinterher. Der alt bewährte Satz: *du hörst mir ja nie zu,* der kommt irgendwie nie aus der Mode, dachte Soraya amüsiert. Er ist nicht totzukriegen, genau wie mein lüsterner Ehegatte.

Mit dieser gewagten Forderung – der nach einem Wintergarten - versuchte sie ihn in ein schlechtes Gewissen einzuwickeln und kaltzustellen. Eine wirklich akzeptable Rechtfertigung, über ihren persönlichen Entzug, konnte sie ihm nicht liefern, soviel stand fest. Mit Unlust und Lustlosigkeit schlechthin, ließe sich ohnehin schlecht argumentieren. Sein Begehren stand seit längerem, immer wieder im Raum, was ihr regelrecht absurd vorkam; in dem Alter. Wieso auf einmal diese Penetranz, fragte sie sich. Seine plötzlichen Neigungen nach körperlichen Begegnungen, entpuppen sich, in ihren Augen, als moralischer Notfall, der ihr gehörig auf die Nerven trommelte. Ihre Libido lag, schon seit Jahren, hervorragend konserviert, auf großen Eisblöcken. An sich eine unnötige- völlig überflüssige Einlagerung, denn sie hatte nicht vor, sie je in Zukunft wiederzubeleben. So wie es die letzten Jahre gewesen ist, so war es gut und so sollte es auch, bitteschön, gefälligst bleiben. Brüderchen und Schwesterchen waren im Einklang mit sich und dem Leben, dachte sie. Und urplötzlich kommt er immer häufiger daher, trägt die üblichen Sätze, mit diesen sinnlosen Vorhaltungen, wie einen Präsentkorb durch den Raum, und stellt, neuerdings, diese absurden Ansprüche. Seit er im Vorruhestand ist, ist dieser Mann nicht wiederzuerkennen. Aber diesmal kommt er nicht dazu, die Gaben auf den Tisch zu legen, das schwört sie ihm im Geiste. Es reicht. Sie steht auf und verlässt wortlos das Zimmer um – viel zu früh – zur Arbeit zu fahren. Ihre, neuerdings heißgeliebte Arbeit, die immer mehr als Zufluchtsort herhalten musste.

Diese Ignoranz machte ihn hilflos, für den Moment. Heribert Brechmeier – im luftleeren Raum des ersten Jahres Ruhestand, war es nicht gewohnt, dass man ihm widerstand. Egal wo er hinkam, egal in welcher Altersklasse sich die Damen um ihn herum befanden, immer und überall, war er der unbestrittene Hahn im Korb. Mit einem Handstreich, welcher kaum der Rede wert war, hatte er damals die wunderschöne Soraya, zack zack, im Handumdrehen einkassiert, sie geschwängert und geehelicht, und so, für den Rest der Mitstreiter, unzugänglich gemacht. Natürlich konnte er seinen unversiegbaren Charme und sein unübersehbar gutes Aussehen, nicht nur an diese eine Frau vergeuden, und so hielt er sich – außer Sichtweite von Soraya – stets für das schwache Geschlecht, in gewisser Weise vakant.

Nein, ein Kostverächter war er nicht, der Heribert Brechmeier. Und schön war er. Unbestritten. Zu dumm nur, dass auch an ihm der Zahn der Zeit nagte. Seit etlichen Jahren schon, wurde er von einer alles vernichtenden Midlifecrisis heimgesucht, die, so sah es derzeit aus, überhaupt nicht mehr enden wollte. Mit einer derart kräftezehrenden Kriese, wurde er auf Dauer einfach nicht mehr fertig; wurde nach und nach Hypochonder und leicht psychotisch sowie unnötig geil. Er fühlte sich von jedermann beobachtet und abgescannt. Paranoide Züge wuchsen heran. Eine unangenehme Sache war das alles. Und sie wuchs... von Tag zu Tag. Was noch fleißig wuchs, von Tag zu Tag, waren die, immer größer werdenden Zweifel in ihm, dass er, Heribert Brechmeier, so völlig die Wirkung auf Frauen – allen voran seine eigene – verloren hatte. Er war ja schließlich erst einundsechzig Jahre alt. Kein Alter, für einen Mann wie ihn, fand er. Im Grunde, so fand er, war er mit jedem einzelnen Jahr, immer schöner- immer attraktiver geworden; fand er. Wenn er so, voller Hingabe, sein Spiegelbild betrachtete, die eleganten silbernen Schläfen, in diesem eleganten Stil geschnitten, dann fand er – bescheiden war er noch nie - dass er immer noch eine kleine Sünde wert sei. Warum sich seine Frau so unterkühlt zeigte, dass wollte ihm nicht recht einleuchten. Damals, in der Kennenlernphase, da hatte sie sich, erinnerte er sich, beinahe wie ein totes Reh vor seine Tür gelegt. Er brauchte sie nur zu pflücken, und schon zerschmolz sie willenlos in seinen Händen, wie ein Stückchen Butter in der Sonne. Bis in die Seele, von Sorayas Abweisungen gekränkt, entschloss sich Heribert, heute eine Revolution einzuleiten. Er würde, was Soraya auf den Tod nicht ausstehen konnte, die Jogginghose anbehalten. Für wen oder was sollte er sich fein machen, wenn ihm doch niemand die Beachtung schenkte, die er ohne jeden Zweifel verdient hatte.

Soraya, die noch eine üppige Stunde Zeit hatte bis sie ihren Laden aufschließen musste, saß bei ihrer langjährigen Freundin, die im gleichen Haus indem sich ihr Geschäft befand, ihre Wohnung hatte. Carolina war ein wirklich geduldiger, seelischer Mülleiner, all die vielen Jahre über, in denen der Gesprächsstoff nicht auszugehen schien. Sie konnte wundervoll schweigend zuhören. Außerdem machte sie keine theoretischen Verhaltensvorschläge, die in der Praxis so ungeheuer viel Mut abverlangt hätten. Und sie hatte einen guten Riecher für ganz besondere Situationen wie diese. Kaum saß Soraya auf ihrem gewohnten Platz, schon fragte die Freundin: „Willst du darüber reden, oder nur ein bisschen über Dies und Das plaudern?"
Soraya lächelte, kindlich begeistert von dieser - beinahe schon hellsichtigen Empathie, die sich so wohltuend und vertraut ertragen ließ. Wenn man sich lange genug kennt, und währenddessen nicht versucht sich gegenseitig etwas vorzugaukeln, ist es leicht die Besorgnisse eines vertrauten Menschen herauszuspüren. Eine Geste- ein Blick reichte schon

aus, um zu erkennen, *wann* etwas gesagt werden durfte, was die Seele sonst zu eng gemacht hätte.

„Ich bin so unentschlossen", begann Soraya zaghaft ihre Bedenken auf den Tisch zu legen. „Im Grunde weiß ich nicht wirklich, ob ich den Mut habe, so ganz bei null, noch einmal von vorne zu beginnen."

„Willst du damit andeuten, dass du es in Erwägung ziehst, Heribert zu verlassen? Ist das wirklich dein voller Ernst? Wieso auf einmal?"

„Sein plötzliches Begehren, verstehst du. Und ich glaube er meint es wirklich richtig ernst, weil er so oft, eindeutige Anspielungen macht; sexistische, meine ich. Das macht mir langsam wirklich sehr zu schaffen. Ich weiß nicht mehr was ich noch alles anführen könnte, um mich davor unauffällig zu drücken. Es war doch alles gut so wie es war, und plötzlich... Ach, ich weiß auch nicht. Einerseits schmeichelt es mir, andererseits will ich diese Turnübungen nicht mehr hinnehmen. Die Pause all dessen, die war einfach zu lang, verstehst du? Kurzum: Ich habe nicht mehr die geringste Lust auf Sex."

„Mhm... Verstehe. Heribert kommt vermutlich, durch seinen vorgezogenen Ruhestand, wieder zu ungeahnten Kräften. Jede andere Frau würde sich womöglich darüber begeistern."

„Womöglich. Womöglich aber auch nicht. Das soll es geben, ja; habe schon davon gehört. Aber ich kenne leider eine ganze Menge Frauen in unserem Alter, liebste Freundin, die sind ganz froh, wenn ihre Männer vergessen haben dass sie Schwänze besitzen, weil es ein harmonisches, friedliches, schlichtes Zusammenleben, ohne alle möglichen Erwartungshaltungen und Komplikationen die man so kennt, wirklich ungemein erleichtert. Machen wir uns mal nichts vor, ja. Alles hat seine Zeit; alles hat seine Zeit."

„Das kaufe ich dir nicht so ganz ab, Soraya. Du bist, in gewisser Weise, immer eine Verehrerin deines Mannes gewesen und geblieben. Fast einundzwanzig Jahre. Das ist eine ganz schön lange Zeit, Soraya, zu der ich dir - offen gestanden, eigentlich gerne gratulieren würde. Heutzutage ist das schon eine sogenannte Dinosaurier-Ehe. Eigentlich cool, findest du nicht?"

„Tja...", stöhnte Soraya, beinahe schon erleichtert. „Dann will ich dir jetzt mal das Spiel – diesmal ohne verdeckte Karten, auf den Tisch legen. Hör` gut zu:"

Carolina zog ihre Beine in einen bequemen Schneidersitz hoch, wie sie es immer tat, wenn es etwas länger dauern würde und sie sich konzentrieren müsste. Gleich würde sie eine Neuigkeit- vielleicht sogar ein Geheimnis aus Sorayas Leben erfahren, das konnte sie am Gesicht ihrer Freundin ablesen.

„Eigentlich ist es schnell gesagt", setzte Soraya ihre Erklärung entschlossen an. „Mein lieber, lieber Ehemann hat mich, all die langen Jahre unserer, ach so harmonischen Saubermann-Ehe, nach Strich und Faden belogen, betrogen und aufs schändlichste hintergangen. Alleine in seiner Firma – er war ja im Außendienst, wie du weißt – hat er unzählige Affären und diverse Verhältnisse gehabt. Ich weiß es von Anfang an. Eigentlich weiß ich fast alles, weil ich eine außerordentlich gute Nase habe."
Soraya entspannte sich auf ihrem Sessel, als hätte man ihr die Muskulatur aus dem Körper gesaugt. In

ihren schönen, rehbraunen Augen, stand eine offene Frage zu lesen, die Carolina natürlich auch sofort erkannte; sie deuten konnte. Aber so einfach wollte sie es der Freundin nicht machen.

„Und nun?", fragte Carolina, gespielt unwissend. „Was gedenkst du jetzt zu tun, außer weiterhin artig zu schweigen und der Blindheit zu frönen?"

„Wie jetzt? Mehr hast du dazu nicht zu sagen? Bist du nicht entsetzt, oder wenigstens überrascht? Kein bisschen? Kein klitzekleines bisschen?"
Süffisant, diese Bezeichnung hätte Carolinas Grinsen, durchaus richtig bezeichnet. Ein bisschen war sie amüsiert über Sorayas *plötzliche* Notlage, weil sie darin, in erster Linie eigentlich, Heriberts Notlage erkannte. Seine Frau dachte ja nicht im Traum daran, seinen langweiligen Ruhestand mit ihm zu teilen, und das versetzte ihn, den schönen Heribert, in eine gewisse innerliche Unruhe, jetzt, nachdem er sich selbst aus dem Spiel des Berufslebens gezogen hatte, und all die schönen Damen aus *seiner* Vergangenheit, zusammen mit ihm, offensichtlich auch gealtert waren. In seinem Alter, das wusste Heribert ganz gewiss, konnte er als Mann nur noch dann bei frischem Fleisch Eindruck schinden, wenn er sich großzügig zeigte. Und genau dafür, war er viel zu geizig, wie alle wussten.
Carolina hatte selbstverständlich Heriberts bissige Bemerkungen sehr wohl registriert, wenn er bei jeder sich bietenden Gelegenheit, über ihren Single-Status, angeekelt die Nase rümpfte, oder, wenn er über reife Männer in fetten Boliden spöttisch abkotzte, wobei er doch eigentlich nur neidisch war, weil er sich so einen Angeber-Schlitten, wie er sie nannte,

niemals hätte leisten können. Dieses Defizit konnte er auch nicht, mit noch so eleganter Kleidung, ausgleichen. Ihm fehlten die Mittel, und das war nun einmal Fakt. Mit einem schlichten Einfamilienhaus zu brillieren, auf dem keine Hypothek mehr lastete, das war heutzutage, in seiner Generation, längst keine Kunst mehr. Jedermann in seinem Alter, hatte die unendliche Finanzierungszeit von schlappen 30 Jahren, bereits hinter sich. Zumindest in den gut bürgerlichen Kreisen. Hier war und blieb Heribert, nichts als gewöhnlicher Durchschnitt. Schlicht, um es auf den Punkt zu treffen. Schlicht und ergreifend schlicht.

In den vorzeitigen Ruhestand ist Heribert freiwillig gegangen, weil er spürte, dass er mit den jungen Kollegen nicht mehr mithalten konnte. Er wollte sich nicht die Blöße geben zuzugeben, dass ihm die ganze Technisierung und Digitalisierung, mächtige Angst einjagten und erfand, kurzerhand, eine recht nützliche Depression, welche es ihm ermöglichte vorzeitig auszusteigen. Der Stress, wie er sagte. Das Herz.

„Du kennst mich lange genug, liebe Soraya, dass du längst wissen müsstest, von mir, in Bezug auf deine Ehe, *keine* Ratschläge zu erhalten. Ich werde einen Teufel tun mich hier einzumischen. Eure Beziehungssuppen, eure Eintöpfe, die müsst ihr allesamt alleine auslöffeln. Ich bin immer und gerne für dich da, wie du weißt, aber Entscheidungen... die musst du bitteschön selber treffen."

„Ist ja gut, ist ja gut. Ich habe dich verstanden", sagte Soraya, doch etwas enttäuscht. „Aber du kannst mir bitte wenigstens sagen, was du in so einer Situation tun *würdest,* rein hypothetisch, meine ich. Es ist ja nichts dabei ein wenig zu theoretisieren, Varianten zu durchleuchten, nicht wahr?"

„Du bist ein raffiniertes Ding, meine Liebe. Aber bitteschön, du sollst deinen Willen haben: Theoretisch, ja? Rein theoretisch! Na dann...:
Welche wilden Adjektive dazu beigetragen haben, dass es zu alledem in eurer Ehe gekommen ist, das vermag ich nicht zu sagen; wir kannten uns ja damals noch nicht. Und wie man sieht, ist zwischen dem was du willst, und dem was du bekommst, auch nicht immer unbedingt der böse, tiefe Andreasgraben. Manchmal bekommt man, vom Universum, tatsächlich das was man so unbedingt wollte; oder soll ich besser sagen... verdiente. Aber egal.
Weiter im Text: säße die Seele statt im Herzen im Kopf, würden uns solche Dinge, solche Ausrutscher, sicherlich nicht passieren. Mein eigener Gabentisch, glaube mir, ist auch brechend voll von diversen Irrtümern. Schwamm drüber, sage ich immer. Blick nach vorne und halte dich fest; du kennst meine Sprüche ja. Aber...: und hier unterscheiden wir beide, Du Soraya und ich, uns doch sehr. Ich selbst, bin äußerst unbegabt im Hinnehmen von Dingen, welche mir an meiner Würde kratzen; auch wenn es etwas eingebildetes, nicht vorhandenes, paranoides sein sollte. Ich kann das nicht. Nicht einmal im Ansatz, hätte ich einen Tag, so leben können wie du. Dann wäre ich lieber losgegangen und hätte fremde Toiletten geschrubbt, verstehst du? Ich meine... machen wir uns nichts vor: Neben der Tatsache, dass du in diesen Mann vernarrt gewesen bist, gab es auch noch ein paar andere Argumente, die zu deiner späteren, erblindeten *Bleibe*-Entscheidung beigetragen haben.

Zum einen die Kinder, ganz klar; das verstehe ich natürlich. Aber zum anderen...: eine fadenscheinige sichere, komfortable Sicherheit, nicht wahr?"

Soraya wusste um die Dinge die Carolina ins Feld führte. Über dieses Thema hatten sie schon oft gesprochen. Alles war, wie immer, eine reine Ansichtssache und eine Frage der Lebenseinstellung.

„Du wärst schon nach dem ersten Seitensprung gegangen, ja? Willst du mir das jetzt sagen?"

„Nein. Das ist Unfug. Und das weißt du auch. Aber spätestens nach dem Dritten, weil von da an, liebe Soraya, finde ich, lässt sich eine eindeutige Tendenz feststellen worauf man sich einlässt. Oder nicht?"

Soraya sah auf ihre Armbanduhr und stand auf.

„Es wird langsam Zeit, sagte sie. „Ich muss runter den Laden aufschließen. Tschüss dann mal."

Carolina kannte diese Reaktion. Jedes Wort wäre jetzt zu viel gewesen. Sie ließ sie wortlos gehen.

Drei Jahre später, sitzen Soraya und Carolina - wie so oft, an genau dem gleichen Tisch und unterhalten sich über Gott und die Welt und Beziehungsprobleme aller Art. Geändert hat sich nichts; weder bei Soraya noch bei Carolina. Ob Soraya zwischenzeitlich die Bedürfnisse von Heribert, der noch immer kein Trinker war, berücksichtigt hatte, ist selbst Carolina nicht bekannt. Sie hatte nie danach gefragt. Es gab einfach Dinge über die man besser schwieg. Und...: *Das Glück ist eine leichte Dirne,* sagte schon Heinrich Böll.

Buntes Herz

Nicht schon wieder, stöhnt sie und verdreht dramatisch gekonnt die Augen. Nicht schon wieder.
Aber sie hat. Sie hat es schon wieder getan. Sie, die ziemlich beste Freundin, hat sich schon wieder einmal, bis über beide Ohren, Hals über Kopf und Verstand, sooo verliebt.
Und diesmal, scheint eine nicht zu übersehende Ernsthaftigkeit dahinter zu stecken, denn: dem nagelneuen Freizeit-Besamer, wurde bereits ein eigener Wohnungsschlüssel in Aussicht gestellt.

"Man kann dich keine vier Wochen alleine lassen", stellte Anna genervt fest. "Wie ein kleines verwirrtes Teenergerlein führst du dich auf." In der Denkblase über ihrem Kopf, erschien das Bild einer läufigen Hündin mit heraushängender Zunge, bis fast hinunter auf den Boden. Das behielt sie für sich; heute wollte sie ausnahmsweise nicht gemein werden, sondern mit Verständnis, wenn auch geheuchelt, wild und großzügig um sich werfen. Nicht nur um ihr - der augenscheinlich läufigen Freundin - ihre altbekannte, harsche und zynische Kritik über ihre lächerliche Tinder-Sucht zu ersparen, sondern auch deshalb, weil ihr das Thema Partnersuche, Unterkannte Oberlippe stand. Ein Dauerbrenner sozusagen. Seit geschlagenen vier Jahren ging das jetzt so.
Eine winzig kleine Bemerkung machte sich dann aber doch auf den Weg nach draußen, und wollte, unbedingt gesagt werden: "Seit Erfindung von... von Tinder, so heißt es doch, nicht wahr? Also seit Erfindung von diesem Dingens habe ich jede Übersicht

verloren. Ich weiß nicht wie es *dir* geht, aber weißt du noch - ganz grob geschätzt nur, wie viele Männer du, in den letzten vier Jahren, einem Warentest unterzogen hast?"

"Ich weiß nicht wie du das meinst", biss Penelope eingeschnappt zurück. "Und ich wüsste auch nicht, was dich das angeht, liebste Anna. Wir sind Freundinnen und nicht verheiratet, vergiss das bitte nicht. Also einen Rechenschaftsbericht...: Pustekuchen, kannst du dir abschminken; alles klar?"

Der, ohnehin, tiefe Graben zwischen Annas Augenbrauen nahm eine bedrohliche Schärfe an und legte in seiner Länge zu. Ein saloppes: leck mich am Arsch, lag schon ganz vorne, gefährlich nahe an der Zungenspitze. Anna schluckte es im letzten Augenblick hinunter und dachte: „Leck mich doch am Arsch."

"Aber komm mir bloß nicht wieder angeschlappt und jammere mir die Ohren voll, Madame Penelope. Ich bin es ziemlich Leid deine Wunden lecken zu müssen und meine Ohren, mit diesem Nichts bringenden Mist, verstopfen zu lassen. Meine Ohren sind nämlich - nach jeweiligen Niederlagen deinerseits, vom stundenlangen Telefonieren schon arg lädiert. Also halt gefälligst den Rand, verschone mich bitte und mach' was du willst, wenn es dir Spaß macht. Es kann mir ja auch egal sein, nicht wahr? Warum rege ich mich überhaupt auf, was geht mich das an?"

"Phä... Als hättest du dich noch nie bei mir ausgeheult", warf die angesprochene Partnerjägerin, den Stein des Anstoßes, schnippisch zurück. Damit, mit diesem kleinen Duell- mit diesem kleinen unbedeutenden Schlagabtausch, war das gegenseitige Bemängeln vorerst abgeschlossen. Man schwieg einen

Moment. Man saß auf der großen, weißen de Sede Couch, ganz vorne auf der Kannte, weil alles andere, weiter hinten, schon wie unhöfliches und ungehöriges herumflätzen ausgesehen hätte. Und wenn man sich, so fundamental, wichtige Dinge zu sagen hatte, dann sollte man zumindest auf ein wenig Haltung achten. Dieses Wohnmodel gehört nämlich zu jenen Stücken, auf denen man, unter einer Körperlänge von zweimeterfünfzig, aussichtslos aufgeschmissen ist. Entweder sind die Beine- oder das Hinterteil im Sitzkomfort benachteiligt. Anna entschied sich immer für ihr *Hinten rum*, weil sie ihren festen Boden unter den Füßen, um keinen Preis verlieren wollte. Ein unvorhergesehenes Sekundenschweigen stellte sich noch ungebeten zwischen Anna und Penelope. Einen Ausgleich, eine Milderung, versucht durch einen haltbaren und liebevollen Blickkontakt, war gerade in dieser Sekunde nicht sehr ratsam, weil Anna ihre Ablehnung über Penelopes Verhalten nicht verbergen konnte; über Penelopes ungehöriges, kindisches Tinder-Bitch-Treiben. Ein Ansatz, freundlich und toleranter zu sein, scheiterte schon am ersten Satz der sich nicht mehr länger vermeiden ließ, weil die Zeit knapp wurde.

"Wann genau kommt er denn, dein neuer Kunibert Lingus? Du sagst mir aber bitte früh genug Bescheid wann ich gehen muss. Ich will ihn nicht unbedingt kennenlernen. Höchstens dann, wenn seine Socken in deinem Wäschekorb liegen, und ich ihm, nicht mehr ausweichen kann, wenn ich dich einmal sehen will, meine Schöne."

"Deine bösartigen Anspielungen, kannst du dir in die Muschi schieben, fauchte Penelope angriffslustig wie ein gereizter Terrier, und schleudert funkelnde Blicke ans andere Ende des weißen, überdimensionierten, endlosen Leder-Wohnschiffes. „Man könnte glatt glauben du wärst neidisch. Wenn ich es nicht besser wüsste, dann..."

"Dann was, hä...? Iiich und *neidisch*, ha... wehrte sich Anna, mehr gefragt als gesagt. „Das glaubst du ja jetzt wohl wirklich nicht selbst, liebste Freundin. Ich und neidisch auf Herrenbesuch? Phä...! Nee, nee. Das wäre doch gerade so, als wäre ich neidisch auf Probleme, die andere Menschen haben, ich aber nicht."
Anna, die Singlefrau mit den Stacheln auf der flotten, zynischen Zunge. Sie zelebrierte das Alleinsein wirklich voller Genuss und ohne sich selbst etwas vorzumachen. Ihre Lebensform war wirklich kein notwendiges Übel, sondern eine fundierte, feste Überzeugung. Sie sei, sagte sie immer, *angekommen*.
„Mach dich bitte hier nicht lächerlich Penelope. Sonst können wir unser bewährtes Abkommen, in Bezug auf grenzenloses Vertrauen, gleich hier in die Tonne kloppen. Das siehst du doch ein, oder?"
Penelope setzte sich nun doch etwas zurück. Die rechte Pobacke begann langsam einzuschlafen.

"In einer halben Stunde erst. Wir haben noch genug Zeit für einen Kaffee. Und reg` dich bloß ab, ja?! Es ist nix passiert."
Penelope stand auf, was ihr in diesem Augenblick äußerst gelegen kam, weil sie so dem stechenden, grimmigen Röntgenblick von Anna entkommen konnte und ging, etwas steif in den Beinen, zu ihrer sündteuren Super-Luxus-Kaffeemaschine, um ihr freundliches Angebot in die Tat umzusetzen... In diesem Augenblick schellte die Haustürglocke dreimal

kurz; ein Zeichen. Penelope erstarrte, die richtige Vorahnung habend, mitten in ihrer Bewegung, drehte sich um und sah Anna fragend an.

"Das wird doch nicht schon... Nein! Unmöglich!" Ein zweiter *hast-du-eine-Ahnung-wer-das-ist-Blick* in Annas Augen, brachte sie der Lösung leider auch nicht näher. Anna hob nur ratlos - und bei genauer Betrachtung konnte man den Hauch eines diabolischen Grinsens wahrnehmen, knapp die Schultern wie ein ahnungsloses Unschuldslämmchen und sagte nichts. *Sie* hat damit nichts zu tun, sollte das heißen. Hier, genau an dieser Stelle, bot sich allerdings eine unverhofft willkommene Möglichkeit, doch noch eine winzig kleine Gehässigkeit abzusetzen, bevor sie sich auf den Nachhauseweg machen würde.

"Oh, ich hasse Männer die zu früh kommen... ich meine... ähm... also, ich wollte sagen... ich meinte damit..." Penelopes Mittelfinger zeigte energisch erhoben in Annas Richtung. Davon ließ sich Anna aber nicht beeindrucken und stotterte weiter: "Ich meine, ich kann es nicht leiden wenn sie früher kommen, als man zeitlich ausgemacht hat, wollte ich damit sagen, weil sie einem alles durcheinander bringen, *bevor* sie überhaupt gekommen... ähm, da sind; ja: Das wollte ich damit sagen. Zuerst bringen sie die Termine durcheinander, und nachher... das ganze Leben. Und diese Hektik die dann immer entsteht, wenn man im Bad noch nicht fertig ist. Das meinte ich damit. Also... also nix für Ungut."

Penelope hatte gar nicht richtig zugehört. Irgendwer hatte in ihrem Gehirn bereits den Empfangssender umgelegt. Sie hatte schon auf den Türöffner gedrückt und stand jetzt, von einem Fuß auf den anderen schwankend, in der halb geöffneten Wohnungstür und wartete bis sich die Lift Tür gegenüber öffnete.

Das Prachtstück - Penelopes allerneueste Tinder-Eroberung betrat, kurz darauf, die elegante Penthouse-Wohnung und gab, noch während er in der offenen Diele stand, der Hausherrin einen schallenden Schmatzer auf den Mund. Er drückte sie, kurz und besitzergreifend, eine Spur zu selbstbewusst, an sich heran. Beim zwangsläufig unvermeidbaren, sich aus der Position heraus ergebenden Blick über Penelopes anmutige Schulter, weil die Richtung gerade passte, gewahrte der Ankömmling den unverhofften Gast, der da gerade vorne sitzend, gefährlich auf der Sofakante balancierte.

"Oh", sagte er, wieder eine Spur zu selbstsicher, eloquent, jovial und etwas debil lächelnd: "Haben wir Besuch?" Und genauso selbstsicher und unübersehbar verliebt... in sich, kam er auf Anna zu, um ihr seine Hand ins Gesicht zu strecken.

Anna war kurz am Plural Pronomen erstarrt, erholte sich aber hurtig, stand auf, ignorierte seine ausgesteckte Hand und sagte etwas spitzzüngig:

"*Wir*... haben keinen Besuch, aber Penelope hat welchen, der sich jetzt - mit Verlaub, auch schon verabschiedet. Sie entschuldigen mich bitte."

Anna stand ruckartig auf und ging auf Penelope zu. Sie erklärte ihr mit sparsamen Worten, dass sie dann mal wieder müsse und zeigte ihr, hinter dem Rücken des frühzeitig eingetroffenen Besuchers mit den verfrühten *Wir*-Halluzinationen, den Vogel. Anna tippte sich dabei so fest an ihre Stirn, dass es ein wenig schmerzte, so sauer war sie auf Penelope, die dastand und nicht wusste wie ihr geschah. So stinkig und stocksauer hatte Sie Anna schon lange nicht mehr gesehen. Sie war wohl am Durchdrehen, überlegte sie; was sollte das denn werden? Der arme Kerl hatte ihr doch überhaupt nichts getan...

Anna griff nach ihrer Tasche wie nach einer großkalibrigen Flinte und steuerte auf die Wohnungstür zu, mit der festen Absicht, diese nun auf ihre Stabilität hin zu überprüfen. Rums! Von wegen *wir!*

Mit einem dichten Wald aus Stirnfalten stand sie wartend vor dem Lift. Penelope war ihr nicht gefolgt, was Anna ein bisschen ärgerte; so plötzlich wie sie unwichtig geworden schien. Warum sah sie, Penelope, nicht was sie sah...? Dieser Kerl hatte gelogen.

"Er wird ihr die letzte intakte Gehirnzelle aus dem Schädel vögeln", sagte sie laut und deutlich in die sich öffnende Lift Tür hinein.

Frau Remmel, eine zugezogene, fette Schwäbin von der rauen Alp, der Liebe wegen nach Norddeutschland ausgewandert, klemmte mit aufgerissenen Kuhaugen ihren Wäschekorb etwas fester unter die pralle Brust, als müsse sie ihn gegen feindliche Übergriffe schützen. Sie kam gerade aus dem pikobello sauberen Gemeinschaftswaschraum mit den abschließbaren Steckdosen, und wollte zurück, in die kleinere Penthouse-Wohnung neben Penelope, wo sie mit ihrer norddeutschen Liebe residierte.

"Fahren Sie rauf oder runter?", begehrte die erhitzte Anna zu wissen. Kaum dass sie den Satz ausgesprochen hatte, bemerkte sie den unsinnigen Inhalt dieser Frage selbst. Als Antwort erhielt sie eine Geste die sie nicht so ganz genau einordnen konnte. Die irritierte Wahl-Norddeutsche Schwäbin, machte einen halben Schritt zurück - mehr Platz war nicht in der Liftkabine, und tat so, als habe sie keinen Ton von dem gehört, was Anna eben, laut und deutlich, in die sich öffnende Tür hinein gesprochen hatte, *bevor* sie diese unsinnige Frage, nach dem Oben oder Unten, an sie richtete. Frau Remmel senkte ihren verschämt verlegenen Blick, schüchtern in den Inhalt ihres Wäschekorbes, als könnte sie darin ihr verlorenes Selbstbewusstsein, oder ihre verlorene Fassung wiederfinden. Mit der unsinnigen Frage, ob sie rauf oder runter fahren würde, war sie sichtlich überfordert. Für den Bruchteil einer Sekunde zweifelte sie selbst, ob sie tatsächlich in der End-Etage wohnte oder nicht. In letzter Sekunde quetschte sie sich an Anna vorbei auf den Flur hinaus. Beinahe hätte sie es versäumt rechtzeitig auszusteigen. Entrüstet beschloss sie, in Zukunft, vorher etwas genauer aus dem Fenster zu sehen, ob vielleicht der Wagen dieser unmöglichen Person, irgendwo auf dem Parkplatz draußen stand. Eine weitere Begegnung wollte sie unter allen Umständen vermeiden; man konnte ja nie wissen, in Zeiten wie diesen.

Penelope würde schon bald den ersten Notruf absetzen, war sich Anna sicher. Der da... Der würde das Rennen auf jeden Fall nicht machen. In der Balz- und Bettphase, wie Anna jede neue Tinder-Beute von Penelope bezeichnete, wäre die Kommunikation wieder einmal auf Eis gelegt. Das kannte sie schon. Sie nahm es der Freundin nicht übel. So viel Verständnis und Toleranz mussten sein. Und während sich Penelope auf ihre Fuckability hin überprüfen ließe, konnte sie in Ruhe Liegengebliebenes erledigen. Klang dieser außerordentliche Zustand allmählich ab, kamen peu a' peu die Anrufe herein. Aber diesmal, das schwor sich Anna, diesmal würde sie ihr die Absolution verweigern. Ihr neues Schätzchen war sich allzu selbstsicher und eine Spur zu elastisch in der Hüfte. Und sie, Anna höchst selbst, würde ihren Hamster verwetten, wenn er, dieser Kiwi, Penelope *nicht* bei seinen Altersangaben, gehörig hinters Licht geführt hatte. Mit Ach und Krach, so schätzte Anna, war das motivierte Kindchen, gerade einmal Anfang vierzig, wenn überhaupt.

Einmal, so erinnerte sich Anna bitter, hatte Penelope ihre Freundschaft wegen eines Mannes, abgeschlachtet und drangegeben. Das war eine ziemlich bittere Erfahrung, wenn man es selbst ganz anders hält-seine Prioritäten anders setzt, nicht treulos wird. Wie ein sezierender Schnitt durch Herz, fühlten sich damals, Penelopes seltene Anrufe an, die im Grunde, nichts weiter waren als ein Lagebericht: Wie toll, wie oft, wo überall, wie teuer, wie paradiesisch und genial. Von *liebevoll* hatte sie damals nichts zu berichten gewusst. Vermutlich ging sie, Penelope, damals davon aus, dass dieser Superlativ, automatisch und immer enthalten ist. Nun gut... Sie waren miteinander in einer langjährigen Freundschaft gereift. Vorwürfe waren hier fehl am Platze. Entschuldigungen gab es reichlich. Und ist es nicht so: Ehe man sich versieht, trifft man auf sein Schicksal. Alle Pläne werden zunichte gemacht, und kaum hat man wieder Luft zum Atmen, hat man einen Ring am Finger; ob gewollt oder eher nicht, das spielt keine- oder eine sekundäre Rolle. Die Statistik lauert ohnehin an jeder Ecke. Spätestens nach vier Jahren ist der Zauber vorbei oder verblasst. Jeder, dass wusste Anna aus

Erfahrung: Jeder ist vom ersten bis zum letzten Atemzug seinem Schicksal ausgeliefert. Und woher will man wissen, dass dafür immer Liebe vorgesehen ist. Es sind ja auch nicht alle Menschen für Glück und Wohlstand bestimmt, nicht wahr?

„Er redet Zuviel", schnauft Penelope entrüstet ins Telefon. „Das tut er, um sich selbst zu bestätigen; seine farblose Realität zu bestätigen."
Anna sagt keinen Ton, lässt die Freundin ausreden, weil sie gerade so richtig in Fahrt ist.
„Kiwi, lässt sich das schlaue Früchtchen nennen; wie kann man denn nur Kiwi heißen. Wie lächerlich ist das denn? Das enttäuschende, triviale Kürzel von *Wilfried Kindermann,* einem recht erwachsen daherkommenden Namen, für einen Mann seines Alters, findest du nicht auch?"
Diese rhetorische Zwischenfrage am Ende von Penelopes Schilderungen, war wirklich rein rhetorisch gemeint, deshalb antwortete Anna nicht. Kiwis Alter betreffend, würde Anna später, wenn Penelope sich beruhigt hätte, noch einmal nachhaken weil sie neugierig war, ob sie, mit ihren Vermutungen wirklich richtig lag. Anna notierte auf dem Zettel der vor ihr lag, das Wort: *Alter?!*
„Und er, was macht er?", eschauffiert sich Penelope unüberhörbar bereit in die Dramaturgie abzudriften- sich noch eine Spur mehr aufzuregen. „Ist das nicht absolut kindisch? (Wieder eine rhetorische Frage, die nicht beantwortet werden wollte). Er kastriert kurzerhand seinen halbwegs seriösen Namen. Und das kannst du mir wirklich glauben, Anna: Kiwi ist ein ganz gerissener Kerl, der nur *vorgibt,* auf reifere

Frauen zu stehen, stell dir das einmal vor. Pha... Alles gelogen. Auf diese Art und Weise hat er sich vermutlich so manche beschwerliche Arbeitsstunde erspart, die er hätte aufwenden müssen, um sich diverse Annehmlichkeiten leisten zu können. Seine protzige Uhr, zum Beispiel, war ganz bestimmt eine dankbare Beigabe für erbrachte Leistungen; darauf verwette ich meinen eigenen Hintern, ohne mit der Wimper zu zucken. Jawohl, das tue ich. Du sagst ja gar nichts, Anna. Hörst du mir überhaupt noch zu?", fragt sie stutzig und irritiert ans andere Ende des Telefonats.

„Nee, nee. Ich bin ganz Ohr. Ich will dich bloß nicht unterbrechen. Kotz dich erst einmal aus, danach sehen wir dann, ob ich zu diesem Schaden noch etwas beizutragen habe. Erzähle bitte weiter."
Anna erinnerte sich nur zu gut an die erste Begegnung mit diesem Galan. Das Ganze war ja auch gerade einmal zweieinhalb Monate her. Und eben *weil* dieser Kiwi gerissen war, unterließ er auch damals die Frage an Penelope zu stellen, *warum* Anna so schroff und abweisend, regelrecht vor ih geflüchtet war. Ein solches Gespräch hätte womöglich Intensionen infrage- und Argumente in eine gewisse Unglaubwürdigkeit absinken lassen. Das zu vermeiden, konnte man am besten, wenn man alles einfach ignorierte und schwieg. Diese Taktik hatte er in Vollendung verinnerlicht. Dieser Kiwi wusste ganz genau wie man einer Frau nach dem Munde redet, ohne dass es so aussah, als würde er sich hier, auf eine billige Art und Weise, womöglich anbiedern. Die Wirklichkeit sah jedoch etwas ernüchternd aus: Besagter Kiwi gab sich einen üppigen Spielraum in Bezug auf Frauen. Seit Erfindung von Tinder, lebte er

wie die berühmte Made im Speckmantel. *Nutte,* lautete sein Urteil oft kurz und knapp. Davon konnten - weder Penelope noch Anna etwas ahnen, geschweige denn wissen. Annas Skepsis war schon immer eher so eine Art, intuitiver und genereller Ablehnung, in Bezug auf solche manipulierten- und elektronisch herbeigeführten Begegnungen. Sollte es je in ihrem Leben so sein, dass *sie* für eine Partnerschaft noch einmal vorgesehen wäre, dann fände sie einen ersten Blickkontakt, an einer der städtischen Mülltonnen, irgendwie ganz romantisch, sagte sie mit einem Augenzwinkern zu ihrem inneren Weib. Anna redete über solche Gedanken niemals; aus lauter Furcht, man könne sie in die nächste Anstalt einweisen.

Penelope war so in Rage, dass sie es nicht einmal mitbekommen hätte, wenn Anna den Telefonhörer beiseitelegte, um kurz etwas zu erledigen.

„... das weiß ich doch auch längst; so dumm bin ich schließlich auch nicht", hörte Anna das schlaffe Ende von Penelopes Schilderungen.

„Entschuldige bitte, Penelope. Ich war gerade mit den Gedanken kurz bei damals, als ich Kiwi das erste- und letzte Mal gesehen habe. Ich habe den Anfang von deinem Satz versäumt. Kannst du das bitte noch einmal wiederholen?" Über ihre persönlichen Ansichten wollte Anna allerdings nichts weiter sagen. Man muss in einer offenen Wunde nicht auch noch mit der Gabel herumrühren. Diese Torschlusspanik der Freundin, war bemitleidenswert genug.

„Also... Jetzt höre aber bitte richtig zu, ja. Ich fange noch einmal von vorne an. Ich sagte: *Jeder,* jedenfalls kenne ich es nicht anders... Jeder spricht doch gerne über sich selbst, nicht wahr? Es sei denn, es handelt sich um ein Ärgernis, dessen Verschulden man in einer anderen Ursache, als bei sich selbst sieht, ja? Und nun frage ich mich, liebste Anna: *warum*... erzählt dieser Kerl nichts von sich? Und warum will er immer nur zu mir in die Wohnung kommen und lädt mich nie zu sich ein? Das war Stand der Dinge vorletztes Wochenende. So konnte das ja nicht weitergehen, und ich habe ihn dann auch darauf angesprochen, selbstredend, nicht wahr? Schließlich habe ich ein gewisses Recht auf vollständige, wahrheitsgemäße Informationen, nicht wahr, wenn schon einer jeden Abend genüsslich meinen Parmaschinken vertilgt, sollte ich doch wissen um wen es sich handelt, nicht wahr? Wie siehst du das?"

Selbst schuld, grinste Anna köstlich amüsiert in den Hörer, sagte aber keinen Pieps um Penelope nicht zu unterbrechen. Sie verstand es einfach nicht, dass der Mond die Kraft besaß, ganze Wasserberge aufzutürmen, ihre liebe Freundin jedoch, über keinerlei Widerstandskräfte - hinsichtlich erzwungener, oder künstlich herbeigeführter Partnerschaften aufbringen konnte. Den Mond anzubeten und ihn um Unterstützung zu bitten, hätte vermutlich wenig Sinn, entschied Anna einsichtig.

„Ja, und dann hat er mir, zwar nicht gerne, kannst du dir ja vorstellen, seine Wohnung präsentiert. Tja... was soll ich dir sagen: Das hatte ich befürchtet: Eine Zwei-Zimmer-Klitsche, vollgestopft mit den vergangenen Kreationen eines berühmten schwedischen Möbelhauses, lieblos, fantasielos, geschmacklos und im Badezimmer war es dreckig. So war das, meine liebe Anna. Und das Schlimme an der ganzen- beinahe schon skurrilen Situation war gewesen, dass ich mich in diesen Loser wirklich verknallt hatte. Ich wollte ihm ja nicht wehtun, oder ihn spüren lassen, dass er in einer ganz anderen Liga spielte."

Anna war jetzt wirklich gespannt, wie Penelope aus dieser verzwickten Nummer wieder herausgekommen ist. Denn offensichtlich hatte sie, ohne größeren Schaden zu nehmen, das Früchtchen Namens Kiwi, bereits hinter sich gelassen. Sonst hätte sie nicht so viel Zeit in dieses Telefonat investiert, wie Anna aus Erfahrungen der Vergangenheit wusste.

„Wir haben uns also - ehrlich gesagt auch wegen dieser peinlichen Lage, ordentlich einen hinter die Binde gekippt. Er aus Verlegenheit; ich aus Verzweiflung. Er tat mir fast schon ein bisschen leid, der Kleine. Nun ja... Das Unglück nahm seinen Lauf. Was soll ich dir sagen: Er war mindestens um glatte 1,6 Promille überparkt, und ich..., ich sah auch nicht so schlecht aus. Gerade stehen, koordiniert artikulieren war nicht mehr. Keine Ahnung was wir da alles in uns hineingeschüttet haben. Auf jeden Fall: ich bekam plötzliche Visionen. Aus heiterem Himmel überkam es mich. Einfach so. Entbehrend jeglicher Vernunft und Verstand - von dem wollen wir schon überhaupt nicht reden, von diesem Verstand, der war nämlich längst abgesoffen. Meine Mega-Vision also, bestand darin, dass ich mir einbildete, *dieser eine Mann*, der sei dazu in der Lage, mir... mir einen waschechten Orgasmus zu verschaffen, jawohl. Waschecht! Der und kein anderer. Und in meinem besoffenen Kopp, jetzt halte dich fest, liebste Anna, habe ich ihm einen Heiratsantrag gemacht, jawohl. Was sagt man dazu? Ich kann doch wirklich nicht mehr recht bei Sinnen sein."

Draußen, am äußeren Ring der Stadt, dort wohnte Anna in einem der vielen Hochhäuser. Sie hatte das Fenster im Wohnzimmer bis ganz hintenhin, weit aufgerissen, weil es draußen immer noch sehr warm war. Ein ganzer Pulk Harleys fuhr gerade vorbei; Annas Lieblingsgeräusch. Sie spitzte sehnsuchtsvoll die Ohren und wünschte sich auf eines der hübschen Fahrzeuge, um möglichst schnell und weit, weit weg, ans andere Ende der Welt zu reisen.

„Was willst du mit einem fucking-Ehering? Wieso bist du so krankhaft erpicht auf so einen gottverdammten fucking-Ehering? Der stört doch nur beim Händewaschen, Grundgütiger! Sag` mal Penelope, wollen wir nicht einmal einen vernünftigen Psychologen aufsuchen? Vielleicht besteht ja noch ein Funken, ein winziger, winziger Funken Hoffnung für dich. Na...? Was meinst du dazu? Ich komme auch gerne mit und halte Händchen. Daran soll es nicht scheitern. Wirklich nicht.“

„Warte doch mal ab, verflixt“, sagte Penelope, die ins Mark getroffen, gierig nach innerer Reinwaschung dürstete. „Es geht ja noch weiter. Wenn du glaubst, es könnte nicht noch schlimmer kommen, dann bist du auf dem Holzweg.“
Anna fiel nun in tiefe, betrübte, resignierte Andacht. Noch schlimmer? dachte sie. Was denn noch?

„Schieß los!“

„Boah nee, du“, setzte Penelope ihren Kriegsbericht mit fragwürdigem Ausgang, hyperventilierend und schnappatmend fort. „Da will er doch tatsächlich, in *diesem* halbtoten Zustand der Volltrunkenheit, sein... sein Dingens, na, du weißt schon, sein Pumpalumpa da in mich hineinstecken. *Im Suff! Ja?*

Und ich, ja... Ich, wirklich völlig überrumpelt, ja... Und ohne Kotztüte unterwegs, auf nichts vorbereitet, nackt quasi, ich, ja...: Ratlos! *Völ-lig rat-los.*
Meine kreative und erfindungsreiche Fähigkeit, mich aus jedwedem Scheiß, *höchst* einfallsreich und aus eigener Kraft wieder herauszuwinden, war wie weggeblasen. Und er, dieser hyperaktive Adam, lag sozusagen besoffen auf meinem Verstand."

Anna, die glaubte, das wäre es nun gewesen, und die alle Mühe hatte, nicht schallend laut loszulachen, irrte sich gehörig, denn Penelope plapperte ohne Pause weiter und weiter, wie aufgezogen.

„Am nächsten Morgen", schnaufte sie laut ausatmend – „ich will gar nicht darüber reden wie ich ausgesehen habe, torkelte ich mit Ekel - das gebe ich gerne zu, in sein spartanisches Badezimmer, um mit kaltem Wasser Leben in mich hineinzutreiben. Mein Blick fiel, ohne dass ich es wirklich beabsichtigt hätte, auf eine Uniform die an der Seitenwand des Badezimmerschrankes, sauber und sehr ordentlich aufgehängt war. Sicher fühlte ich mich, in diesem beengten Raum. Hier einzudringen, das hätte er dann doch nicht gewagt. Außerdem lag er ja ohnehin noch bewegungslos im Koma. Und dann... - Du kannst dir ja vielleicht denken was jetzt kommt, meine Liebe. (Anna schüttelte - für Penelope natürlich nicht sichtbar, wie auch? - erschüttert mit dem Kopf) Ich habe einen beherzten Griff in die Brusttasche der Uniform gewagt, und hatte wirklich riesen großes Entdecker-Glück; Anfängerglück für ein silbernes Schnüffler Diplom. Ich hielt - halte dich fest, seinen leibhaftigen echten Führerschein in meinen zittrigen, schwitzigen Patschehändchen. Was sagt man dazu?"

„Oha", sagte Anna knapp. Sie ahne was jetzt kommen würde, *musste*. Klarheit!

„Und? Wieviel?", fragte sie knapp.

„Du wirst es nicht für möglich halten..."

„Doch!"

„Unterbrich mich nicht. Also... hör` zu: Zarte *neununddreißig* Jahre ist das Kindchen alt. Und mir hat er erzählt, dass er sechsundvierzig Lenze alt sei, dieser berechnende Gigolo, dieser Schweinehund. Und der Hammer ist, liebe Anna: ich habe nicht nur - bildlich gesehen jetzt, mit meinem Sohn gevögelt, sondern auch noch mit dem Chauffeur von Kristinas Chef. Kristina, du weiß noch, die Kleine die mal für mich den Schreibkram erledigt hat. Früher. Hör`, hör zu...`bitte. Sag` nix, es geht ja noch weiter: *Mir* hat er erzählt, der Arscharsch der, er sei die rechte Hand vom Vorstand in diesem Laden. Die *Rechte*, ja. In Wirklichkeit ist er nicht nur die rechte- sondern gleich beide Hände, der Arscharsch. Von wegen rechte Hand; ein Kutscher ist er, mehr nicht. Ein Kutscher! Dazu braucht er natürlich beide Hände, nicht nur die Rechte. Das ist doch nicht zu fassen, was? Dieser Typ ist so verlogen und bekloppt, der würde doch glatt zu *Wagner* tanzen", eschauffiert sie sich, scharf die Luft einziehend, dass man es als zischende Untermalung, vernehmen konnte.

Ob nun berechtigt oder nicht, das lag letztendlich im Auge des jeweiligen Betrachters, dachte Anna in den Hörer. Wer eine unbekannte, viel zu dünne Eisfläche, leichtsinnig betritt, der muss damit rechnen, ganz schön nasse Füße zu bekommen. Das Leben ist kein Zucker, oder so.

Anna konnte sich nicht mehr zurückhalten. Sie sagte:

„Es ist so stockdunkel in deinem Gehirn, meine Liebe, dass ich dir unterstelle, *du* warst vor Urzeiten diejenige, die die geistige Umnachtung erfunden hat. Lass uns demnächst mal eine Schatzsuche veranstalten. Mit etwas Glück finden wir vielleicht eine deiner verschollenen Gehirnzellen. Allegorisch betrachtet, liebe Freundin, ergibst du ein eindeutiges Bild: Lass es mich nicht aussprechen; lieber nicht."

Annas sensible Empfindlichkeiten, *gegen* diese Art der Marktwirtschaft, wuchsen allmählich der Intoleranz entgegen, weil sie auch - schlicht und ergreifend, Angst um die geliebte Freundin hatte. Man hörte oft genug von diesen Begegnungen, die völlig aus dem Ruder liefen. Anna unterstellte jedem einzelnen Teilnehmer dieser digitalisierten Partnersuche, dem lieben Gott, mit derartig gezielten Manipulationen, unerlaubt ins Handwerk zu pfuschen. Schicksal spielen, nannte sie es abfällig. Schicksal spielen per Mausklick. Und nicht nur das: Dieser ganze Müll konnte auch tatsächlich so gefährlich werden, dass Leib und Leben, in großer Bedrohung schwebten. So weit dachte Penelope, in ihrer Sucht nach Bestätigung, überhaupt nicht. In diesen Momenten des spannenden Abenteuers, warf sie alle notwendige Vorsicht, leichtsinnig über Bord. Naiv wie ein Kind, verschenkte sie großzügigstes Vorschussvertrauen. Anna war *wirklich* gespannt, wie sie aus der Nummer wieder herausgekommen war, denn es lag auf der Hand: In dem Augenblick, wenn Penelope ihr, Anna gegenüber, so brutal ehrlich wurde, waren ihre Amourösen vorüber und out. Abgehakt.

„Sei nicht so hart mit mir", beklagte sich Penelope gespielt gekränkt. In Dreiteufelsnamen, ich habe ihm vergeben. Schließlich ist es legitim mit gezinkten Karten zu spielen. Gerade in diesem... diesem Business mit den Dating-Plattformen. Jeder tut es. Jeder. Ich auch. Man muss ja nicht mitmachen; wird zu nichts gezwungen. Er ist so niedlich, echt jetzt. Wie ein kleiner Junge, so hilflos."

„Ich glaube ich muss kotzen", sagte Anna trocken.

„Aber er liebt mich *tatsächlich*, ob du es jetzt glaubst oder nicht, rechtfertigt Penelope naiv gerührt, ihren kleinen Ausritt in die ewige Jugend. „Er liebt mich, und es tut ihm so leid, dass er gelogen hat, sagt er. Das Alter- oder der Unterschied, sagt er, seien für ihn nicht relevant. Ich sei die Frau seiner Träume und Sehnsüchte, sagt er. Ist das nicht süß, Anna. Ich glaube, er hat wirklich eine Chance verdient. Was habe ich schon zu verlieren."

„Bla bla bla... Ja, ja. So, so. Er liebt dich, er liebt dich nicht, er liebt dich... Wer's glaubt. Er liebt auch dein fettes, bezahltes Autochen mit den hübschen Pferdchen unter der Haube; deine hübsche, bescheidene dreihundert Quadratmeter kleine, große Penthouse-Wohnung mit dem atemberaubenden Ausblick auf den nahen See. Er liebt den treuen Caterer, der von dir - aus purer Bequemlichkeit - so häufig bemüht wird. Er liebt sicher auch die feinen Reisen in der Business Claas und die fünf-Sterne-Tempel, zu denen du, jedes Mal, so großzügig und vorschnell einlädst. Und ganz gewiss liebt er, die zuverlässig eingehenden Benachrichtigungen deiner Bank, die dich über deinen Status mit Informationen auf dem Laufenden halten. Siebenstellig, wenn ich mich recht entsinne. Oh Mädel... Verschone mich. Du machst mich wirklich fick und färtig."

Dieses intime Gespräch, von Frau zu Frau, wurde an dieser Stelle beendet und auf einen späteren Zeitpunkt vertagt. Anna hatte auch genug gehört. Sie würde der Freundin nicht ins Gewissen reden können, die holte sich schon selbst ihre Blessuren. Dies alles, lag weit ab und jenseits- sowie außerhalb ihres Verantwortungsbereiches als ziemlich beste Freundin, entschied Anna. Zuhören genügte, mit Ratschlägen hielt sie sich zurück, weil sie ja nicht Penelopes Leben leben konnte. Ohne Hellsichtig zu sein, ahnte sie den Ausgang der Geschichte. Und der... ließ nicht sehr lange auf sich warten.

Drei Wochen später, kamen Penelope und ihr Angebeteter, von einem sündteuren Kurz-Ausflug aus Sonthofen im Allgäu zurück. In diesem Etablissement, in welchem Penelope gerne abzusteigen pflegte, kostete kein Doppelzimmer unter vierhundertsechzig Euro, *pro Übernachtung,* wohlgemerkt.
Der jugendliche Liebhaber genoss die Zuneigung die man ihm entgegenbrachte, nachdem man ihm seinen Leichtsinn der Not-Lügerei - wie Penelope später großzügig dazu sagte - um sein tatsächliches Alter, großzügig verziehen hatte. Seine *Selbst*-Sicherheit wuchs von Tag zu Tag immer mehr himmelwärts. Immer leichter und ganz selbstverständlich, nahm Kiwi die finanziellen Ressourcen von Penelope in Anspruch. Sein Schamgefühl erlag seiner Gier nach materiellen Vorzügen. Stolz besaß er nicht; woher auch. Davon wurde man weder satt noch reich. Unvorsichtig wurde er, der gute Kiwi, sich seiner Schönheit und Jugend, allzu sehr und wohl bewusst. Und in einem solchen Anflug von Leichtsinn, griff er

eines Tages in Penelopes Geldbörse und bediente sich großzügig. Schließlich, so beruhigte er sich, leistete er dafür auch erwartete Dienste und taugte zur Dekoration. Außerdem besaß er, mittlerweile, einen eigenen Wohnungsschlüssel, woraufhin er sein frisch erworbenes Recht, sich angemessen zu bedienen, entsprechend ableitete. Sie waren ein Paar mit allem Drum und Dran, bis auf einen Trauschein, fand er. Das Penelope dieses Defizit ins Auge fallen würde, weil sie gerade erst heute Morgen die Geldbörse aufgefüllt hatte, um heute Abend ins Spielcasino zu fahren, damit konnte der gelackmeierte Liebhaber allerdings nicht rechnen. Ein einziger, kurzer Blick in ihre Geldbörse genügte, und Penelope blies zur *sofortigen, umgehenden* Abreise. Auf die dümmliche Frage von Kiwi, was denn um Himmels Willen jetzt mit ihr los sei, antwortete sie nur ganz sparsam und unterkühlt: es sei ihr speiübel; ganz plötzlich. Sie wolle auf der Stelle nach Hause.

Ihren, so leichtsinnig ausgeliehenen Hautürschlüssel, den hatte sie schon heimlich an sich genommen als Kiwi sich erleichtern war. Er ahnte noch nichts von seinem bevorstehenden Pech. Mit stolzer Brust und Besorgnis heuchelnd, chauffierte er - seine Herrin, wie er sie devot gespielt nannte, der berechnende Schleimer, in Richtung Heimat. Schnurstracks, wie ihm befohlen wurde. Die große, schnurrende, kräftige Limousine lag ihm leicht in der Hand; davon verstand er etwas.

Auf der letzten Raststätte, knapp vor Hamburg, bat Penelope ihn, ab jetzt das das Steuer zu übernehmen. Sie habe Lust auf ein wenig Abwechslung, log sie. Und er, er solle doch bitte so liebenswürdig sein, und ihr bitteschön aus dem Tankstellenshop, eine kalte Cola holen. Sie habe solchen Durst auf eine Cola.

Kiwi, der in seiner simplen Denkweise keinerlei Verdacht schöpfte, tat mit leichten Schritten wie ihn geheißen wurde. Lässig schob er seine teure Designer-Sonnenbrille in die Haare und lächelte Penelope, mit unverschämtem- neuerdings sehr selbstsicherem Besitzerstolz, charmant in die dunkler gewordenen Augen, ohne dass ihm, diese eisige Veränderung aufgefallen wäre.

Penelope nutze die Gelegenheit auf die sie seit Stunden gewartet hatte. Schnell stieg sie aus und zerrte seinen Koffer aus ihrem Kofferraum. Sie stellte ihn, zwei Meter von ihrem Wagen entfernt, neben die Beifahrertür, in die Lücke zwischen den Tanksäulen. So, würde er ihn nicht übersehen, kalkulierte sie, bis oben hin mit brennender Wut bewaffnet. Und so war es dann auch.

Kiwi kam aus dem Tankstellenshop, sah sich um, ob man ihm auch genügend Beachtung schenkte und dann, fiel sein Blick auf seinen eigenen Koffer, der einsam und alleine neben Penelopes Wagen stand. Das Seitenfenster ihres Wagens war heruntergelassen, die Türverriegelung abgeschlossen; ein Detail, dass ihm allerdings entging. Sein Gesicht zu einem Fragezeichen mutiert, verharrte er mitten im Schritt. Gleichzeitig fiel ihm die Kinnlade in Richtung Designer-Hemd. Dort blieb sie bis zur Abreise Penelopes.

„Genügend Geld hast du ja, nicht wahr, mein Schätzchen?", rief Penelope freundlich lächelnd, mit dem Charme einer Cobra, durch das geöffnete Seitenfenster. Weit musste sie ihren Fuß nicht nach unten bemühen, der Wagen gehorchte ihr mit all

seiner Kraft und schoss davon. Nicht ohne noch ei-
letztes Mal kurz in Kiwis Richtung zu winken, sauste
Penelope in Richtung Autobahnauffahrt und fuhr
nach Hause. Das war erledigt.

Penelope hatte sich von ihrer Reise durch die orgas-
tische Welt der Sagen und Märchen, ziemlich schnell
wieder erholt. Mit knappen fünf Worten: *rufe mich
nie wieder an,* hatte sie am Vorabend den enttäusch-
ten Kiwi, aus ihrem Leben hinaus gewischt. Ihrer
Auffassung nach, hatte er sich unverzeihliches zu
Schulden kommen lassen. Das alte Spiel, das alte
Lied. Eigentlich nur Larifari. Eigens eingemacht, für
aussichtslose Fälle wie diesen. So spielte das Leben;
zumindest in ihrem Falle. Außerdem hatte sie sich
schon längst neu orientiert. Deshalb musste sie dringend Anna anrufen, die sich sicherlich schon um sie
sorgte. Seit dem letzten Telefonat hatten sie nicht
mehr miteinander gesprochen. Gesagt getan. Penelope wählte Annas Handynummer und erreichte sie
sofort. Anna kam sogar vorbei, hörte sie die Freundin sagen. Sie war beim Einkauf, fast um die Ecke.
Noch besser also; nein: genial. Es ging doch nichts
über einen aussagekräftigen, hübsch altmodischen
Augenkontakt mit echter Stimmübertragung.

Nachdem Penelope – nicht ohne selbst, schallend
über ihre Dummheiten zu lachen, mit ihrer genüssli-
chen Berichterstattung geendet hatte, erkundigte sie
sich – rein rhetorisch natürlich – was Anna von der
ganzen Sache hielt. Zunächst herrschte so etwas wie
betroffenes Schweigen. Nur Annas Blick sprach eine
ganze Bibliothek. Vermutlich legte sich die Freundin,

so dachte Penelope, gerade eine ihrer berühmt- berüchtigten Gardinen-Predigten zurecht.

Penelope war gewappnet; sie sah es sportlich. Nichts von Belang war passiert. Nichts, bis auf ein paar Euro, die zu verschmerzen waren.

Die beiden Freundinnen kamen, aus Verbundenheit ihrer sehr alten Freundschaft heraus, am Ende doch auf einen gemeinsamen Nenner: Besser wäre es, waren beide sich einig, wenn man sich finden ließe. Aber woher sollte man wissen, wo genau man sich hinstellen musste, um überhaupt eine Chance des Gefunden Werdens *zu haben*?

Weder in einer Lotterie noch bei irgendeinem Orakel erhielt man nähere, verbindliche Auskünfte. Wer, wo, was, das *Warum* entschied oder bestimmte, lag außerhalb aller Verständlichkeit welche der Verstand erschließen konnte. Dieses große Spiel wurde auf einer anderen Ebene gespielt und entschieden. Es ergründen zu wollen... dafür wäre ein einziges Menschenleben zu kurz- zu eindimensional, zu klein. Manche Menschen sind vielleicht sogar – weder für die Liebe bestimmt, noch dafür gemacht. Wer weiß das schon? Solange man am Ende seinen Platz gefunden hat und Glück am Ende ist, würde sich diese Frage überhaupt nicht stellen. Die Jagd, das Abenteuer, die Spannung, alles Unbekannte und neue, konnten auf vielen Wegen erobert werden. Wer mit der Zeit ging- oder keine hatte, der konnte eben auf Hilfsmittel wie die elektronische Partnersuche zurückgreifen. Am Ende jeder Geschichte- am Ende jedes Weges, sollte ein Schild stehen auf dem geschrieben steht: Sie haben ihr Ziel erreicht.

„Das war ziemlich ziemlich, meine Liebe. Mann o Mann. Das hätte auch ebenso böse enden können."

„Mhm... Stimmt! Das war ziemlich ziemlich. Aber eben nur ziemlich und nicht bis ganz dran", rechtfertige Penelope die Kiwi-Storry schlicht, wie sie sie nannte. „Immerhin habe ich meinen Hausschlüssel wieder, den er sich nicht so ohne weiteres hat nachmachen können. Dafür hätte er den Sicherungsschein benötigt, den man nur über die Hausverwaltung bekommen kann. Beruhigend, findest du nicht?"

„Was?"

„Na, die Sache mit dem Sicherungsschein."

„Beruhigend, ja. Wirklich sehr beruhigend, wenn du mich schon so fragst. Und...? Schnauze voll?"

„Schon. Bisschen schon. Aber ist ja nochmal gut gegangen, nicht wahr? Trotzdem: und wenn du dich auf den Kopf stellst, Anna, ich glaube immer noch, dass er mich ein kleines bisschen geliebt hat, weil..."

„Oh nein...! Das will ich nicht hören! La, la, laaaaa, la. La, la, laaaaa, la, la, la. Ich höre nichts, ich höre nichts. Ich kann ü-ber-haupt nichts mehr hö-hö-ren. La, la, laaaa, la."

Anna spingt auf und hopst wie wild geworden im Zimmer umher. Wie ein verrückter Derwisch tanzt sie vor Penelopes Nase herum, macht sehr seltsam anmutende, komplizierte Verrenkungen, und stopft sich beide Zeigefinger, demonstrativ in die Ohren. Nachdem ihr Feix-Tanz vorüber ist, bleibt sie – etwas außer Atem geraten, stehen und fragt, mit toternster Miene, mitten in Penelopes Gesicht hinein:

„Wieviel Spielraum hat man noch, so mit knapp sechzig Jahren, liebste Penelope? Verzeihst du dir das wirklich immer und alles? Bist du dir gegenüber wirklich so grenzenlos tolerant? Ist das die Essenz dessen, was du eigentlich gelernt haben solltest?"

„Ich verstehe nicht, Anna. Wie meinst du das?"

„Ist ja auch egal", antwortete Anna. „Ist ja auch egal."

Anna macht, mit dem Arm eine großzügige, wegwischende Geste und sagte: „Jeder soll so wie er kann, muss oder möchte. Hauptsache du bist noch am Stück, liebste Freundin. Komm her du dummes Ding, und lass dich umarmen. Die Anna hat dich lieb."

Die vier Seiten eines Dreiecks

So lange sie denken konnte, war sie traurig. Er brachte sie zum Lachen; sie nannte es Liebe.

Er hatte *„ich brauche dich"* zu ihr gesagt. Danach war sie nicht mehr dieselbe.

„Treffpunkt Jenseits", hatte sie ihm zärtlich, während des Brautkusses ins Ohr gehaucht. Bis das der Tod uns scheidet, klangen die Worte des festlich gekleideten Pfarrers noch lange nach, und richteten sich, kaum dass sie den schmallippigen Mund des Pfarrers verlassen hatten, in Gabrieles Kopf eine bombensichere Bleibe ein.

Nach dieser überwältigenden, rauschenden, sehr, kostspieligen Hochzeitsfeier der wohlhabenden (auf ihn trifft es zu, auf sie nicht), etwas späten Eheleute – sie war vierunddreißig, er nicht. Der herausgeputzte Bräutigam zählte bereits achtundvierzig Lenze - Horst und Gabriele Rowedder, wovon Letztgenannte eine geborene Ippenstein ist, und als ältestes, von insgesamt vier Kindern-, als letztes, den heiligen Bund der Ehe einging. Mit allem Brimborium den man sich überhaupt nur vorstellen kann. Endlich kein familiäres Überbleibsel mehr; das musste gefeiert werden. Selbst die klischeebehafteten - für dieses Alter und den Umstand, dass Horst bereits seine zweite Runde drehte - vier weißen Rösser, waren dienstbeflissen anwesend und ließen sich, als Zugpferde, willig vor den Karren spannen. Ein Käfig, besiedelt mit weißen Tauben, die sich - freigelassen nach der kirchlichen Trauung, grazil in die Lüfte abhoben, vollendeten dieses märchenhafte Bild einer

Traumhochzeit, welche aus jeder Frau, aus jeder... eine Prinzessin gemacht hätte. Eine Schwangerschaft wurde *ihr* bereits damals, nach Bekanntgabe der geplanten Ehe-Absichten unterstellt.

Das alles war vor gut drei Jahren. Das große Fest blieb lange Zeit in aller Munde, der knapp zehntausend Einwohner zählenden, sehr ländlichen Gemeinde, zwischen Hamburg und Lübeck. Das ist nun einmal so auf dem Lande. Man hatte schließlich kaum Sensationen, also blieb genügend Raum für Spekulationen. Die Leute – vorweg die weiblichen Leute, um einen herum, wissen immer viel besser über dich Bescheid, als du selbst. Schwanger war sie jedenfalls nicht, die frischgebackene Frau Rowedder. Damals. Am Tag des großen Festes.

In den frühen Morgenstunden war dieses große Ereignis, welches - wie schon erwähnt - noch für reichlich Gesprächsstoff sorgte, in den kommenden Wochen ländlicher Lethargie, endlich vorbei; die Gäste alle nach Hause gegangen, das Personal mit den letzten Handgriffen für den bevorstehenden Feierabend beschäftigt.

Gabriele und Horst torkelten, völlig erschöpft und bis obenhin mit Glück abgefüllt, nach Hause, wo ein gut gesichertes Ehegemach, mit einem bequemen Masterbed bereits sehnsüchtig auf die bevorstehenden Ereignisse wartete. Man streifte - ohne eine einzige erotische Absicht in den erschlafften Gedanken, die kostbare Hochzeitskleidung ab, und legte stattdessen, die bereitgelegten Korsetts künftiger Bürgerlichkeit an, ohne zu bemerken, dass es ihnen bereits damals, an Passgenauigkeit fehlte.

Im Grunde, so musste man fast vermuten, wäre die Geschichte hier bereits zu Ende erzählt. In einer gut und auskömmlich abgesicherten Ehe, die sich anständig an die Regeln der Gesellschaft hält, in der alles – zum Bedauern der gelangweilten Nachbarschaft – in geregelten, bürgerlichen Bahnen durchs Familiendasein schlingert, wo man sich wertschätzt, achtet und liebt, in einer solchen Ehe – einer solchen Mustermann-Familie, haben Skandale keine Chance, glaubt man. Und somit, um an den Anfang dieses Satzes zurückzukommen, wäre eigentlich auch schon alles gesagt.

Wäre... Wäre da nicht die Allmacht der Phantasmagorie, welche sich, lange vor der pompösen Eheschließung, unbemerkt, die perfide Überhand verschafft hatte. Meister dieses Faches war der angesehene Bräutigam höchst selbst. Er beherrschte die Kontrolle über zwei Gesichter aus dem ff. Bei seiner wohldurchdachten und kühl kalkulierten Wahl seiner Angetrauten, hatte Horst wirklich den allergrößten Wert darauf gelegt, sich ein zuverlässiges, treues Exemplar anzueignen, das ihm auch wirklich und beständig, in aller Treue und ergebener Loyalität, niemals die Krone vom Kopf reißen würde. Und wer wäre dafür besser geeignet, als eine Frau, die es ganz offensichtlich in der zu betrachtenden äußeren Hülle, nicht ganz so gut getroffen hatte. Um es an dieser Stelle kurz zu machen: Gabriele war nun wirklich nicht die allerschönste Blume im Garten.

Aber, und genau das musste man ihr hoch anrechnen, sie lieferte die gewünschte, unverzichtbare Beigabe der unantastbaren Loyalität; dem stabilen Fundament aus vier Säulen die eine gute und dauerhafte

Ehe ausmachen: Dankbarkeit, Treue, Ergebenheit und ein nie enden wollendes erblindetes Vertrauen.

Dies waren die Attribute, welche für Horst - damals wie heute - die tragenden Säulen, die sicheren Fundamente einer soliden, guten Ehe darstellten. Vertrauen nahm er gerne in Form eines Vorschusses entgegen. Jederzeit. So wie es aussah, hatte er mit seiner wohl bedachten Wahl keinen Irrtum begangen. Und dass sie, seine Gemahlin, unterm Laken auch noch kompatibel war, erleichterte das Zusammenleben ungemein.

Selbst wenn dieser beschriebenen Ehe der sechste Sinn, das Gleichgewicht, von vornherein fehlte, so war sie doch in ihrem Ablauf vorbildlich und ohne Kratzer, für jedermann gut sichtbar. Für jedermann und die Nachbarn. Horst konnte – nun vorschriftsmäßig verehelicht und kein anstößiger Single mehr; die Voraussetzung für diesen Posten – endlich in die Vorstandsetage aufsteigen. Türen, die bislang aus eben diesem Mangel, für ihn nur bestenfalls als Kollege geöffnet wurden, wurden nun von beflissenen fremden Händen aufgehalten, um so seine, Horsts, innovative Kraft nicht zu vergeuden. Reichlich Kollegenhände wurden geschüttelt, gerüttelt und herzhaft gedrückt und Kaffee für ihn gekocht und sich - untertänigst, nach seinem Wohlbefinden erkundigt. Horts gepflegt, konservatives Konterfei machte fleißige Runden in diversen Presseberichten und Wirtschaftszeitungen. Und, sehr lukrative Nebenaufgaben wurden massenweise, auf breiten Schleimspuren, an ihn herangetragen. Alles um ihn herum war im Steigen begriffen. Es gab nur noch eine Tendenz, nur noch eine Richtung: Die nach ganz oben. Eine Richtung die Horst schon immer ins Auge gestochen war; nun begann sie sich vor ihm auszubreiten.

Unvermeidbarer Nebeneffekt der steilen Karriere war allerdings: das Konto wuchs, die zur Verfügung stehende Zeit schmolz dahin.

Gabriele, die vom Tempo seiner Karriere ein wenig überrascht und überrollt worden war, hatte keinen Grund zur Klage. Sie residierte in einem wunderschönen Einfamilienhaus mit Außenpool, fuhr ein stattliches Zweitauto und orderte ihre erste Haushaltshilfe um die Fingernägel zu schonen. Sie blieb zurück; im wahrsten Sinne des Wortes.

Man soll sein Schicksal feiern, beschloss sie, und betrachtete - etwas abwesend vielleicht – ihre nagelneue schwarze Kreditkarte, die ihr Mann ihr am Wochenende geschenkt hatte. Sie machte sich gut in ihrer ersten Designertasche, gehalten von der diamantberingten Hand, mit den sehr gepflegten Fingernägeln und der zarten Haut.

Drei Jahre waren also vergangen, seit Gabriele und Horst das heilige Gewand der Ehe übergestreift hatten. Drei Jahre, in denen sich auf der einen Seite viel auf der anderen Seite nichts Nennenswertes verändert hatte, außer vielleicht die finanziellen Ressourcen, aus denen Gabriele mit manikürten Händen schöpfen konnte und durfte.

Es war ein herkömmliches Osterfest geplant, so wie die beiden vorhergehenden Feiertage auch; ganz normal eben. Das Übliche. Besuch von Verwandten und Freunden, eine kurze Reise nach Kampen auf

Sylt. Viel zu viel gutes Essen und ein wenig mehr Alkohol als sonst üblich, mehr Schlaf als es sich im Alltag einrichten ließ. Allerdings musste Horst sich, im Vorfeld der Feiertage, dem bevorstehenden Jahresabschluss zuwenden, weil der Steuerberater begann ihm Beine zu machen.

So geht das nicht, Herr Rowedder, hatte er ihm unmissverständlich zu verstehen gegeben. Sie bekommen Ärger mit den Finanzbehörden, wenn wir nicht tätig werden. Horst hat sich diese Mahnung zu Herzen genommen, sich auf die Suche nach allen möglichen Belegen und Dokumenten gemacht, Papiere, Verträge und Urkunden aus verschiedenen Schubladen zusammengesucht - mittlerweile gehörte er, ganz stolz, zum erlauchten Kreise der Immobiliensammler, solange diese Art der Anlage noch interessant war, wollte Horst unbedingt zugreifen – und sich, für den Bruchteil einer unüberlegten Sekunde, gefragt, ob seine sündteure Nobeluhr, eine Patek Philippe Moon Phase, nicht vielleicht doch als Werbungskosten abzusetzen sei, denn schließlich müsse er, wie das perfekte äußere Erscheinungsbild zu seinem Business gehörte, immer wie aus dem Ei gepellt dastehen. Dazu gehörte natürlich auch ein angemessener Zeitanzeiger. Diesen Gedanken verwarf er jedoch, genau so schnell wie er aufgekommen war. Man sollte nicht übertreiben. Tricks und Kniffe zu überdehnen, waren auf Dauer noch nie gut gegangen, wusste Horst.

Was Horst allerdings ein wenig ins Rudern geraten ließ, war die Kreditkartenabrechnung seiner werten Frau Gemahlin. Natürlich hatte sie sichtbare, äußerliche Veränderungen vorgenommen, vor allem die

Kleidung betreffend, die Frisur, ihr Duft. Alles wirklich sehr geschmackvoll, keine Frage; gelungenes Understatement aus Kaschmir und feiner Seide, ergänzt von Gold und großen Namen. Vielleicht ein wenig zu maskulin und sportlich, aber immerhin... Eine deutliche Verbesserung zu früheren, unscheinbaren und biederen Zeiten. Die Höhe ihrer Ausgaben allerdings, die schienen ihm doch recht unangemessen zu sein. Fast schon vermutete Horst einen Fehler in der langen Abrechnung mit den vielen Positionen, fand aber keinen, auch nicht nach der dritten Durchsicht. Hier musste Abhilfe her, beschloss er. Umgehend! Schnellstens, und zwar schnell. Dieser hier entstehenden säkularen Welt, musste ein Ende bereitet werden, welches diese Ausuferungen im Keim erstickte, aber wie? Verletzen und kränken wollte er seine Frau nicht, geschweige denn maßregeln oder schmerzhaft einschränken. Er brauchte sie als verlässliches Fundament seiner - für die kritische Öffentlichkeit sichtbaren Existenz insofern, dass ihn eine Frau, die viele Fragen und Ansprüche zeitlicher Natur gestellt hätte, arg beeinträchtigen würde. Seine Freiheit, und solche Dinge die damit verbunden waren, ließen keinen Verhandlungsspielraum zu. Horst war außer Stande, solche Fragen wie: *Wann kommst du, wo warst du, mit wem und warum, und warum nimmst du mich nie mit, oder...: liebst du mich überhaupt noch?* zu Ende zu denken oder gar auszusprechen. Solche Fragen machten ihm Angst und ein ungutes Gefühl. Eine Gänsehaut zeigte sich spontan auf seinem behaarten Unterarm, alleine nur von diesem bedrückenden Gedanken ausgelöst. Mit jedem einzelnen Härchen, welches sich hier so renitent aufstellte, wurde eine brillante Idee in seinem Kopf geboren, die - hierbei war Horst sich ganz und gar sicher, alle seine kleinen, heimlichen Probleme überhaupt, auf der Stelle würde lösen können.

Am späten Nachmittag waren alle fehlenden Unterlagen, gewissenhaft von Horst zusammengetragen und im Groben vorsortiert. Schwer, an einem gefüllten Umzugskarton tragend, verabschiedete er sich, in der großzügigen, eleganten, weiß, schwarz und goldfarben gehaltenen, etwas protzig dekorierten Diele balancierend, mit einem Luft-Kuss von seiner Gattin:
„Es kann sehr spät werden, Liebste", sagte Horst ins ungeschminkte Nachmittagsgesicht seiner Frau.
Ihr Kopf ragte kauend um die Ecke der Küchentür. Ein nacktes Bein lugte aus ihrem weißen Bademantel heraus und stand keck, mit halbem Fuß, in zuvor geschilderte Neu-Reichtums-Diele. Um diese späte, unchristliche Uhrzeit, unbekleidet ihrem eigenen Mann gegenüberzutreten, dass hätte sie vor zwei Jahren noch nicht gewagt. Mit seiner sich häufenden, ständigen, unberechenbaren, viele Stunden und Tage zählenden Abwesenheit, wuchs Gabrieles Selbstbewusstsein quasi, parallel begleitend zu Horsts Karriere. Schließlich war sie eine repräsentative, unentbehrliche, stille Stütze für ihn geworden; eine starke Frau die ihrem schwer erfolgreichen- selten anwesenden Ehemann, den sogenannten Rücken von Banalitäten frei hielt und wie ein Felsen hinter ihm stand, so, wie es im schönen Klischee, immer behauptet und erwartet wird. Dass dies alleine zum Erfolg des Mannes führte, war wohl nicht mehr von der Hand zu weisen. *Sie* war die Frau, die *er*, mit

großer Sicherheit, voller Dankbarkeit, irgendwann in einer seiner Reden, eines Tages, in aller Öffentlichkeit, für alle Ohren, lobend erwähnen würde, damit es jeder gewahr wurde. Auf diesen Tag freute sich Gabriele; er würde kommen, dieser Tag.

Und durch unbewusstes Zutun von Horst höchst selbst, wuchs Gabriele in Windeseile in eine so stabile Festigkeit und Sicherheit ihrer Bedeutung hinein, dass sie es sich durchaus leisten konnte, hier und da, ein kleinwenig nachlässiger zu sein; so wie heute, als das nackte Bein aus dem Bademantel lugte. Optisch gesehen und auf die üppigen Ausgaben bezogen, hatte sie sich also keine Vorwürfe zu machen.

Gabriele war sehr glücklich und sehr sicher, es wirklich gut getroffen zu haben im Leben. Und Opfer... meine Güte... Opfer, das wusste sie ganz genau von ihren Freundinnen, die mussten in jeder Ehe gebracht werden.

Beseelt von seiner brillanten, alle Probleme lösenden, wirklich genialen Idee, und randvoll abgefüllt mit guten Vorsätzen, rief Horst bei Eloise an, und entschuldigte sich mit, um Verständnis bittenden, zärtlichen Worten, vielleicht eine winzige Spur zu gut gelaunt, dass er heute, ausnahmsweise einmal nicht, wie sonst, an diesem Nachmittag vorbeikommen könne, was ihm aber wirklich außerordentlich leid täte. *Wirklich,* versicherte Horst Eloise nachdrücklich und gekonnt geheuchelt. Er fühle sich ein wenig geschwächt von einer sich ankündigenden Migräne. Dann auch noch der ausgedehnte Termin beim Steuerberater, der wohl den gesamten Abend in Anspruch nehmen würde. Die Gedanken an das bevorstehende Fest, diese ganze Verwandtschaft, das viele ungesunde Essen, die Reise nach Sylt, worauf er, versicherte er Eloise, überhaupt nicht die geringste Lust verspüre; all diese Dinge nähmen ihn doch mehr mit als er sich zugestehen wollte. Den Termin beim Steuerberater - auf dem Weg dorthin würde er sich gerade befinden, sei schon das Äußerste dessen, was er sich für heute noch zumuten wolle. Dafür müsse sie doch unbedingt Verständnis haben, nicht wahr? Er mache das doch nicht mit voller Absicht, nicht wahr?

Eloise hatte... Sie hatte allergrößtes Verständnis für ihren geschundenen und unterdrückten Liebhaber und Gönner. Wenn sie, die für alles Verständnis hatte, nur an seine arme Seele dachte, dann kamen ihr die Tränen schon hoch. Der arme Mann hatte sich den Wünschen des Vaters beugen müssen, sonst wäre ihm sein Erbe durch die Lappen gegangen, hatte er ihr verklickert. Man stelle sich das einmal vor; in der heutigen Zeit. Im nächsten Jahr feierten sie das Millennium. Nicht zu fassen. Und dieses langweilig fade, hochgewachsene, aschblonde Mädel hatte er geheiratet, nur weil sie Tochter des Herrn Schullehrers war, mit dem Horsts Vater schon ein Leben lang eine innige Freundschaft unterhielt. Und weil sie, dieses Mädel, wegen ihrer Unauffälligkeit, gerade ganz besonders gut in die Familienidylle hineinpassen würde, hatte der Vater behauptet. Das älteste von vier Kindern war sie, hatte Horst ihr verraten. Immer benachteiligt sei sie gewesen, die arme Deern; leid täte sie ihm auch noch, sie sei ein gutes Ding. Und nur, weil sie eine unbeschädigte Reputation vor sich hertrug wie eine Königskrone auf einem

Samtkissen, war sie dem Alten Rowedder ganz besonders willkommen, nur deshalb, klagte der gehorsame, gebeugte Sohn seiner Mätresse. Und Horsts Vater war nun einmal ein sehr vermögender Mann, es gewohnt zu diktieren zu bestimmen und zu entscheiden wo es langgeht, wusste Eloise aus der Zeitung. Daran gab es nichts zu deuteln: Horst stand unter dem Pantoffel eines Patriarchen. Nichts desto trotz, hatte Horst sein Erbe fest im Blick und würde es, keine einzige Sekunde aus den Augen lassen, wusste Eloise; nicht aus der Zeitung, sondern von ihm selbst. Nicht ohne Berechnung, ganz und gar nicht, das wusste Eloise auch. Geld stinkt nicht. Dafür hatte die kurvige Eloise, verständnisvolles Verständnis, denn schließlich war diese Haltung ein sehr bekannter, weiblicher Wesenszug. Solange der arme Kerl dem Vater ein gefälliger Sohn sein musste – der einzige im Übrigen – solange war dieser in den berühmten trockenen und warmen Tüchern.

Horst hatte Eloise verklickert: wenn er dem Vater, *nicht* zum Gefallen handeln würde, könne er sich sein Erbe in den Wind schreiben. Und das, so bekräftigte seine kummervolle Miene, sei ein ganzer Batzen, den er niemals würde aufholen können, mit dem schmalen Salär das man ihm, für so viel harte Arbeit in der Bank, zugestand. Dass er bereits durch seine jüngste Karriere, oben, im mittleren sechsstelligen Bereich, eigene auskömmliche Einkünfte hatte, das verschwieg er Eloise, der naiven und gutgläubigen, verständnisvollen Eloise, die sich als langjährige Servicekraft, im Spielcasino Travemünde, ihren Lebensunterhalt verdiente. Viele Jahre war Horst hier ein gerngesehener Gast gewesen. So hatte er Eloise, damals, auch kennen- und lieben gelernt. Nachdem klar wurde, dass Horst eine Karriere in der Öffentlichkeit bevorstand, endeten zwar die Besuche im Spielcasino, nicht jedoch das innige Verhältnis zu Eloise; dieser schönen, warmen, weichen Frau.

Eingleisig zu fahren war noch nie Horsts bestreben. Wer auf einem Beine stand, fiel um, wusste er. Sein eigenes Credo lautete: Leben ist das, was man praktiziert, während man aus lauter Mutlosigkeit sämtliche Chancen verpasst. Und dieser Fehler, so schwor er sich aufs Heiligste, dieser Fehler würde ihm nicht unterkommen. Nicht ihm!

Horst blieb sich stets treu und hielt sich mit stoischer Hingabe an sein Lebensmotto: *Wer von Mutlosigkeit heimgesucht wurde oder sie zuließ, diese allesvernichtende Mutlosigkeit, der praktiziere ein Leben das keines war.* Ergo: Wer nichts wagt der nichts gewinnt; so einfach war das.

Nicht nur ihr, Eloise, die hier in der nahen Kreisstadt lebte, sondern auch Marianne, seinem noch älteren *Nebenher*, erzählte Horst von seiner bemitleidenswerten Situation, in der er, log er, so ausweglos gefangen saß. Marianne, die üppige und gelenkige Kneipenbesitzerin aus Neustadt in Holstein, glaubte ihrem Horsti, wie sie ihn nannte, notfalls auch dass Regen grün sei, weil sie es, ganz einfach und simpel, glauben *wollte.* Verwegen und skrupellos naiv, immer ein kleines Späßchen auf den sinnlichen Lippen, munterte sie ihren treuen Freizeit-Freund - wie sie ihn manchmal zärtlich nannte, weil er nur temporär zu erscheinen pflegte - immer wieder gerne mit Hautkontakten auf. Dies gelang ihr am besten in einer waagerechten Position. Wenn Horst sich wieder für eine Weile entfernte – was situationsbedingt sehr oft der Fall war - bezeichnete Marianne ihn - natürlich nur im engsten Freundinnenkreis - als absolut pflegeleicht und großzügig. Und dass keine der drei Damen von der Existenz der anderen wusste, das verstand sich natürlich von selbst.

Aber kommen wir zu Horsts brillanter Idee zurück: Wollen wir keine Zeit mehr vergeuden und mutig nach vorne blicken. Kurz und schmerzlos, vielleicht sogar vergnüglich wird es werden klare Linien und Sicherheit zu schaffen, welche der Ausgabenminderung seiner Angetrauten, mit nachdrücklicher Effizienz, für die nächste Zukunft dienlich sein werden. Denn dieser glückselige Zustand umfassender, jahrelanger Vollbeschäftigung könnte nur dadurch herbeigeführt werden, überlegte Horst zufrieden mit sich und seinem Gedankengut, in dem er heute, ausnahmsweise, aufopfernd auf seinen dienstäglichen Ausritt verzichtete, Eloise einmal – dem Ausnahmezustand sei es geschuldet – verschmähte und sich nach seinem Termin bei seinem ungeduldig drängenden Steuerberater, schnurstracks auf den Nachhauseweg machen würde, um seiner Frau ein Kind zu machen. So...! Und das war *die* Lösung!
Zum einen, sei die Erbfolge doppelt gesichert, weil er sein Kind – einen Sohn aus erster Ehe, überhaupt nicht leiden konnte, und zum anderen, wären Gabrieles gepflegte Hände, künftig damit beschäftigt, Windeln zu wechseln statt die Kreditkarte zu zücken. Es gäbe da vielleicht noch eine Fliege, überlegte Horst gerissen, die er mit dieser raffinierten Klappe

schlagen könnte. Mit so einem jungen Kinde im Schlepptau, sah er doch gleich, um Jahre jünger aus. Ein Argument, so schien ihm, welches leider Gottes eine gewisse Berechtigung vorweisen konnte. Ein unbeliebtes Thema, welchem er gegenüber, zu gerne spontan und ganz plötzlich erblindete, weil es ihm eine gewisse Angst im Gedärm verursachte; Angst vor dem Altwerden. Angst vor dem Zerfall. Angst vor dem Verlust unabhängiger Bewegungsfreiheit in vielerlei Hinsicht. Und die omnipotente Angst vor dem Verlust seiner verlässlichen Potenz. Sein allmorgendlicher Blick in den Spiegel, wurde nämlich langsam zur Mutprobe. Gürtel, die er gelegentlich kaufte, nahmen unübersehbar an Länge zu; kein akzeptabler Zustand war das. Eine Krise bahnte sich wohl an; völlig überraschend und mitten im Leben.

Gedacht, geplant, getan und ausgeführt: Produktionsdetails und Schilderungen aus dieser nun folgenden Zeit, explizit von diesem Abend, wollen wir uns diskret ersparen. Wir alle wissen wie so etwas vor sich geht. Einzig der Neugierde geben wir uns genüsslich hin, was nun, die nahe Zukunft, ins Haus der Rowedders zu bringen vermag.
Und schneller als uns lieb ist, werden wir erfahren und überrascht sein, wie gemein und rachsüchtig doch das göttliche Universum werden kann, wenn es darum geht, ungerechtfertigte *Zweck*-Bestellungen, in Erwartung prompter Erfüllung seitens unseres Schöpfers, so unüberlegt zu versenden. Den lieben, humorvollen Gott, der so gerne in Notfällen wie diesen bemüht wird, bringt man ja bekanntlich damit zum Lachen, in dem man wünscht oder plant.

Jetzt kann mir schon dreimal überhaupt nichts mehr im Leben passieren, grübelte Gabriele, ihren Gedanken nachschauend. Völlig erschöpft und erschlagen lag sie auf dem Sofa wie ein nasser Sack. Achtunddreißig- bald neununddreißig Jahre war sie nun. Ihre Kräfte und ihre Konzentration, ließen stellenweise erheblich nach und zu wünschen übrig. Acht Stunden Schlaf wären ihr gerne willkommen, aber die ganze Nacht hatte sie keine Wimper gesenkt; von Schlaf ganz zu schweigen. Warum ausgerechnet sie - fragte sie in ihre Eingeweide hinein - das Pech haben musste, einem Schreikind mit unglaublicher Kondition das Leben zu schenken, das würde sie wohl niemals verstehen. Das wollte ihr, bei allem Verständnis für die Launen der Natur, wirklich nicht einfallen. Und der Herr Gemahl blieb neuerdings, sogar mit ihrem Segen, außer Haus zur Nacht, weil er, rechtfertigte er sich, sonst seinen gut bezahlten Arbeitsplatz aufs Spiel setzen würde, wenn ihm - aus tiefer Erschöpfung heraus, versehentliche Fehler passieren- oder sogar Fehlentscheidungen unterkommen würden. Eine winzige Stadtwohnung war, in diesem Falle, die vernünftigste Lösung für alle Beteiligten, entschied er mit kummervoll gespielter Niedergeschlagenheit, völlig entkräftet und erblasst. Eine winzige Stadtwohnung, die – was niemals jemand erfahren würde - auch noch anderen Vorhaben, ausgezeichnet dienlich sein konnte. Davon sagte der gestresste Vater einer unaufhörlich plärrenden Tochter, natürlich keinen Mucks.

Was blieb der überforderten und zurückgelassenen, auskömmlich versorgten Mutter einer schreienden Tochter weiter übrig, als ihr gesamtes Verständnis –

ebenso perfekt gespielt - auszupacken und vor dem Gatten auszubreiten, wie einen roten Teppich, auf dem der Herr Gemahl nur noch entlangzuschreiten brauchte. Gabriele gab sich einen Ruck und ließ Horst, mit der königlichen Haltung einer pflichtbewussten Ehefrau gehen, beziehungsweise bleiben; in besagter Wohnung, in der großen Stadt, nahe der großen Bank in der Horst so viele wundervolle schmackhafte Brötchen verdiente, mit denen man dann so wundervoll spielen konnte, in vielen wundervollen, überteuerten Boutiquen die wundervolle Ware feilboten. Sie ließ ihn ziehen, den Gatten, mitsamt seiner großen Verantwortung seiner Arbeit gegenüber, und blieb - unbesorgt und voller Vertrauen in ihn, zurück im Hause des gehobenen Mittelstandes, den Blick auf die nächste Steigerung gerichtet. Sie blieb zurück mit ihrem eigenen Anteil an der neuen Situation; ihrem Anteil, der partout nicht aufhören wollte zu plärren.

Schließlich, tröstete sich Gabriele, konnte ihr nichts mehr passieren. Sie war nun in absolute Sicherheit eingebettet. Ihre Lebensversicherung schrie sich gerade mal wieder die kleine Seele aus dem Leib, was ihre Lebensqualität, bei genauerem Hinhören enorm beeinträchtigte, aber diese qualvolle Zeit war schließlich absehbar. Sie würde schon bald enden und nur noch Freude bereiten. Die Lebensversicherung hieß Lina.

„Oh bitte, bitte, bitte. Jetzt halte doch mal zwei bis acht Stunden die Klappe", flehte Gabriele schweigend gegen die Zimmerdecke der feinen Wohnstube, und fiel, als hätte jemand einen Stecker gezogen, für üp-

pige acht Minuten in einen Tiefschlaf der sich gewaschen hatte. Am Ende dieser acht Minuten, zurückkehrend aus einer anderen Galaxie- einer anderen Umlaufbahn, schoss sie erschrocken hoch und blieb, für Sekunden, orientierungslos auf dem eleganten Sofa sitzen. Was, in Dreiherrgottsnamen, hatte da eben so laut gekracht und geschellt? überlegte sie. War es womöglich nur ein Traum, genährt von unendlicher Erschöpfung? Nur ein Traum? Sicher, beruhigte sie sich: Sie hatte ganz bestimmt nur geträumt. Noch einmal wollte sie dieses Gefühl der Ruhe einfangen, weil Lina offensichtlich im Koma der Erschöpfung lag. Jedenfalls herrschte völlige Stille im Haus. Gabriele legte sich zurück, schloss die Augen... zehn Sekunden, mehr nicht, und das gleiche bedrohliche Geräusch, welches sie eben zu träumen geglaubt hatte, stand beinahe neben ihr, so höllenlaut war es an ihre Ohren gedrungen. Wieder schoss sie aus ihrer bequemen Lage in die Senkrechte. Diesmal hatte Gabriele ihre Orientierung wiedergefunden. Lina war immer noch still; ihren Babyohren schien dieser Höllenlärm nichts weiter auszumachen, dem „Herr" sei`s gepriesen und gedankt. Könnten doch bloß die Nächte davon etwas abschauen.
Gabriele stand, etwas benommen, auf, um Nachzusehen, woher dieser fürchterliche Krach und die lauten Rufe kommen könnten. Auf blanken Füßen wankte sie – immer noch fasziniert von Linas unfassbar tiefem Schlaf, in die elegante Angeber-Diele hinaus. Diese störende Geräuschquelle war schnell ausgemacht; sie kam von der Haustüre. Armageddon, klopfte und rief draußen eine gellende Frauenstimme, im Wechsel mit der Haustürklingel.

Gabriele schielte durch den verglasten Seitenstreifen der Türanlage nach draußen. Eine aufgeregte, rothaarige Frau mit einem Kind auf dem Arm, zappelte mit hochrotem Kopf vor der schützenden Pforte herum und forderte eingelassen zu werden.

Diese Frau braucht Hilfe; das Kind, einen Rettungswagen, ein Notfall, schoss es in Gabrieles ersten Gedanken. Sie riss die Tür auf und wollte sich erkundigen was denn...

„Hier...! Bitteschön", schrie die Frau ungeniert. „Ich kann nicht mehr; bin mit den Nerven am Ende, ja. *Völ-lig-am-En-de*. Soll er ihn gerne haben, diesen Plärraffen. Soll er sich das Plag um den Hals binden, aber ich kann nicht mehr. Hier... Bitteschön!"

Gabriele verstand nicht ein Wort dessen was die Frau ihr da entgegen schrie. Welches Plag? Welcher *er*? Von wem war hier überhaupt die Rede?

Gabriele trat einen großen Schritt zurück in den Raum hinein, womit sie dieser Frau signalisieren wollte, dass es sich hierbei, bestimmt um einen außerordentlichen Irrtum – eine falsche Adresse handelte. Hätte die rothaarige Frau das Kind tatsächlich an Gabriele übergeben, wäre es unweigerlich auf den Boden gekracht.

Mit weit aufgerissenen Augen des Unverständnisses, sahen die beiden Frauen einander an wie Gladiatoren. Die Ratlosigkeit stand beiden Gesichtern gleichermaßen wie eingefroren. Gabriele war es, die das erste Wort zu sagen wagte:

"Wer?", fragte sie in halbwegs beherrschtem, ruhigem Ton. „Wer in Dreiteufelsnamen, sind Sie überhaupt und worum geht es hier? Was wollen Sie von mir? Sie haben sich in der Adresse geirrt."

Marianne begann zu weinen. Bitterlich zu weinen, so, dass es jeden noch so harten Stein erweicht hätte, wenn einer in der Nähe gewesen wäre. Diese Tränen appellierten an Gabrieles erzkatholische Erziehung. Sie erinnerte sich an die Worte der Nächstenliebe, und daran, was passieren konnte, wenn man Hilfe unterließ. Sie bat Marianne einzutreten und sich erst einmal zu beruhigen. Der Irrtum wird sich schon gleich aufklären, dachte sie nachsichtig und grundanständig. Und die Nachbarschaft brauchte auch nicht daran teilzunehmen, an dem sich anbahnenden Skandal, wie Gabrieles Unterbewusstsein munkelte.

Marianne trat ein und sah sich offen, beinahe ungeniert, im Wohnzimmer um. Die klagenden Geschichten von seiner schwer zu tragenden Existenz, wie Horst ihr immer weismachte, lösten sich soeben in fröhlich tanzende, kunterbunte Luftbläschen auf. Hier fehlte es an rein gar nichts. Nicht einmal an einem Säugling. Und die kränkliche, simpel gestrickte, fade Gattin, von der Horst nur spärlich erzählt hatte, erwies sich als sehr selbstbewusste, sehr elegant gekleidete, gertenschlanke, große Frau mit einem Hauch Emanzipation (Gabrieles probate Verteidigungs-Maske) Zuviel im ungeschminkten Gesicht. Der vermutete Irrtum, der keineswegs ein Irrtum war, wie sich schnell herausstellte, wurde in ruhigen Tönen sachlich besprochen. Von Frau zu Frau. Ganz so, wie es niemand für möglich gehalten hätte. Niemand; auch Gabriele und Marianne nicht.

Gabriele war zwar wie vom Blitz getroffen, ganz verständlich unter diesen Umständen, sie ließ sich aber nichts anmerken. Sie war von ihrem strengen Vater dazu erzogen worden, immer, in jeder noch so demütigenden Situation, die Haltung einer stolzen Ippenstein zu bewahren. Wenn man schon nicht vermögend ist, hatte der Vater ihr beigebracht, dann wenigstens Stolz bis in den Tod. Dennoch...: in ihrem Inneren brodelten die Rachegedanken und fügten ein zukünftiges Bild der Vergeltung zusammen.

Gabriele machte Marianne, klar und unmissverständlich deutlich, dass weder sie selbst, noch ihr werter, vielbeschäftigter Gatte Horst, an der Übernahme des *Plärraffen* - wie sie ihn bezeichnete, interessiert seien, da sie selbst - davon könne sie sich im Anschluss, durch einen Blick ins Kinder-Tagesbettchen selbst überzeugen, über die weibliche Ausgabe dieser lautstarken Gattung verfügen würden, und die einfache Ausfertigung, betonte sie mit nach oben gerichtetem Blick der Verzweiflung, sei wahrhaft ausreichend; doppelt wäre nicht zu überleben. Das, so appellierte Gabriele, an die zwischenzeitlich still gewordene, Marianne, müsse sie beileibe verstehen.

Die saß, völlig in sich zusammengesackt, auf der vorderen Kante des schneeweißen Polstersessels und schielte, argwöhnisch, in Gabrieles Richtung.

Gabriele ihrerseits, saß mit übertrieben geradem Rücken, pikiert gespitztem Mündchen und lang gestrecktem Hals, auf der Kante des Sofas gegenüber, als thronte sie vornehm, zum Zwecke einer Audienz. Warum sie nicht, völlig von der Rolle, hysterisch in der Gegend herumschrie und sie des Hauses verwies, dass wollte Marianne nicht einleuchten. Gabriele fragte sie nicht einmal nach nachhaltigen Beweisen. Sie interessierte sich nur für eine einzige, für sie selbst offenbar gewichtige und fundamentale Frage, wie lange das schon so ginge.

Marianne hat ihr dann natürlich bereitwillig Auskunft erteilt. Wenn die Dame des Hauses schon keine Anstalten machte, ihr nach dem Leben zu trachten, dachte sie, dann kann sie die Gunst der Stunde auch ausnutzen und auspacken. Auf diesem unverhofften Wege der Ehrlichkeit, erfuhr Gabriele, dass Marianne im Grunde, tatsächlich ältere Rechte an Horst hatte, als sie selbst. Nachdem ihr dies klar wurde, und Rache gemeinsam mit Verständnis für Mariannes Situation, eine Mannschaft bildete, entstand ein Plan in ihrem Kopf, welcher mit der Umsetzung nicht allzu lange warten sollte. Vielleicht war ja doch an diesen lästigen, teilweise dümmlich abgedroschenen, philosophischen Allerweltssprüchen eine gewisse Substanz, eine gewisse Berechtigung, überlegte sie.
Ob wirklich in allem Schlechten etwas Gutes verborgen lag, das würde sich in Bälde herausstellen.

Marianne war sichtlich angetan von Gabrieles Vorschlag. Sie konnte es kaum abwarten damit loszulegen. Unverhofft, und für beide Frauen völlig überraschend, hatte sie in Horsts Ehefrau keine Rivalin- sondern eine nicht zu unterschätzende Mitstreiterin gefunden. Damit die Nachbarschaft in Gabrieles Umgebung keinen unnötigen Verdacht schöpfen- oder irgendwelchen Spekulationen Raum geben konnte, hatte man sich im Wiener Café verabredet, um alles weitere, en Detail zu besprechen.

Plärraffe und Schreikind lagen, ruhig und friedlich schlummernd, als wären sie mit dem Vorhaben ihrer kriegerischen Mütter einverstanden, nebeneinander in ihren bequemen Kinderwägen, während die betrogenen Frauen, bei Kaffee und Kuchen, beratschlagend die Köpfe zusammenstreckten, um die weitere Vorgehensweise, ganz genau und explizit zu besprechen und durchzuplanen.

Was dann geschah, damit konnte niemand rechnen, weil: das entbehrt wirklich jeglicher realen Realität, derer man sich gewiss sein kann, dass jene Realität tatsächlich möglich ist. Angeblich, so hieß es doch, könne man nur einmal im Leben vom Blitz getroffen werden. Aber das hier...

Marianne, die justament dabei war, eine üppige Portion Kuchen in den bereits weit geöffneten, blutrot geschminkten, hungrigen Mund zu verfrachten, hielt mitten in der Bewegung inne und starrte, einen gutturalen Laut dabei ausstoßend, an Gabriele vorbei in Richtung Ausgang des Wiener Cafés. Gabriele saß mit dem Rücken zur Tür, sie musste sich erst umdrehen, um dem Blick ihrer neuen Allianz zu folgen. Sie ergänzte Mariannes *grrk*..., mit einem herzhaften: „ach du Scheiße!"

Marianne, die sich in ihrer Gesichtsfarbe zwischen rot und weiß noch nicht so recht entscheiden konnte, war im Begriff aufzuspringen, sich den nächstbesten leeren Stuhl als Waffe zu schnappen, und lauthals *Attacke* brüllend, loszurennen. Gabriele hielt sie gerade noch, mit aller Kraft nach ihrem Arm greifend, davon ab. Einen Skandal in der Kreisstadt zu verursachen, dass, so wusste die besonnene Ehefrau, hätte Horst ihr niemals verziehen. Horst hatte viel zu verlieren. Menschen die alles verloren hatten, waren gefährlich, weil sie nichts mehr zu verlieren hatten. Dieses Risiko durften sie auf keinen Fall eingehen. Wenn sie es aber schlau und wohlüberlegt anstellen würde, dann brauchte sie sich niemals im Leben Gedanken um ihre Zukunft zu machen. Dann war sie, Gabriele Rowedder, ohne auch nur einen Finger zu rühren, eine gemachte Frau.

„Bleib sitzen!", fauchte sie die aufgebrachte Marianne an. „Das bringt doch überhaupt nichts; bist du übergeschnappt? Wir müssen doch zuerst einmal wissen, wer diese Frau überhaupt ist, verstehst du das nicht?"

Mittlerweile war man beim vertrauten *„Du"* angekommen, was die Kommunikation ungemein erleichterte. Marianne sank zitternd auf den Stuhl zurück und starrte Gabriele mit Kuhaugen dümmlich an. Offensichtlich hatte sie, für einen Augenblick, ihre Position als Mätresse völlig vergessen. Wenn hier jemand das Recht hatte zu randalieren, dann wäre es doch wohl Gabriele gewesen, nicht wahr?

Horst war - in Sicherheit wie er glaubte - zusammen mit einer kurvigen Blondine aus dem Wiener Café herausgekommen, und bummelte mit ihr, die Hand auf ihrem üppigen Hinterteil ruhend, in die andere Richtung der Fußgängerzone hinein. Wären die beiden in die andere Richtung gelaufen, war die Möglichkeit sehr wahrscheinlich, dass man sich gesehen hätte. So aber...

Diese Begegnung hätte sich - von der nachmittäglichen Uhrzeit, wo Horst für gewöhnlich in Hamburg die Brötchen verdiente einmal abgesehen, unter Umständen vielleicht sogar plausibel erklären lassen; sogar seine Hand auf diesem üppigen Hintern, vielleicht nur ein unbedachter, unbeabsichtigter Reflex, der sich notfalls entschuldigen ließ. Wäre nicht ein auffälliger Gegenstand ins Auge gestochen, welcher angesichts vorherrschender Umstände, höchst sensibel bewertet werden musste. Besagter kurviger Blondinenhintern, schob nämlich einen leuchtend pinkfarbenen Kinderwagen vor sich her. Leuchtend wie ein Bordell-Transparent in tiefdunkler Nacht, so grell und ordinär stach die Farbe des Kinderwagens durch die Dichte der Passanten.

„Du bleibst hier und passt auf unsere Kinder auf", entschied Gabriele, keinen Widerspruch duldend. Ein Veto seitens Marianne erstickte sie im Keim, indem sie behauptete: die Unauffälligste von *uns* Dreien zu sein. *Uns...?* Hatte sie da gerade *uns* gesagt, überlegt Marianne endgültig vom Glauben abgefallen. Ging ihre neue Leidensschwester schon davon aus, dass es noch eine Dritte im Bunde gab? Diese blondierte Frau mit dem Kind? Tatsächlich? So viele Zufälle auf einmal gäbe es nicht, versuchte Marianne sich zu beruhigen. Wenn dem tatsächlich so wäre, dann hätte der Teufel gewiss die Hand im Spiel.

Gabrieles Herz klopfte ihr bis zum Hals und hinter den Ohren. Und so wie es aussah, wollte der Herzschlag eine kleine, entschlossene Wanderschaft durch ihren angespannten Körper unternehmen, denn plötzlich klopfte es wild in der Magengegend. Sie war ihrem vermaledeiten Ehemann, und der verkappten Marylin, in sicherem Abstand gefolgt. Horst schien so damit beschäftigt die Rückseite der Dame zu erkunden, dass er ohnehin nichts um sich herum mitbekam. Aber Gabrieles entschlossener Mut, wurde schneller belohnt als sie je zu hoffen gewagt hätte. Sie stellte sicherheitshalber ihr Handy auf leise, und dann konnte sie es wagen, vor dieses Mehrfamilienhaus zu treten, in welchem Ihr Gatte und diese Person, soeben verschwunden waren. Ganz am Ende, weit nach dem Klingenberg, dort wohnte die blondierte Schönheit also in einem Mehrfamilienhaus. In einem Stadthause mit zwölf Wohnungsschildern. So schwer konnte es schon nicht werden die richtige Wohnung ausfindig zu machen, überlegte die gehörnte Ehefrau und tippte alle Namen auf den Klingelschildern in ihr Handy. Das musste für heute genügen, entschied sie und ging zurück.

Marianne hatte geweint, sah Gabriele auf den ersten Blick. Sie tat ihr fast ein bisschen leid, denn schließlich war sie auch eine Betrogene; ganz genau wie sie selbst. Jetzt war allerdings keine Zeit für Gefühlsduseleien oder sonstige Empfindlichkeiten. Jetzt galt es zu handeln. Strategisch und klug, wasserdicht und ohne Ausweichmöglichkeiten für diesen gewissenlosen verfickten Unhold.

„Was willst du denn jetzt tun?", wollte Marianne, mit jammernder Stimme von ihr wissen und zog wie ein Kind die Rotznase hoch. Wenn wir doch bloß ein Foto geschossen hätten; nur eins wenigstens, dann hätten wir immerhin Beweise; aber so..."

„Lass mich mal machen. Ich weiß schon was ich jetzt zu tun habe, liebe Marianna. Schließlich geht es hier nicht nur um uns, sondern auch noch um unsere Kinder, die sich ihren bescheuerten Vater ja nicht selbst aussuchen konnten, nicht wahr? Vertraue mir einfach. Ich weiß wirklich was ich zu tun habe. Dieser Mann hat keine Schonung mehr verdient. Keine! Und jetzt hör auf hier rum zu heulen."

Sechs Wochen später:

Die Macht des Geldes ist vulgär, schüttelte der beleibte Notar, verständnislos sein weißgraues Haupt. Er hatte in seinem langjährigen Berufsleben schon so allerhand beurkundet, aber das hier, das schlug dem Fass den Boden aus. Dieser Vertrag machte schon seit Wochen die Runde im Haus. Seitenweise grenzwertige- an der Legalität vorbeistreifende Vereinbarungen, die gerade noch so, ganz haarscharf, vor der seriösen Jurisprudenz der Gerichte würde standhalten können. Alles in allem, war dieser Vertrag ein Werk, welches der legalisierten Vernichtung einer soliden Existenz diente.

Dieser merkwürdige, von allem gesunden Menschenverstand befreite Horst Rowedder, hatte aber auch seinen Hosenschlitz und seine Triebe, überhaupt nicht unter Kontrolle. Wie konnte man nur so leichtfertig mit den Gefühlen anderer Menschen – in diesem Falle waren es gleich drei Frauen – umgehen, fragte er sich immer noch kopfschüttelnd. Wie konnte man mit seiner eigenen Existenz, so leichtfertig umgehen? Der Notar schien sichtlich mitgenommen und erschöpft. Dann noch dieser heiße Spätsommer da draußen... Zusammen mit einigen Kollegen, sogar außerhalb der eigenen Kanzlei, hatte er sich intensiv beraten, ob denn die Sache – dieser Vertrag, auch tatsächlich Hieb- und Stichfest sei. Sie ist, hieß es. Man könne schließlich Haus und Hof verschenken, solange man es wollte; vorausgesetzt man war der rechtmäßige Eigentümer dieser Sachwerte.

Na dann... beruhigte sich der gewissenhafte Notar, mit seiner langjährigen Berufserfahrung, in welcher, so wie es aussah, man offensichtlich nie auslernen würde. Er griff – ein letztes Mal tief durchatmend - entschlossen nach dem Telefonhörer und sagte der Notargehilfin, sie könne die Herrschaften jetzt in sein Büro hereinschicken.

Eine Stunde und vier Minuten später, verließen drei strahlende, wohlhabende Frauen unterschiedlichster Couleur die Kanzlei, des gewissenhaften Notars am Klingenberg; ganz in der Nähe von Eloise nagelneuer fünf-Zimmer-Eigentumswohnung nebst zwei Tief- garagenstellplätzen, in der sie, bislang nur eine ge- wöhnliche Mieterin gewesen war. Sie bekam zudem, eine angemessenen monatlichen Apanage, die es ihr ermöglichte den Job im Casino hinzuschmeißen und nur noch Mutter zu sei. Und - das versteht sich von selbst - auskömmlichem Unterhalt für ihren kleinen Sohn Hartmut; so hieß Horstis Vater auch.

Marianne fuhr, außer sich vor Freude über den guten Ausgang der Geschichte, nach Hause in ihre nun, eigene Kneipe mit zwei darüber gelegenen Wohnun- gen, von denen sie, ohnehin schon lange, eine selbst bewohnte. Davor, sieben Parkplätze, mitten in der Stadt. Und natürlich die gleichen Apanagen wie Eloi- se sie bekommen würde. Dies alles konnte ihr nun niemand mehr wegnehmen; es war geschrieben und besiegelt. Rechtskräftig, wie man auch noch sagte. Marianne war Gabriele wirklich sehr dankbar, denn ohne ihre ausgebuffte Raffinesse, wären sie womög- lich ziemlich leer ausgegangen; Eloise und sie hatten kein Anrecht auf Abfindung oder gar Unterhalt. Ohne Trauschein waren beide Frauen auf verlorenem Posten. Wenn sie jetzt nicht mehr arbeiten wollte, freute sich Marianne über so viel Sicherheit, wäre die zu erzielende Pacht für die Gastronomieräume mehr als ausreichend für ein schönes Leben, in dem es ihr und dem kleinen Plärraffen, an nichts fehlen würde.

Als hätte das Kind geahnt, dass sie sich nun in komfortabler Sicherheit befanden, ein eignes Dach über dem Kopf hatten, eine gesicherte Existenz... verhielt es sich von nun an, nur noch freundlich brabbelnd und begeistert kreischend. Ein paar kleine Ausnahmen gab es noch, hie und da. Diese Ausnahmen wurden aber mit einem Nigel nagelneuen Zahn belohnt.

Gabriele war, unter Berücksichtigung der Tatsache einen offiziellen Trauschein als Legitimation ihrer Forderungen zu besitzen, und als Trägerin von gleich zwei beachtlich kapitalen Geweihen gleichzeitig, nun die stolze Eigentümerin des Wohnhauses mit der protzigen Angeber-Diele und dem steinfreien Vorgarten. Sie konnte nun ganz sicher sein, dass sich an ihrem Lebensstandard nie mehr etwas ändern würde, denn sie bekam als Schweigegeld, die Hälfte von Horsts Vermögen - sogar von dem noch zu erwartenden Erbe des wohlhabenden Herrn Papa, was der natürlich unter keinen Umständen je erfahren durfte. Horsti würde bis zu seinem Tode artig Männchen machen und die Konsequenzen seiner verwegenen Handlungen tragen müssen.

Ihre und Linas Zukunft lagen nun jedenfalls, in *die* Tücher eingebettet, welche Horst eigentlich für sich vorgesehen hatte. Von einem wohlausgestatteten Ruhestand, durfte er sich innerlich gediegen verabschieden; daraus würde wohl kaum etwas werden.

Mehr als eine bescheidene Wohnung oder ein Haus, war unter diesem schwergewichtigen Vertrag, für ihn nicht mehr drin. Und ob Horsti unter solch desolaten Umständen, je noch einmal eine so leidensfähige, tolerante, ebenso bescheidene Frau finden würde, das lassen wir mal dahingestellt.

Für den Moment jedenfalls, musste er sich mit seiner kleinen Wohnung arrangieren, die ihm, in den letzten Monaten, so einiges an fragwürdigen Diensten geleistet hatte; wovon selbstverständlich niemand wusste. Die Katze lässt das Mausen... undsoweiter.

Die drei Grazien mussten im Gegenzug, der Fairness halber, allesamt eine wasserdichte, engmaschige Verschwiegenheitserklärung beim Notar unterzeichnen, die – so erklärte man ihnen ausführlich - durchaus ernstzunehmende Konsequenzen für sie alle in sich trug. Denn, hätte man in der großen Bank von Horsts privatem Dreifachleben erfahren, wäre sein schütter werdendes, stolzes Haupt, im Nullkomma nix zum mondänen Hauptausgang hinausgerollt. Moralische Entgleisungen in dieser Größenordnung, wären auch für ein Bankhaus mit genügend eigenen Sorgen, untragbar.

In Sachen Reputation gab es also keinen Spielraum; hier verstand man keinen Spaß, die Scherereien die man bereits am Halse hatte, reichten völlig aus.

Und Horst... naja, er hätte auch sehr wenig Zeit, in Zukunft seinen ausschweifenden Neigungen nachzugehen. Immerhin war für alle Beteiligten ein fester Rhythmus vorgesehen und verhandelt worden, damit die Kinder, sich nicht von ihrem Vater entfremden würden. Pro Monat bliebe ein einziges, schmales

Wochenende für ihn, den dreifachen Vater, zur freien Verfügung, hieß es, schwarz auf weiß, im Anhang der Urkunde. Und ob Horsti, dann noch die nötige Kraft besitzen würde, alles zu besteigen was nicht bei Drei in komfortabler Höhe eines sicheren Baumes saß, das war eine Frage seines fortschreitenden Alters und seiner Kondition.

Außerdem hatte Horst, reumütig und niedergeschlagen mit leicht debilem, hilflosem Lächeln alle wissen lassen, würde er alle drei Frauen *irgendwie* lieben. Und die Kinder..., die natürlich sowieso.

Gabriele, Marianne und Eloise trafen sich alle zwei bis drei Wochen, um Wachstumsvergleiche anzustellen und die Prosecco-Vorräte des Wiener Cafés zu dezimieren. Nie entstand eine ernsthafte, gefährdende Rivalität unter den drei betrogenen Damen im Raume. Alles lief entspannt, um nicht zu sagen harmonisch und erwachsen ab.

Eines Tages sagte Gabriele verträumt lächelnd, in die Nachmittagssonne der Hansestadt blinzelnd, weil Horst neuerdings nicht nur Töchterchen Lina besuchte, sondern ihr, Gabriele, bei dieser Gelegenheit etwas nähere Gesellschaft leistete:

„Ach ja, Mädels. Irgendwie liebt er uns ja auch alle, nicht wahr; wenn auch ein bisschen schlicht. Und wer weiß... Vielleicht liebt er mich ein winziges bisschen mehr."

Marianne und Eloise sahen sich verschwörerisch an. Das gleiche hätten sie auch von sich sagen können.

Das Alibi des schwulen Engels

„Ich brauche einen blonden Fußboden", zeterte Jo, hysterisch wie immer, wenn etwas nicht nach seinem Kopfe ging. „Hast du schon mal ein blondes, langes Haar auf einem nußbaumfarbenen Vinylfußboden liegen sehen? Es ist die Apokalypse, sage ich dir. Es verursacht mir unerträglichen Stress, verflixt. Kaum habe ich eines aufgehoben, sticht mir das nächste ins Auge. An den ausufernden Kosten für die Reinigungskraft, werde ich eines Tages noch zugrunde gehen", übertrieb Jo maßlos wie immer; hysterisch wie immer. „Vielleicht wäre es eine Idee, wenn ich meinen nächsten Liebhaber bäte, dass er ein Kopftuch trägt; das ist ja nicht mehr auszuhalten, diese Sauerei hier. Meine Nerven."

In dieser Rolle schien er sich immer gut zu gefallen; aus jedem Raum konnte er so eine Bühne machen. Voller Leidenschaft sich zu eschauffieren, brachte so seine Werte zu Ausdruck; diesen Hang zu äußeren Ordnung, die – lebenslang – den Weg nach innen nicht fand, sie gab ihm Halt und Sicherheit. Jene Kleinlichkeit in kleinen Dingen, erschwerte oftmals den homogenen Umgang mit seinen Launen. Außenstehende, die Johannes nicht kannten, neigten zu Aussagen wie: Der ist ja nicht ganz dicht.

Nina graute es davor, nachzufragen worum es ginge. Widerwillig erinnert sie sich selbst an die Pflichten, die man eingeht, zu einer *"besten Freundin"* aufgestiegen zu sein. Hin und wieder, davon war Nina fest überzeugt, ist dies eine recht fragwürdige Karriere. Tapfer räusperte sich ... ein letztesmal, suchte nach ihrem bekümmerten Gesicht für solche Fälle, und erfüllte ordnungsgemäß besagte Pflicht, nur ein Interesse zu haben: nämlich das Wohlergehen ihrer besten Freundin Johannes zu erkunden.

„Du verstehst etwas davon, dir Probleme zu machen wo keine sind, meine Lieber. Das ist sicher wieder einmal so eine Art Ersatz, für ganz andere Unzufriedenheiten die dich beschäftigen. Hat dich wieder einer deiner unzähligen Liebhaber geleimt? Oder was ist los? Ist diese haarsträubende Beschwerde, wegen eines blonden Haares ein Ersatz, für all den Ärger den *ich* habe, ja? Damit du nicht so gut da stehst, neben mir, hm...? Damit es nicht so auffällt, dass es *dir,* im Vergleich zu vielen anderen Menschen, so richtig gut geht, ja? Das dir die Sonne aus dem Arsch scheint, du Nervensäge? Sag' mal, hast du sie noch alle? Wollen wir mal *eine* Woche tauschen? Du ich ich...ja? Wollen wir das? Du wirst jedes einzelne blonde Haar, auf deinem *scheiß* nußbaumfarbenen Vinylfußboden, heiß und innig lieben, ja sogar verehren; verstehst du überhaupt was ich dir sagen will? Verstehst Du mich?"

Lobpreisen. Auf Knien lobreisen, würde sie das Singledasein, überlegte Nina verärgert über Jos – eigentlich hieß er richtig ausgesprochen, Johannes, wollte aber so nicht genannt werden, weil seine Vergangenheit in ihm hochkäme wie Sodbrennen – tuntiges, künstliches Getue. Immer diese dramatische Wichtigtuerei, dieses... dieses sich in den Vordergrund spielen müssen, in der Rolle des Opfers. Immer dieses Theater; jedes Mal. Dabei war sie doch zu ihrer besten Freundin Jo gekommen, weil sie einen Rat brauchte; Beistand, Unterstützung und Zuspruch, notfalls nur ein lauschendes Ohr, das hätte schon genügt. Mehr hatte sich gar nicht erwartet; nur einen Moment zuhören und dann etwas sagen, sollte Jo. Sonst nichts. Und was macht Johannes...? Er kreist wieder einmal, komplett zentriert, nur um sich herum, diese Zicke. Keinen Blick hatte er bisher für Ninas bekümmertes Gesicht. Alle Menschen die mit ihm zu tun haben - oder sollte man doch lieber *ihr* sagen, weil sie... ähm *er*, in den mircokurzen Beziehungen die hier, wie am Fließband durchs Haus flatterten, Jo den weibliche Part übernahm, den egomanischen jedenfalls - werden früher oder später, mit einem seiner hysterischen Ausbrüche Bekanntschaft machen, weil Jo glaubte, die Erde, mitsamt ihren Bewohnern, hätten sich einzig und alleine nur um ihn zu drehen. Ihn, den zentralen Mittelpunkt des Universums. Gäbe es in Johannes schmaler Brust, nicht doch ein weiches, liebevolles, hilfesuchendes und hilfsbereites Herz, Nina hätte ihm schon längst die langjährige Freundschaft gekündigt, diesem schwulen Zicklein. Einzig was Nina vor diesem konsequenten Schritt bewahrte, war die Tatsache: Jo hatte ein wirklich großes Herz für verarmte Rentner; dieser stetig wachsenden Gruppe von Menschen, denen es wirklich nicht gut ging. In seiner Apotheke musste niemand der Betroffenen die übliche Rezeptgebühr bezahlen. Jo bezahlte sie aus seiner Tasche. Glasklar, dass sich dieses liebevolle, ungewöhnliche Verhalten Jos, wie ein Lauffeuer in der Region herumgesprochen hatte, was wiederum den gesegneten, unerwarteten Nebeneffekt mit sich brachte, dass Jo, durch eben diese großzügige Geste, steinreich wurde; ob er nun wollte oder nicht. Alle die konnten, kamen zu ihm. Johannes war für diese Menschen, der gütige und großzügige Engel auf Erden. Für diese alten, vom System beschissenen Leutchen, die für ein Land einen Krieg durchlebt hatten, dass sie jetzt vergaß, war Jo ihr persönlicher Engel, war man sich einig. Wer so etwas tat, der konnte nicht von dieser Welt sein. Ein Licht am Horizont.

Jo, dem diese tiefe Zuneigung hier und da ein wenig die Sinne vernebelte, glaubte immer und überall, auch außerhalb seiner Apotheke, so etwas wie Narrenfreiheit beanspruchen zu können; so eine Art von Artenschutz welchem er, durch sein Tun, unterstellt schien. Sein persönlicher Schlüssel zum Glück, das wusste Nina, wurde mit etwas simplem, ganz einfachem in Worte gegossen. Lob, hieß das alles verändernde Zauberwort mit diffuser Macht. Lob, verlieh Jo Kräfte, um über Scherben zu gehen.

In harten Gegensatz dazu, konnte er Nina so derart auf den Nerven herumtrampeln, dass sie ihn am liebsten, auf der Stelle, eingeschläfert hätte, wäre da nicht die tiefe Liebe, ganz tief unten, dort wo niemand mehr hinsehen konnte. Liebe, die man, wenn man ihn *wirklich* kannte, unweigerlich spüren musste. Johannes *war* ein Engel. Ein beschädigter, trauernder Engel, was niemand außer Nina und den Beteiligten - jenen die noch lebten - wusste.

Nina war sofort klar, dass sie heute, *ihre* Sorgen für sich würde behalten müssen. Jo war, immer noch, auf hundertachtzig Sachen wegen eines vergeigten Dates der letzten Nacht, und dem vorgeschobenen Stein des Anstoßes: einer langen, blonden Hinterlassenschaft auf dem dunklen Fußboden. Und wegen eines langhaarigen, blonden Adonis mit Alabasterkörper, der ganz offensichtlich, Jos Erwartungen zu tiefst enttäuscht hatte. Nichts Neues für Nina. Nichts Neues für Jo, der es einfach nicht lassen konnte, ab und an, wenn ihm der Sinn danach stand, vom Hauptbahnhof in Hamburg einen der zahlreichen, willigen Stricher abzuschleppen und ihn mit nach Hause zu nehmen, in der naiven Hoffnung, jemanden retten zu können, dessen Weg vorgezeichnet sei, wie Jo, nach einem fadenscheinigen Alibi greifend, immer selbstlos, fast engelsgleich argumentierte.

Solange man ihn, Jo, nur beklaute, dachte Nina voller Sorgen um den geliebten Freundin, ist es noch grenzwertig vertretbar. Aber was, wenn unter den kleinen Fickern eines Tages einer dabei wäre, der seine sieben Sinne nicht im Griff hatte und gewalttätig würde, beim Anblick von Jos offensichtlichem Wohlstand? Sie kam fast um vor Sorgen, um *den* geliebten Freundin, wie sie Jo liebevoll bezeichnete. So konnte das nicht mehr weitergehen, so nicht. Nicht in Zeiten wie diesen. Es musste etwas geschehen.

„Ich gehe dann mal wieder", sagte Nina leicht verschnupft. „Du bist ja heute nicht wirklich ansprechbar. Aber bevor ich gehe, liebe Jo, möchte ich dir noch sagen, dass du dich langsam aber sicher, außerhalb deiner Apotheke, zu einer Arschlöchin mit Prädikat entwickelst. Man kann wirklich kaum noch mit dir reden; dein dämlicher Fußboden ist dir wichtiger, wie schade."

„Also... Also, das, das, das ist doch *überhaupt* nicht, nicht, nicht wahr. Was unterstellst du mir denn hier? Ich habe immer ein Ohr für dich, das weißt du doch. Also wirklich?!" Jo fasste sich, eschauffiert und mit spitzen Fingern, an die Schläfen und drohte auf

der Stelle in tiefste Ohnmacht zu fallen. Eine wohlbe-
kannte Geste, auf die Nina schon lange nicht mehr
hereinfiel. Natürlich wusste sie, dass Jo sie liebt.
Doch wenn wieder einmal Jagdzeit in seiner Agenda
stand, dann landete Nina im Karacho auf dem letzten
Platz seines Interesses. Darauf hatte sie heute nicht
die geringste Lust. Sie musste nach Hause und zusehen wie sie ihren Mistkerl loswurde, der sie nach
Strich und Faden- von morgens bis abends, belog,
betrog und bestahl, dieser stinkendfaule Elsässer
Schönling. Er musste weg.

Zwei Wochen später – Nina konnte ziemlich konsequent den Kontakt zu Jo einfrieren – rief Jo bei Nina
an und fauchte ins Telefon:
    „Ich rufe *dich* an, damit *du* dich bei mir entschul-
digen kannst. So bin ich... Immer bereit zur Vergebung, nicht wahr. So bin ich. Und Du...?"
Nina, die durch diese Frostpausen, wie sie salopp
dazu sagte, genervt, heute einen wirklich schlechten
Tag hatte, weil ihr Jo genauso fehlte wie sie ihm, war
ziemlich sauer auf ihren überfliegenden Engel der
Alten und Weisen. Letzte Woche gab es einen solch
heftigen Streit mit ihrem zukünftigen Exmann, dass
sie gerne außer Haus übernachtet hätte. Für solche
Fälle war sie bei Johannes, ausnahmslos immer, ein
sehr willkommener Gast. Auch dann, wenn Jo gerade
fragwürdigen Besuch hatte. Im Gästezimmer konnte
man nicht hören, was sich eine Etage darüber zutrug.
    „Jetzt wird es aber hinten höher als vorne, du
Arschgeige", biss Nina schlagfertig und ziemlich gekränkt zurück. „Was habe ich denn getan, dass ich
mich bei *dir* entschuldigen müsste? Ich wüsste nicht

was. Bestenfalls dass es umgekehrt wäre, weil du nur eine temporäre, launische, divenhafte Freundin bist, die dem Egoismus einst Geburtshelfer war und Pate stand, als man ihn, den Egoismus, aus der Taufe hob, du... du... Also wirklich!"

Nina war zum ersten Mal beinahe sprachlos, über so viel schamlose, überhebliche Unverfrorenheit. Da drehte dieser schwule Engel, doch einfach alles wieder so hin, wie es ihm in den Kram- in seine Sichtweise passte und er dabei, wie immer, gut dastand. Unschuldsengel, ha, ha.

„Schwamm drüber", sagte Jo jovial. „Du weißt ja, ich bin nicht nachtragend. Lass uns nicht mehr davon reden, ja? Kannst du nicht mal eben rumkommen, ich brauche deinen Rat", ging Jo, zu einem ganz normalen Ton- quasi zur Tagesordnung über, so, als sei niemals etwas anderes gewesen, was ihr Verhältnis hätte trüben können, und so, als läge alle Schuld weit ab, außerhalb seines Verantwortungsbereiches, nicht in seinem Dunstkreis; in seinem doch nicht.

Verblüfft von Jos dreistem Einfallsreichtum, gab Nina, so wie immer, seiner Bitte schließlich nach. Ihr Zorn war schnell verflogen. Liebe... - und Nina liebte Jo von ganzem Herzen - die hält das aus. Jos Kognition war nun einmal ein Rollstuhlfahrer, und ein lausiger obendrein. Nina verzieh Jo alles was er, mal wieder, abgeliefert hatte.

Fast, aber nur fast den Tränen nahe, sauste Jo wie aufgezogen, von einem Ende des Wintergartens ans andere. Wild mit beiden Händen nach nichts greifend, erklärte er Nina was Ungeheuerliches vorgefallen war. Wieder einmal ein völlig verrutschtes Rendezvous, mehr nicht. Nichts von Bedeutung. Wieder einmal eine absurd künstliche, dramatisierte Aufregung, eine Selbstdarstellung seines gespielten Entsetzens, seines nie enden wollenden gekränkt seins. Und eigentlich wollte Jo nur, dass Nina, in der Stunde tiefster Entrüstung, bei ihm wäre; ihm Gesellschaft leistete. Kurzum: Sie, die vertraute Freundin hatte ihm gefehlt, was Jo niemals zugeben würde.

Gott sei Dank war Nina eine Freischaffende, sonst wäre es kaum möglich gewesen, alles stehen und liegen zu lassen, um ein Treffen zu ermöglichen. Und Gott sei Dank hatte Jo das beste und loyalste Personal, welches man sich nur wünschen konnte. Sie waren ihm allesamt verfallen, eben weil er alten Menschen Rezeptgebühren erließ und Geschenke machte, manchmal sogar einen Zehnmarkschein zusteckte. Engel, sagten sie zueinander, wenn sie in Abwesenheit von Jo über ihn sprachen. Ein bisschen bekloppt zwar und stockschwul, aber ein Engel.

Nina saß völlig entspannt auf dem, mit kostbarer, ockergelber Wildseide bezogenen Biedermeier-Sofa, dass sie vor langer Zeit, gemeinsam aus Paris mitgebracht hatten, und wartete bis Jo sich beruhigt haben würde. Jetzt schon einzugreifen, etwas zu sagen, machte ziemlich wenig Sinn, wenn Jo noch derart in Rage, nur ein grelles Rot vor Augen hatte. Sie nippte an ihrem Kaffee und sah draußen einem Sperlings-Pärchen zu, das gerade, aufgeregt eine lautstarke Auseinandersetzung ausfocht. Wie drinnen so draußen, dachte sie und schmunzelte ungesehen, um Jos Zorn nicht noch auf sie selbst zu ziehen. Er konnte Ninas Grimassen ganz gut deuten, wie sie aus Erfahrung wusste. Die kleine Abwandlung dieses sinntiefen Zitates *„wie innen so außen"*, gefiel ihr ganz gut. Sie passte gut zu dieser Situation.

„Pissnelke sagt man auch nicht, Jo. So etwas tut man nicht, wenn man Stil hat. Dieser arme Kerl kann doch nicht schon beim allerersten Zusammentreffen, deine Gedanken und Wünsche erahnen, als wäre er mit Hellsicht gesegnet; hättest du ihm halt eine zweite Chance gegeben, nicht wahr? Ich finde dich immer zu vorschnell eingeschnappt, weil du alles auf dich beziehst. Du bist auch manchmal wirklich nicht ganz fair, meine Liebe. Und schrecklich ungeduldig. Aber das weißt du ja selbst, nicht wahr?"

„Also Nina... Bitte! Du willst doch jetzt nicht sagen, dass du *ihn* verstehen kannst, diesen Loser. Nichts gab ihm das Recht mir Eine runterzuhauen; so etwas tut man *auch* nicht. Das hat auch keinen Stil."

„Nein, mein Engelchen. Das tut man *auch* nicht, ich weiß. Gewalt war noch nie eine wirkliche Lösung. Aber sieh mal: Du hast aber auch ein so einzigartiges Talent, anderer Leute Nerven, so dermaßen zu überdehnen, dass es früher oder später einmal passieren musste. Ich habe schon lange darauf gewartet dass es einmal kracht. Und sei froh dass nichts Schlimmeres passiert ist. Du kennst ja die Typen nicht, die du da jedes Mal, leichtsinniger Weise abschleppst. Und mir kommt da gerade eine ziemlich brillante Idee. Hör` zu! Setz dich hin!"

Mit klaren Ansagen- klaren Befehlen, präzise intoniert, ein wenig in etwas barschem Ton ausgesprochen, konnte man Jos Aufmerksamkeit auf sich ziehen. Mit einem simplen, freundlichen *„Bitte"*, wäre das Ergebnis enttäuschend; dieses Wörtchen pralle an ihm ab, wie ein Wassertropfen an einem Lotusblatt. Johannes – obwohl mittlerweile längst selbst ein wirklich sehr erfolgreicher Geschäftsmann - war als Kind und Jugendlicher bereits, ein missbrauchter, desorientierter, beschädigter Befehlsempfänger gewesen; verlorengegangen zwischen den dicken Mauern einer katholischen Internatsschule, von den Brüdern dort, aufs schändlichste verbraucht, *ge*-braucht, klein gemacht und gedemütigt; von den Eltern verraten und vergessen. In diesem Zustand wurde Johannes eines Tages, von dort, ohne die Fähigkeiten zu vertrauen- geschweige denn zu lieben, von einer Sekunde auf die andere, in die Welt hinausgespuckt. Ein beschädigter Mensch betrat ein herzloses Umfeld, bestehend aus Eiseskälte und Intoleranz. Er trug eine beschädigte Sexualität, eine beschädigte, fast getötete Seele in seinem verborgenen Inneren. Niemand erkundigte sich und alle schwiegen still. Niemand fragte wie es ihr denn so ginge; wie sie sich fühlte, die kaputte Seele und ob man ihr womöglich helfen könne. Niemand.

Nina, die um diese Ereignisse von Jo selbst, wusste, war genau deshalb so eine Art vertraute Schwester-Mutter-Freundin-Seelsorgerin geworden. Nachdem Johannes sich ihr, in völliger Vertrautheit, anvertraut hatte, saßen sie engumschlungen auf dem Sofa und haben die ganze Nacht gemeinsam geweint und getrauert. Erst in den Morgenstunden wollte die Last der Vergangenheit sich verflüchtigen. Gehen würde sie nie, aber sich besser schultern lassen, wenn man nicht mehr alleine war. Viele Jahre lag es schon zurück, als Nina eines Tages - unbedarft wie ein naives

Kind, auf Johannes zugegangen war und ihn, frei heraus angesprochen hatte. Ohne jeden Skrupel stellte
sie ihm damals Fragen, die sonst – in Worte gefasst -
niemand zu fragen gewagt hätte. Nina war es leid,
immer nur Gerüchte und keine Wahrheiten zu hören.
Sie mochte Johannes von Anfang an; warum, das
wusste sie selbst nicht. Und von Anfang an, schon als
Johannes die Apotheke übernahm, wurde gemunkelt,
dass der neue Apotheker, anscheinend, mit Frauen
nichts im Sinne habe. Genaueres wusste man nicht,
noch war es nur eine Vermutung. Spekulationen und
Vermutungen reichten Nina nicht aus. Aus diesem
Grunde beschloss sie, kurzerhand, bis an die Quelle
der Gerüchteküche vorzudringen und sich Gewissheit, von der Quelle höchst selbst, zu verschaffen.
Geradeaus, unverblümt und sehr direkt und etwas
naiv.
Johannes, damals völlig verblüfft von derartig undip-
lomatischer Indiskretion, gefiel Ninas Art; und seitdem sind sie unzertrennliche Freunde. Heute liebte
Nina Johannes wie einen festen Bestandteil ihres
Lebens. Sie hätte eine Niere geopfert, nur um für ihn
da zu sein. Johannes liebte es geliebt zu werden, und
er liebte, auf seine Weise, Nina schlicht aber besitzergreifend - fast eine Spur zu eifersüchtig, wieder
zurück. Nina ließ es zu, eben weil sie ihn so liebte. Sie
gab Jo den Raum den er brauchte, um sich geborgen
zu fühlen. Und sie hätte ihn niemals gestutzt, auch
wenn sie sein Leben, oftmals nicht verstand. Durch
diese grenzenlose Narrenfreiheit, welche Nina Jo
gewährte, schoss er nicht selten über das gesunde
und erträgliche Maß des eigenen Verhaltens, hinaus.
Manchmal gab sich Jo wirklich kackfrech und uner-

träglich einnehmend, bis obenhin aufgefüllt mit Erwartungshaltungen die ihm eher schadeten als Nutzen zu bringen. Auf diese nervenaufreibende, beinahe tuntige Art, war und würde Jo, schon gar nicht jedermanns Geschmack. Natürlich, das verstand sich von selbst, war auf diese anstrengende Weise, eine dauerhafte Liebesbeziehung und Partnerschaft, schier unmöglich. Kaum ein gewillter Liebhaber ertrug Jos launische Marotten lange. Deshalb war nun, beschloss Nina, die Zeit gekommen eine Lösung zu suchen. Eine Lösung, die dazu geeignet schien, diesem triebhaften Treiben des schwulen Engels, einen gesunden, nachhaltigen und endgültigen Schlussakkord zu setzen. Zu seinem eigenen Schutz, und zur Schonung diverser Nervenstränge, wohlgemerkt.

Wie ein menschliches Ufo, kam Jo durch den hellen Raum geflogen und setzte sich, in seinen typischen Automatisierungsmodus aus Internatstagen gefallen, artig wie ein Hündchen neben Nina auf das Biedermeier-Chaiselongue; nicht alles dass er anfing zu hecheln, als gelte es ein ausnehmend wohlschmeckendes Leckerchen zu erwarten.
Sitz! Platz! Kusch, schienen in Jos Synapsen schneller anzukommen und verstanden zu werden, wie jedes, noch so freundliche *Bitte*. Das waren die Augenblicke, in denen Nina mit den Tränen kämpfen musste, weil Jo, ohne es selbst zu wissen, den Blick auf seine Seele freigab.
  „Also höre mir zu", begann Nina etwas vorsichtiger. „Diese beinahe Prügelei von letzter Nacht, ja, die sehe ich als Vorboten für meine Gedanken, mit denen ich schon eine ganz Weile schwanger gehe."

„Schwanger? Duuu...? Ach, hör` auf!"
Die Vorstellung, Nina in Bälde mit einem plättenden Etwas teilen zu müssen, gefiel ihm so wenig, dass Jo diese simple Redensart- diese oft angewandte Metapher, erst gar nicht verstand.

„Quatsch. Rede kein dummes Zeug", parierte Nina ein wenig genervt. „Stell dich nicht dümmer als du bist. Du weißt ganz genau was ich damit meine. In letzter Zeit gehst du wirklich zu weit. Ich habe ganz einfach Angst um dich."

„Aber ich..."

„Halt die Klappe! Still jetzt!", fuhr Nina zwischen seinen angefangenen Satz. „Gleich kannst du deinen Senf dazugeben; aber erst lass mich ausreden."
Um Nina zu ärgern, hielt Jo seine Hände wie Pfötchen, artig vor seine schmale Brust und grinste wild hechelnd und wie immer: unverschämt. Jos eintätowierter Gehorsam aus Kindheits- und Jugendtagen, machte sich langsam wieder aus dem Staub.

„Du bist jetzt, mit Mitte Dreißig wirklich alt genug, Jo, dass es an der Zeit wäre sich fest zu binden, nicht wahr? Wir müssen wirklich, *dringend* eine Vertragspartner-Veränderung durchführen. Dringend! Du und ich auch. Es drängt mich danach, weil meine Runde Welt - auch wegen dir, immer mehr Ecken bekommt. Ich bin es wirklich leid, mich überall in Gedanken anzustoßen. Scheidung, wird auch bei mir, immer mehr zur Option. Wir müssen etwas tun; du und ich. Jetzt!"

„Ach echt jetzt?", fragte Jo scheinheilig dazwischen. Nichts wünschte er sich mehr, als dass dieser verlogene Elsässer endlich das Weite suchen würde und er, Jo, hätte Nina dann ganz für sich alleine. Es wäre wunderbar, weil dann, nachdem Nina zu Hause klar Schiff gemacht hätte, sie öfter mit ihm verreisen könnte. In Paris warteten unzählige, bildhübsche Spielsachen darauf, endlich die wahre Liebe kennenzulernen. Aber alleine die Reise anzutreten, gefiel Johannes nicht.

„Das Sonderbare kommt vor dem Wunderbaren", sagte Nina aus tiefer Überzeugung, den Blick liebevoll auf Jo gerichtet. „Hier müssen wir jetzt durch; du und ich, jeder auf seine Weise. Ich halte aber an meinem Vorhaben der Verbandelung, in Bezug auf *deine* Zukunft, fest. Ich lasse mich auf keine Verhandlungen mehr ein. Du gehörst unter die Haube, mein liebster Johannes. Und zwar Schnellstens!

„So so. Und das stellst du dir wie vor?"

„Ganz einfach! Ich werde dich an den meistliebenden verscherbeln. Jawohl! Verscherbeln. Für einen geringen Einsatz: den der Achtung, Ehrlichkeit und Loyalität. Letzteres beinhaltet die Treue. Wie wir wissen, liebster Jo, wird daraus Liebe gemacht. Und komm mir bloß nicht mit optischen Sonderwünschen daher. Du siehst ja was es dir einbringt. Hoffentlich erinnerst du dich noch in hundert Jahren an die Backpfeife von deinem blonden, langhaarigen Adonis der letzten Nacht."

„Du spinnst wohl. Nie im Leben lasse ich mich mit einem Kerl ein, der aussieht wie ein Müllsack."

„Jetzt höre endlich auf, auf solchen Oberflächlichkeiten herumzureiten. Natürlich muss er dir gefallen, gar keine Frage, aber du musst auch einmal auf dem Teppich bleiben und das Land der Märchen und Feen verlassen. Lass endlich die Finger von diesen... diesen muskelbepackten Schönlingen, die nichts weiter sind, als ganz gewöhnliche Stricher, die es nur auf Geld abgesehen haben. Du kannst solche Menschen nicht verändern; das müssen sie schon selbst tun. Wie Jonny Depp, siehst du nun auch nicht unbedingt aus, meine liebe Johanna. Mit deinen raspelkurzen Haaren und der altmodischen Monokel Brille, erinnerst du mich eher an diesen kleinen Jungen aus diesem neuen Buch, auf das alle Kinder und Jugendliche neuerdings ganz verrückt sind. Wie heißt es noch gleich...? Es liegt mir auf der Zunge..."

„Harry Potter und der Stein der Weisen", sagte Jo wie aus der Pistole geschossen. Jo wusste: wenn Nina ihn Johanna nannte, dann war es ihr bierernst. Seine spottende Sitzposition mit albernem Pfötchen machen, veränderte sich insofern, dass man jetzt, einen erwachsenen Zuhörer wahrnehmen konnte. Nina sah Jo überrascht an. Da fühlt sich jemand ertappt, dachte sie erfreut über ihren Volltreffer.

„Sieh mal einer an... Da brate mir doch einer einen Storch, wenn hier nicht der liebe Johannes heimlich, ohne das ich je ein solches Buch bei ihm gesehen hätte, Kinderbücher liest. Das ist ja sehr interessant."

„An den meistliebenden versteigern, meinst du also", überging Jo Ninas Anspielung darauf, dass sie ihn für kindlich oder kindisch hielt. „Du meinst damit sicherlich so eine Art Kontaktanzeige oder sowas. Eine Partneragentur, eine Börse, stimmst?"

„Ja. So etwas in dieser Art. Eine Partneragentur für schwule Engel. Wenn es das noch nicht gibt, werde ich eine gründen, was hältst du davon? Über Details muss man noch nachdenken, aber ja. Das wäre ein ganz guter Weg, weg aus dem Dreck des Hauptbahnhofes, finde ich. Eine sichere Zukunft ohne Stricher, die dich schon oft genug beklaut haben, ins Auge zu fassen, das halte ich für ziemlich notwendig. Überlege bitte einmal in die Zukunft, Jo. Endlich Sicherheit, endlich keine Risiken mehr, endlich könnte *ich* nachts, auch ein Häppchen ruhiger schlafen. Keine Sorgen mehr um dich. Warum eigentlich nicht? Und *ich*..." trällerte Nina fröhlich, „ich darf natürlich dabei helfen die Wahl zu treffen, damit wir die Fehlerquote besser in den Griff bekommen. Dein Beuteschema ist mir zu Unheils versprechend."

Jo, erst ein wenig beleidigt, weil Nina nicht vorbehaltlos – so wie immer - und parteiergreifend, gemeinsam mit ihm den blonden Adonis von letzter Nacht, mit Worten filetierte und in Stücke riss, fing diese Idee an zu gefallen. Warum eigentlich nicht? Ja. Warum eigentlich nicht. Mit diesem Gedanken hatte er vor Jahren schon einmal gespielt, ihn aber deshalb fallen lassen, weil doch immer alles glatt ging und es an Nachschub nie mangelte, die Vergangenheit betreffend. Was hatte er schon zu verlieren? Nichts im Grunde. Nichts. Vor seinem geistigen, inneren Auge, sah Jo pralle Muskeln all derer glänzen, die zur Beschau, auf einem gut ausgeleuchteten Laufsteg, appetitlich an ihm vorbeiposierten, um ihn – und nur ihn alleine, zu beeindrucken.

Acht Wochen später saßen Nina und Jo, überwältigt von so vielen Zuschriften, kichernd wie Kinder auf dem Fußboden im Wintergarten und durchstöberten die, teils sehr fragwürdigen Offerten liebeswilliger, potenzieller, nicht immer ganz adäquater Lebensabschnittsgefährten, die sich – ebenfalls auf der Suche nach dem großen Glück – auf dem Markt der Singles tummelten und hier, in diesen bebilderten Briefen, ins rechte Licht zu rücken versuchten. Man konnte es förmlich riechen, dass in den meisten Zuschriften gelogen wurde, dass sich die Balken in alle Himmelsrichtungen verbogen. Und Ninas Idee, auf eine altmodische Form der Kommunikation, *unbedingt* zu bestehen - der ordinären Briefpost nämlich - erwies sich als sehr hilfreich, in Bezug auf die Gesamtbeurteilung besagter Bewerber. An Art und Weise der Zuschriften, an Schrift und Gesamtoptik des Dokuments, an rhetorischer Fähigkeit bis hin zur linguistischen Akrobatik, ließ sich so einiges über das Niveau jener eventuell, potentiellen Lebensgefährten ablesen. Und Nina behielt ganz Recht, als sie die Behauptung aufstellte, dass so mancher der Bewerber vermutlich, ohne die Hilfe eines Autokorrekturprogramms, ganz hübsch aufgeschmissen wäre. Daran, war sie sich sicher, könne man Bildung und Herkunft ganz gut ablesen; allerdings nicht den Charakter, das ginge leider nicht. Hier müsse man sich auf seinen Bauch verlassen. Bäuche seien, behauptete sie, hier und da, ganz gute und verlässliche Ratgeber.

Zuerst hatte Jo Nina ausgelacht und die ganze Aktion für lächerlich und absurd gehalten. Jo glaubte, sich *selbst*, mit dieser Forderung nach einem herkömmlichen Briefe lächerlich zu machen, weil er sich – das müsste man doch so von ihm denken, weigerte oder nicht fähig sei, mit der Zeit zu gehen und sich, der allgemeinen Digitalisierung nicht unterwerfen wolle, weil er dieses selbstverständlich gewordene Handwerk, nicht beherrschte. Alle würden von ihm denken müssen, behauptete Jo, dass er mit einem Computer nicht umgehen könne, weil er geistig ein bisschen zurückgeblieben sei, zumal Nina vehement darauf bestanden hatte, dass in Jos Print-Suchanzeige, kein Sterbenswörtchen darin erwähnt wurde, welchen Beruf er selbst ausübte. Nina wollte dadurch, vorab, die Anzahl von Schmarotzern, die man mit solchen Aktionen automatisch auf den Plan rief, im Vorfeld grob dezimieren.

Nun, das musste Jo wirklich neidlos zugeben, sah er es mit eigenen Augen: So manche Post, die sich hier auf dem Fußboden ausbreitete, musste nicht einmal zu Ende gelesen werden; sie sprach ganze Bände für sich und konnte, sofort, ins Töpfchen der gemeinen Ausschussware.

Nina fiel, wie eine zart besaitete Jungfrau, von einer Ohnmacht in die nächste. Ihre Ohren und Wangen wechselten, die äußere Farbe von tiefrot ins blassweiß, über hellrot und wieder zurück. Mit welcher sexuellen Offenheit man miteinander kommunizierte, war ihr bis dahin, natürlich nicht bekannt, woher auch. Den ein- oder anderen Ausdruck hätte sie bei Jo gerne näher hinterfragt, konnte aber ihre Verlegenheit nicht überwinden. Und überhaupt, so entschied sie: Wer so vulgär und sexistisch daherredete – respektive schrieb, und nichts weiter im Sinn hatte als den Austausch von Körperflüssigkeiten, der fiel ohnehin durch das neue Raster solider Zukunftsabsichten. Es musste jetzt nicht unbedingt der ledige Sohn vom Bundespräsidenten sein, das sah Nina ein, aber ein wenig Seriosität, die würde gewiss nicht schaden. Dies war schließlich der Sinn der Übung: Jemanden zu finden, mit dem man auf das nächste Gemeindefest gehen konnte, ohne sich bis über beide Ohren zu blamieren und Anlass zum Anstoß für gewagte Nachreden zu liefern. Ein tageslichttaugliches Exemplar mit gehobener Bildung, elegant, humorvoll und mit eigenem Vermögen. Und bitteschön nicht so blutjung wie die meisten Lover aus Jos Fundus.

Nach zwei Wäschekörben, randvoll mit Zuschriften, hatten Nina und Jo eine engere Auswahl getroffen, die sich ziemlich voneinander unterschied.

Nina blieb bisher mit ihren Vorschlägen, die sie aus dem Berg von Zuschriften mit Bedacht herausgefischt hatte, ziemlich auf verlorenem Posten. Jo war von seinem bisherigen Geschmacksmuster - seinem Beuteschema nicht abzubringen. Vier Rendezvous hatte er bereits hinter sich, jedoch ohne eine Entscheidung zu treffen. Zweimal hatte man ihn versetzt, wonach er jedes Mal den Krempel hinwerfen wollte. Ein Treffen fand ohne Ninas wissen statt, flog aber auf, weil der beglückte Bewerber, tags drauf bei Jo anrief, als Nina gerade neben ihm stand.

Nina unterstellte Jo daraufhin, billiges Konsumverhalten und dass er das absichtlich machen würde, um kostenlos und unverbindlich durch die Gegend zu vögeln, worauf Jo, zickig wie immer, drei Tage lang, wieder einmal kein Wort mit Nina wechselte, dermaßen eingeschnappt und beleidigt war die paarungswillige Diva.

Widersprüchlicher hätten die beiden Lager, zwischen Jo und Nina, wirklich nicht sein können. Man hätte fast glauben können es ginge um zwei verschiedene Dinge. Jo blieb stur und unflexibel in seinen alten Vorstellungen stecken, während Nina sich auf die Angebote konzentriert hatte, welche der – nach ihrem Empfinden - ordentlichen Kommunikation fähig schienen und in der Öffentlichkeit vorzeigbar sein würden; dies sei schließlich zukunftsprägend, behauptete sie, genauso stur wie Jo.

Ihre Wahl fiel - unter anderem – auf einen sehr gutaussehenden Mann, knappe neun Jahre älter als Jo selbst, politisch in Amt und Ehren - also kein Hallodri von der Straße, und mit feinen Manieren, so wie es aussah. Sein Brief hatte Stil gehobener Art, seine Ausdrucksweise eine gewisse Eleganz. Felix, wie er sich nannte, hatte fröhliche, kluge, aufmerksame graue Augen. Er blickte freundlich durch eine Brille, die der Brille von Jo, sehr ähnlich war. Um seinen Mund spielte ein Lächeln, welches eine gewisse Überlegenheit erahnen ließ. Genau dass, was eine leichtsinnige Diva so braucht. Der ist es, entschied Nina. Den laden wir ein.

Nun musste sie nur noch Jo überzeugen, der schon wieder in einem Kreise von Bildern, mit viel zu jungen Bewerbern, auf seinen Fersen hockte und sich lüstern sein lästerndes Maul leckte.

„Hier... sieh` mal. Der hier gefällt mir wirklich ausgesprochen gut, wagte Nina einen erneuten, gefühlt hundertsten Versuch einen Treffer zu landen. Seine Augen und überhaupt sein offener Blick; so freundlich und ehrlich. Gebildet ist er auch..."

„Phä... Viel zu alt", prustete Jo mit einer wegwischenden Handbewegung die alles sagen- die alles entscheiden sollte. „Du spinnst wohl", schnappt er weiter entrüstet und zickig, in Ninas enttäuschtes Gesicht. „Nimm *du* ihn doch, wenn er dir so gut gefällt. Ich will ihn nicht haben. Mir ist er viel zu alt. Und eine Brille... nein. Eine Brille muss nun wirklich nicht sein. Es reicht dass ich eine trage."

„Mir recht es jetzt, Jo. Bis jetzt haben wir nur diejenigen eingeladen, die *dir* gefallen haben; solche die du ausgesucht hast, mit deinem fragwürdigen Geschmack. Wozu bin ich in diese Aktion mit einbezogen, wenn ich nicht das geringste Stimmrecht habe? Dann mach es doch alleine, ohne mich. Alles scheiße, wenn du mich fragst. Lauter Typen mit nichts als einem schönen Körper. Fickbar, von mir aus, aber - und das wirst du zugeben müssen, keiner von denen wäre vorzeigbar, hier in unserem Hinterweltsdörp. Die kommende Einladung zu Priester Domwalds Hochzeit, zu der du ja dummerweise eingeladen bist, die will ich mir gar nicht vorstellen. Und hier... verdammt noch Eins, in diesem beschaulichen Idyll, verdienst du schließlich deine Brötchen, Fräulein Apotheker, nicht wahr? Mach endlich die Augen auf. Hier lebst du, hier bist du zu Hause. Dann ziehe doch in die Großstadt; geh` weg. Hau doch ab. Am besten in die Nähe irgendeines versifften Hauptbahnhofes, dort kennt man dich wenigsten schon, du musst dich nicht einmal einleben."

Ohne es selbst zu bemerken, rutschte Jo ein wenig aus Ninas Nähe ab. So in Rage hatte er sie noch nie gesehen. Das war nicht mehr seine fürsorgliche, liebevolle, besorgte Freundin. Sie war eine wilde Furie, die beinahe so redete wie er selbst.

„Also gut, also gut... meine Güte, von mir aus", lenkte Jo verdrossen- aber aus Angst Nina zu verlieren, unverhofft einsichtig ein. „Lade diese Mumie zum Essen am Sonnabend ein. Von mir aus. Aber, ich bestehe darauf, dass du diesmal bitte sehr dabei bleibst; und *du* kochst für diesen alten Sack, ich nicht, ich denke ja nicht daran. Und das Eine sage ich

dir heute schon: Wenn er mir überhaupt nicht zusagt, werde ich ihm das beim Abschied auch sagen. Dann hatten wir wenigstens einen Abend mit bla, bla, bla Gesprächen und gutem Essen. Was gibt es denn Gutes?"
Nina schüttelte resigniert den Kopf und stimmte zu. Immerhin hatte sie bei ihm erreicht, dass er diesem netten Bewerber, diesem manierlichen Felix, eine winzige Chance einräumte. Nur gucken; nicht anfassen! Aber immerhin...

„Ich kann mir das auch nicht erklären", sagte Nina enttäuscht zu Felix, der, immer noch die Ruhe bewahrend, freundlich lächelnd am Esstisch saß und geduldig wartete bis Jo - angeblich hatte er einen unaufschiebbaren Termin beim Steuerberater - zurückkäme und es endlich, endlich etwas zu essen gäbe. Nina hörte seinen Magen knurren. Ihr ging es, wenn sie ehrlich wäre, kein Stückchen besser. Ihre brodelnde Wut schien den Hunger nicht einzudämmen. Nina fühlte sich von Jo vorgeführt und im Stich gelassen. Diese Verspätung war wirklich dreist und unverschämt. Mehr als eine Stunde wartete sie zusammen mit Felix, der bereitwillig von sich erzählte, um die peinliche Zeit zu überbrücken.
„Es reicht", sagte Nina, nach mehr als einer Stunde und sprang auf, um den Steuerberater anzurufen. Jo hatte sein Handy, gut sichtbar, auf die Anrichte im Wintergarten drapiert. Direkt neben das Festnetztelefon. Ein Blinder mit Krückstock hätte es unmöglich übersehen können; jetzt verstand Nina auch warum. Im Grunde war dies eine klare Aussage: *Ich will nicht erreichbar sein*, hieß es.

Weil Nina kein Telefonbuch fand, musste sie vorher die Auskunft anrufen. Felix wollte sie – nur der guten Form halber – davon abhalten, aber Nina war auf Hundertachtzig. Keine Chance.

Von der überraschten Ehefrau des Steuerberaters, erfuhr Nina dass Johannes heute, überhaupt keinen Termin bei ihrem Mann hatte. Der säße fröhlich pfeifend- und sich seines Lebens freuend in der Badewanne im ersten Stock ihres Hauses, und wusch sich eine lange Arbeits-Woche vom Leib. Seit zwei Jahren schon, erzählte sie, würde ihr Mann keine Wochenendtermine mehr machen.

Nina bedankte sich, und entschuldigte ihren Anruf damit, dass sie selbst hier etwas durcheinander gebracht hätte. Sie dachte es sei Freitag, log sie.

„Weißt du was, Felix…? Es reicht. Wir beide essen jetzt alles alleine auf, es wäre jammerschade um das schöne Essen; soviel Mühe wie ich mir gemacht habe. Ich komme nämlich fast um vor Hunger, und was hier so grummelt ist nicht unser Hund; wir haben nämlich keinen. Es tut mir wirklich sehr leid, aber entweder ist etwas sehr Schlimmes passiert, was ich nicht hoffen will, oder Johannes lässt uns hier – was ich viel eher vermute, schlicht und ergreifend sitzen, wie bestellt und nicht abgeholt. Es tut mir leid; wirklich. Es tut mir leid."

Felix nahm es mit Humor, was Nina ausgesprochen gut gefiel. Seine ruhige, bedachte Ausstrahlung wäre die perfekte Ergänzung zu Jos nerviger Divenhaftigkeit gewesen. Und in Natura, sah er deutlich jünger aus als auf dem Foto aus der Zuschrift. Jo hätte vielleicht seine Meinung geändert, hätten sie sich wenigsten gesehen. Erzwingen konnte sie natürlich nichts, dass wusste sie selbst. Jo, dieses feige Stück, hätte Felix wenigstens so viel Höflichkeit entgegenbringen können, ihn nicht auch noch unnötig zu Kompromittieren. Nina war nun wirklich kein adäquater Ersatz dafür, was Felix hätte erwarten dürfen. Für Nina hatte an diesem Abend, die ganz klösterliche Internatserziehung, zum wer weiß wievielten Male, kläglich versagt.

„Was machst du denn noch hier", wollte Jo überrascht scheinheilig von Nina wissen. Sie saß vor dem Fernseher und sah ins Nichts. Ihre Enttäuschung und schlechte Laune verstellte ihr den Blick. Kein Wunder, nach dem vergeigten, peinlichen Abend mit Felix. Nachhause gehen wollte sie auch nicht. Ihr zukünftiger Exmann war nämlich heute anwesend, um schon ein paar seiner Sachen zu packen, der Umzugswagen war nämlich für das kommende Wochenende bestellt. Das Letzte was Nina jetzt noch brauchen konnte, war der Anblick des Mannes, zu dem sie keinen Bindestrich hatte aufbauen können. Nina antwortete nicht. Sie sah Jo nur schweigend an, das traf ihn viel mehr, wusste sie aus Erfahrung. In wenigen Minuten würde Johannes damit beginnen sich zu rechtfertigen. Sie wartete ab.

„Ich wollte... ähm. Tut mir leid, ich hätte anrufen können. Aber der Termin beim Steuerberater, der..." Jo hielt inne und lauschte irritiert. Ganz sicher war er sich nicht, aber dieses Geräusch hörte sich an, als würde ein Tier knurren, ähnlich wie ein bösartiger Hund oder ein Wolf. Ninas Kopf wanderte gefährlich nahe in seine Richtung. Zwar bewegte sie keine Lippen, so dass fletschende Zähne sichtbar geworden wären, aber ein kleines Schrittchen außerhalb ihrer Greifweite zu machen, konnte nicht schaden.

Jo machte einen instinktiv halben Schritt zurück, und wäre beinahe, um Haaresbreite über eine umgefallene Weinflasche gestürzt. Sein Herz schlug wild pochend hinter seinen Ohren, so sehr erschrak er über dieses Missgeschick, über diesen Fehltritt. Gleichzeitig spürte Jo - ausgelöst vom Gefühl des Schreckens, wie ein üppiger Schub Adrenalin in seine Adern floss; sein eindeutiges, wohlbekanntes, vertrautes Zeichen aus jungen Jahren, für ein herannahendes schlechtes Gewissen, diesmal Nina gegenüber.

„Sei still! Niemand hier im Raum interessiert sich dafür was du als Entschuldigung vorzubringen hast. Niemand... oder siehst du hier noch irgendwen außer mir? Vielleicht einen Gast Namens Felix? Nein? Der ist mit Anstand gegangen. Niemand also; ich am allerwenigsten, weil du mir - so wie es aussieht, offensichtlich nicht vertraust, nicht wahr? Dein Alibi ist übrigens keinen Pfifferling wert; ich weiß alles. Aber du kannst machen was du willst, Jo; es ist dein Leben, nicht meins. Und wenn wir es einmal ganz genau betrachten wollen, dann geht es mich überhaupt nicht an. Es ist zwar schmerzvoll, lieber Johannes, aber ich habe es begriffen. Was ich heute Abend noch begriffen habe, ist die Tatsache, dass ich mich als Schutzengel überhaupt nicht eigne. Es fehlt mir eindeutig an der nötigen Qualifikation und Großmütigkeit, liebster Freundin. Was mich allerdings etwas angeht, *Johanna,* ist die unumstößliche Tatsache, dass du mir nicht vertraust; ich wiederhole mich jetzt, ich weiß. Aber die Sache ist mir wichtig; die

Sache mit dir und unserer langjährigen, sehr belastbaren, vertrauensvollen Freundschaft, die so das ein- oder andere Tief, unbeschadet überstanden hat. Entweder sind wir Freunde oder wir sind es nicht. Diese Nummer brauche ich kein zweites Mal. Ist das bei dir angekommen? Ein einfaches- und simples „*nein*" hätte völlig genügt."

Jo setzte sich ans andere Fußende der Couch auf der Nina, sichtlich geknickt, auf der vorderen Kante saß. Kampflust... Kampflust und ein wenig Zorn stand Johannes ins Gesicht geschrieben; Kampflust und die Lust auf eine sofortige Klärung seiner Bedürfnisse. Kein schlechtes Gewissen, keine Reue über sein achtloses schlechtes Benehmen, keine weitere Rechtfertigung mehr; nichts. Nur ein großes *ICH.*

„Ich...", setzte Jo an, und streckte seinen Schädel, drohend in Ninas Richtung. „Ich habe ein Anrecht auf *mein* persönliches Wohnbefinden, meine liebe Nina. *Ich*, verstehst du; *ich!* Dazu gehören gewisse Bequemlichkeiten, welche ich mir, als Ausgleich zu meiner harten, zeitintensiven Arbeit, hin und wieder gönne. Dazu gehören diverse Abenteuer sexueller Art, die niemanden, wirklich niemanden etwas angehen. Auch dich nicht, geliebte Seelenschwester. Dazu gehört auch meine Sammelleidenschaft für schöne und kostbare Dinge um mich herum; dazu gehörst auch du, liebe Freundin – aber bitte nicht immer und überall. Und dazu - jetzt spitze bitte deine Öhrchen, liebste, besorgte Nina, dazu gehört an vorderster Stelle, *meine ganz persönliche Freiheit.* Und das bitteschön, hat mit Vertrauen oder Misstrauen zu dir, nicht das Geringste zu tun. Ich möchte dass du das weißt, und ich möchte, dass du es auch wirklich verstehst. Den einzigen Fehler den ich mir vorzuwerfen habe ist der, dass ich es zugelassen habe, gemeinsam *mit* dir, einen Partner für mich zu finden, der in der Öffentlichkeit an meiner Seite, würdig genug wäre, als Partner und als Lebensgefährte bezeichnet zu werden. Das war falsch. Das muss ich ganz alleine auf die Reihe kriegen, wenn ich es denn überhaupt will. Ich will nicht!"

Drei kurze Jahre war es nun her, dieses außergewöhnliche Gespräch zwischen Nina und Johannes, als der, zum ersten Mal in seinem Leben überhaupt, wirklich Chuzpe gezeigt hatte, und seine ständige angepasste Angepasstheit abgeschüttelt hatte, wie ein durchnässter Hund den Regen aus seinem Fell. Drei Jahre. Erinnerungen an die schönen Dinge die gemeinsam erlebt werden durften, legten sich wie ein milder Schleier der unvergänglichen Liebe über Ninas Gedanken.
So viel hatte sich verändert, verschoben, gefüllt und geleert; war entstanden und gegangen. So viel. Niemals, so dachte Nina, hätte sie sich vorstellen können ein Leben zu leben, in dem Johannes nicht mehr vorhanden sein sollte. Johannes, der sie in seiner schlichten Art und Weise- in seinem grenzenlosen Egoismus, eifersüchtig zurückgeliebt hatte.
Nina fühlte sich, in diesen drei Jahren, als liefe sie fünfundzwanzig Meter unter dem Meeresspiegel durchs Leben; tief genug um sich wieder aus eigener Kraft bewegen zu können, aber auch viel zu schwer um einen eigenen Auftrieb zu haben. Sie war in einer lähmenden Taubheit verschwunden, in der nichts mehr von außen in sie eindringen konnte. Ein Vaku-

um der eigenen Erinnerungen, eine Insel, ein luftleerer Raum. Und die Trauer flog noch einmal in herrlichen Wogen in sie hinein, als sie so still- die Hände vor dem Bauch gefaltet, Johannes Grab zu ihren Füßen, dastand und ein langes Gebet der Dankbarkeit für diese Freundschaft sprach. Wie sehr sie Jo vermisste, das würde kein anderer Mensch je begreifen- je verstehen können.

Eine kurze, intensive Bahnhofsbekanntschaft hatte Jo eine lange, tödliche Krankheit hinterlassen. Eine, von der man noch nicht genug wusste, um sie abzustellen. Ein Erbe mit Ende... ohne Zeitangaben. Ein dummer, leichter Unfall sollte sich in ein letztes, schwarzes Tuch verwandeln und alles mit sich fortnehmen. Alles, was einst eine Freundschaft ausmachte; alles was einst Leben war.

„Dieses Alibi muss ich dir wohl durchgehen lassen, sagte Nina mit tränenschweren Augen auf das Grab hinab.

Vermutlich war es eine unbemerkte Böh- ein Lufthauch nur, ein winziger Wind der Ninas Wange streichelte. Dankbar lächelnd sah sie in den Himmel, dann ging sie nach Hause.

Der schiefe Turm von Lisa

Nachdem er – leider ohne auf sie zu warten - seinen Höhepunkt erreicht hatte, glitt er erschöpft von ihrem glitschigen Körper. Sie versuchte noch mit ihren Händen seine wärmende Gegenwart zu ertasten, um sie für eine Weile zu speichern, aber er war schon mit den Gedanken woanders.

Tollkühn schmiegte sie sich, mit einem letzten Funken hoffnungsloser Hoffnung an ihn und erntete dafür ein lapidares: "Sorry, ich muss mal pissen."

Beim Verlassen des Zimmers drehte er sich nicht einmal nach ihr um, aus Angst, sie könnte ihn mit überschwänglichen Adjektiven, zu einer, längst überfälligen Antwort drängen.

Sie bleibt mit ihren Narben alleine zurück, klebt an ihrer eigenen rosaroten Leidenschaft; verbrennt an ihr, wie sie es seit zwei Jahren tut, und steht dann auf, um doch wieder in ein tiefes, schwarzes Loch zu stürzen, wie sie es seit zwei Jahren tut. Jedes Mal, war sie bemüht darum, dieses tiefe Schwärze zu umschiffen, denn sie wusste: Dort unten wartet die altbekannte Erkenntnis, dass sie, wieder einmal, als Sportgerät gedient hat. Seit zwei Jahren schon. Das sie wieder einmal zur Verfügung gestanden hatte; seit zwei Jahren schon.

Er hatte seine unerschöpfliche Potenz bewiesen, sie ihre Banalität. Ein weiteres, abwaschbares Experiment, mehr nicht. Vermutlich – bis heute wusste sie nichts genaueres von ihm - war er sogar mit dieser, angeblich so schwerkranken Lebensgefährtin, von der er anfangs ganz kurz sprach, verheiratet; also Off-Limits, und hätte ohnehin nicht, für die Zukunft zur Verfügung gestanden, tröstete sich selbst und sprach sich zuversichtliche Zuversicht zu. Wenigstens könnte er ihr Leben nicht versauen, murmelte sie leise, damit er es nicht hören konnte.

Freundlich bleiben; unverbindlich. Ja, darin hatte er offensichtlich ausgefeilte Übung. Sie spielte mit, ebenfalls um Freundlichkeit bemüht. Erfahrungen aus der Vergangenheit flüsterten ihr ins Ohr, dass sie längst als unbedeutend eingestuft und abgelegt war. Es war Zeit für eine kleine Unverschämtheit.

Dieses Erlebnis würde wieder einmal für eine Weile reichen, schwor sie sich. Heute Abend würde sie heiß baden und sich für eine Weile ums Vergessen bemühen. Wären ihre Gedanken wieder von Sehnsucht und dem Bedürfnis nach warmer Haut gereinigt, so würde sie noch eine allerletzte Prüfung mit sich anstellen, ob- oder ob nicht, sie ihn, bestrafen sollte für seine schlichte, unverbindliche Liebe, die langsam anfing ihr ins Fleisch zu schneiden. Bislang hatte sie große Achtung vor der Kunst des Lügens, nun war es Zeit die Richtung zu wechseln, um sich nicht fortlaufend die Zukunft zu verstellen.

Festina lente, verordnete sie sich, dringende innere Ruhe. Die geplante Unverschämtheit musste wohl durchdacht sein. Final, wirkungsvoll, ergebnisbringend und ohne Nachkorrektur, denn dazu würde er ihr keine Chance mehr geben. Das wusste sie nach zwei Jahren, in denen er sie mit verlässlicher Pünktlichkeit besuchte. Immer am Freitagnachmittag um fünfzehn Uhr, damit er – vermutete sie – das Wochenende entleert überstehen konnte. Mehr als einmal pro Woche waren nicht drin. Daran hatte Lisa sich gewöhnt. Um mehr zu bitten - vielleicht ein Wochenende, einen kurzen Urlaub oder Ähnliches, hätte sie nicht gewagt. Wenn er ihre Wohnung betrat, legte er schnell alles ab, nur nicht seine angeborene Autorität; die behielt er an. Er hielt seine klinisch kühle Distanz zu ihr, hinter all zu dringender Beschäftigung, Verpflichtungen und einer gewissen, unsichtbaren Grenze verborgen. Und wenn sich Lisa selbst ein paar Ehrlichkeiten zugestand, musste sie ungeschönt zugeben, dass ihr geliebt geglaubter Simon, eigentlich ein humorloser, einsilbiger, verschlossener, mit Hemmungen überfrachteter Stockfisch war, der nur, auf den vier Quadratmetern des Bettes, die Sau raus ließ. Hatte er wieder festen Boden unter den Füßen, konnte man glauben er habe einen Stock verschluckt.

Und je länger sie nun über ihre eigene, matte Erblindung nachdachte, umso mehr Situationen kamen ihr in den Sinn, wofür sie sich noch heute, in den eigenen Hintern beißen könnte.

Vor ein paar Wochen – fiel ihr sofort ein prägnantes, drastisches, beinahe würdeloses Beispiel ein, brachte Simon es tatsächlich fertig, ihr ein Rollenspiel aufzudrängen. Lisa musste sich eingestehen, dass ihr die Situation äußerst fremd und peinlich war. Ungeübt in solchen Dingen, gab sie ihm schließlich nach; sie wollte ihm ja gefallen, ihrem Simon.

Kurzum: Simon wollte einen stolzen Dompteur spielen, Lisa sollte die gehorsame, devote Löwin sein, die ihn - den selbsternannten autoritären Dompteur, nach allzu viel Drangsaliererei seinerseits, brutal angriff und vergewaltigte. Zunächst hatte Lisa ein

Problem mit der Rollenverteilung. Auch wenn sie ihre Fantasie noch so sehr bemühte, konnte sie sich einfach nicht vorstellen, wie man es bewerkstelligen sollte, dass man als Frau, einen Mann vergewaltigt. Sie verglich es mit einer Weinflasche, welche sie entkorken müsse, in der aber gar kein Korken enthalten ist. Eine Art Luftnummer, sozusagen. Imaginär, irgendwie. Auf jeden Fall wenig hilfreich.

Sie besprach sich erneut mit ihrer Fantasie, ihrer inneren Lisa-Ehrlich-Stimme, wurde aber von dem Ergebnis ihrer Besprechung, schwer enttäuscht. Ihre innere, ehrliche, authentische Lisa sagte: *„Als wenn ich von meinem Metzger erwarten könnte, dass er ein Schwein operiert. Vergiss es einfach."*

Lisa ergab sich daraufhin, ohne weitere Überlegungen anzustellen, in ihr fragwürdiges Schicksal. Sie wollte es einfach auf sich zukommen lassen; es ausprobieren, es hinnehmen. Und somit nahmen die seltsamen Dinge ihren unaufhaltsamen Lauf.

Sitz! Platz! Kusch! Das waren die ersten drei Worte die Simon, mit lächerlich durchgestreckten Knien und übertrieben geradem Rücken, eine Hand wie zum Hitler-Gruß erhoben, auf die vor ihm kauernde Lisa niederschmetterte. Zu allem Übel hatte er seine Stimme noch tiefer verstellt, was der ganzen Angelegenheit eine gewisse Komik verlieh.

Naja, kam ihr damals in den Sinn…: Dieses Kommando unterscheidet sich jetzt auch nicht allzu sehr von *koch, wasch, putz!* Diesen Erwartungen war sie allerdings vor vier Jahren erfolgreich und unbeschadet entkommen. Aber fremd waren ihr diese Töne jetzt nicht unbedingt; nur unangenehm.

Dann ist etwas passiert, erinnerte sich Lisa, was womöglich die Verantwortung dafür trug, dass Simon ihr gegenüber, heute, sichtlich abgekühlt ist.

Lisa musste lachen. Sie musste lauthals lachen, womit sie ihren Gehorsam, den sie spielen sollte, natürlich völlig zunichte gemacht hatte. Zuerst war dieses Lachen eine Art glucksen, so als hätte sie sich verschluckt. Alles hatte sie daran gesetzt, wirklich alles an Beherrschung aufgeboten, sich schnell wieder in den Griff zu bekommen; aber vergebens. Ihre Lungen drohten zu zerbersten von all dem Druck der in ihr entstanden war. Und dann war es eben passiert. Im Nu war der Zauber des Rollenspieles eine lächerliche Posse; zu nichts mehr geeignet, zu nichts zu gebrauchen, nicht einmal mehr zu einer bischöflichen Missionarsstellung.

Lisa erinnerte sich an Simons zorniges Gesicht, das ihm zu verbergen- genauso wenig gelungen war, wie die Enttäuschung in seiner Stimme nicht anklingen zu lassen. Ja, das sei wirklich unheimlich lustig, hatte er gelogen. Aber sie habe ihn mit ihrem albernen Ausbruch nun gänzlich aus dem Konzept gebracht und für heute hätte er genug.

Unverrichteter Dinge war er dann gegangen. Zum ersten Mal in zwei ganzen Jahren, hatte Simon sie tatsächlich verschmäht. Und in der Woche danach ließ er sich überhaupt nicht blicken. Auch eine Neuerung in dieser verlässlichen Affäre.

Ein wenig Skrupel nisteten sich in Lisas Gedankengänge ein. Wenn sie nicht achtgeben würde, wäre sie im Nu wieder rückfällig und genauso weit wie sie war. Im wohlbekannten Nichts. Frei nach dem Motto:

was ich nicht will, dass es ist wie es ist oder ge-
schieht, das sehe ich einfach nicht, nehme nicht war,
bin blind aus Überzeug, dass alles verschwindet was
ich leugne und schönrede.
Schluss damit, schallt sie sich ein allerletztes Mal.
Schluss! Aus! Ende! Finito! Lisa wusste, dass es ratsam sei die Dinge vom Ende her zu betrachten. Dort
am Ende, an *jedem* Ende schlummerte ausnahmslos
die schamlose Wahrheit, vereint zu einem leiden-
schaftlichen Tango, Arm in Arm mit der Erkenntnis,
die letztlich jeden Betrachter ereilt. Nun war allerhöchste Zeit die Augen zu öffnen. Wollte man die
Schönheit einer Rosette aus kunstvoller Bleivergla-
sung in voller Wirkung genießen, musste man schon
den dunklen Raum betreten, wusste Lisa. Von außen
betrachtet ließ sich die Pracht nicht erkennen. Nun,
entschied sie, wollte sie allen Mut zusammenfassen
und den dunklen Raum betreten.
Um ihre Überlegungen in der realen Realität zu halten, musste sie – für heute wenigstens, zu einem
kleinen Trick greifen. Der Alkohol nahm ihr das Gefühl des Alleinseins.

„So sicher wie die Hamas den Gazastreifen kon-
trolliert, so sicher ist die Tatsache, dass *mit-* und
nicht ohne, die Liebe, alle Probleme doch erst anfangen und verursacht werden, wo vorher nicht mal
welche waren; Probleme meine ich."
Helen, die beste Freundin von Lisa, saß ihr am Tisch
in der kleinen Eisdiele - die ein paar wenige Meter
von Lisas Wohnung entfernt, um die Ecke lag, gegenüber und zeigte ihr unverholen, dass sie von Lisas
plötzlicher Wandlung gar nichts halten würde. Lisa

als glücklicher Single, wäre vergleichbar mit einem begeisterten Eisbären in der finnischen Sauna. Sie unterstellte der Freundin mangelnde Konsequenz, und dass sie, in der Realität, überhaupt nicht dazu fähig sei, jemandem wirklich weh zu tun. Und deshalb, glaubte Helen, solle sie es doch lieber gleich bleiben lassen.

„Ach, ich weiß auch nicht", stöhnte Lisa ein wenig gedanklich in die Ferne schweifend. „So unglücklich war ich schon lange nicht mehr. Irgendwie weiß ich auch nicht mehr so richtig, was genau ich eigentlich will, verstehst du? Wenn Simon mich besucht bin ich zwar froh, aber die damit verbundene Warterei auf ihn, die kotzt mich so langsam an wenn ich ehrlich bin. Und die Wochenenden an denen ich alleine bin, weil er ja seine Familie leben muss, um seinem Ruf nicht zu schaden und seiner Verantwortung gerecht zu werden, die empfinde ich als besonders belastend. Manchmal geht auch meine Fantasie mit mir durch. Auch wenn er schwört, nicht mehr mit seiner Frau zu schlafen, will doch immer wieder ein gemeiner Zweifel nach draußen, in meine kleine heile Welt des Mätressen Daseins. Dabei bin ich noch nicht einmal das, wie du weißt. Simon käme nie auf die Idee, mich, in irgendeiner Form zu finanzieren. Im Gegenteil: Es setzt sich an den gedeckten Tisch, lässt es sich schmecken, wischt den Mund ab und sagt noch nicht einmal Dankeschön, geschweige denn, dass er mal eine Flasche Wein mitbringt, der Stoffel. So langsam, geht mir das auf mein Ego, sofern ich überhaupt noch eines habe oder je hatte. Ich glaube sogar, ich bekomme vom Küssen neuerdings Ausschlag. Sieh doch nur dieses fiese Bläschen an meinem Mund."

Helen schüttelte resigniert den Kopf. Wie konnte ein Mensch – eine Frau auch noch, nur so unsensibel sein und sich die Welt so schönreden. Wenn sie doch wenigstens ein banales Spiel aus alledem gemacht hätte, in dem das Amüsement an vorderster Stelle stünde; aber nein: Lisa glaubte an Simons Liebe. Zumindest hatte sie das in den letzten zwei Jahren getan. Warum also sollte sie einer plötzlichen Besinnung Lisas nun Glauben schenken?

„Das ist ein astreiner, nagelneuer Herpes, liebste Lisa. In dir tut sich etwas; dort innen rumort es. Dein Körper hat offensichtlich mehr Verstand als du. Höre auf ihn. Tu es. Du weißt ganz genau dass Simon dich nur ausnutzt, gibst es aber ums Verrecken nicht zu und nimmst ihn ständig in Schutz. Bisher jedenfalls. Naja... wenigstens scheinst du langsam aber sicher wach zu werden. Deine begründeten, dezenten Klagen geben mir Anlass zur Hoffnung. Und dein dekorativer Herpes sagt mir auch – selbst wenn du es selbst nicht zugeben willst, dass du ganz schön Schiss hast vor deiner eigenen, plötzlichen Courage, an den Umständen etwas ändern zu wollen. Und ich kann nur nochmals betonen: Lass es lieber sein."

„Was denn nun? Gerade sagtest du, dass ich mich ausnutzen lasse, willst aber gleichzeitig, dass ich mir diese kleine Rache, von der ich dir am Telefon erzählt habe, wieder aus dem Kopf schlage. Ich verstehe deinen Rat nicht, Helen."

„Einen Teufel werde ich tun dir einen Rat zu geben. Wie käme ich dazu? Eine Meinung habe ich. Das ist ein gewaltiger Unterschied, liebe Lisa. Eine Meinung hat mit einem Rat, rein gar nichts gemeinsam. Bevor du etwas Unüberlegtes tust, werde dir bitte über deine eigenen Anteile im Klaren. Vergiss nicht: Zum Ausnutzen gehören immer zwei, nicht wahr? Einer der es tut, und einer der zulässt..."

„Was bist du denn für eine depressive Psychologin? War diese Gardinenpredigt gerade, *dein* heutiger emotionaler Höhepunkt, oder was? Wieso stehst du nicht bedingungslos auf meiner Seite, bitteschön? Du bist mir ja eine seltsame Freundin."

„Eben."

„Eben was?"

„Na eben *weil* ich deine Freundin bin. Deswegen bitte ich dich, dein Vorhaben noch einmal zu überdenken, Lisa. Die ganze Aktion ist höchst unangemessen. Bedenke bitte, dass Simon dir nie etwas versprochen hatte. Sie, Simons Frau- oder Lebensgefährtin, oder *wasauchimmer* sie ist, diese Frau kann am allerwenigsten dafür. Im Grunde betrügt er sie weit mehr als dich. Und sollte sie wirklich unter einer schweren Depression leiden, wie Simon damals zu dir gesagt hat, dann könnten Dinge geschehen, die du ein Leben lang bereust. Ich wäre mir - weil ich dich schon lange genug kenne, Lisa, nicht so sicher, ob ausgerechnet du dir einen vielleicht schwerwiegenden Fehler dieser Art, je wieder verszeihen könntest. Ein wenig kenne ich besser als du dich selbst, liebe Freundin. Ein wenig schon, nach all den langen Jahren unserer Freundschaft. Und das hat mit meinem Beruf überhaupt nichts zu tun. Um das herauszufinden muss man weiß Gott nicht Psychologie studiert haben. Ein wenig Empathie reichen völlig aus."
Lisa kaute auf ihrem Strohhalm herum und schwieg. Die Freundin hatte natürlich Recht, mit dem was sie da sagte, gar keine Frage. Aber ohne bleibenden Ein-

druck in Simons verlogenem Leben zu hinterlassen, würde sie das Feld nicht räumen. Er hatte es nicht besser verdient, entschied Lisa und ließ sich nicht von ihrem Vorhaben abbringen.

Helen stand mit ihrem unauffälligen, dunklen SUV in der Nähe von Lisas Wohnung, auf der Lauer. Sie hatte sich von Lisa dazu breit schlagen lassen, dass sie heute – es sollte Simons letzter Besuch bei ihr werden - zusammen mit ihr, die Verfolgung von ihm aufnehmen würden, um herauszufinden, wo genau er überhaupt wohnte; nur für den Fall, dass er Scherereien machen würde, wenn Lisa ihm das Ende dieser Affäre erklärte. Man konnte schließlich nicht wissen was in seinem Kopf so vor sich geht. Sein herannahendes Desinteresse konnte genauso gut, plötzlich, ins genaue Gegenteil umschlagen. Anzug und Krawatte wollen noch lange nicht heißen, dass eine Eskalation nicht jederzeit möglich ist.
Was Lisa anschließend, mit ihrem Wissen dessen, was sie vielleicht heute über Simons Zuhause herausfänden, anfangen würde, davor wollte Helen lieber die Augen verschließen; damit wollte sie auch nichts zu tun haben. Simons Leben ging Lisa, genau betrachtet, im Grunde nichts an, also warum darüber nachdenken. Wenn sie sich recht erinnerte, hatte Lisa auch nie ein Wort über Versprechungen seinerseits erwähnt.
Die abgeliebte Freundin war gestern Abend reif wie eine sonnenbeschienene Frucht. Simon wäre fällig, das sah sogar sie ein, die noch längst nicht das Ende dieser Leidensfähigkeit glauben wollte. Lisa hatte Helen gestern Abend Helen erklärt, dass sie sich ei-

nen dunklen Overall neben die Wohnungstüre hängen würde, in den sie nur schnell hineinzuspringen brauchte, nachdem sie Simon, wie immer, im Bademantel verabschiedet hätte. Dazu ein paar offene Schuhe in Reichweite stellen und fertig. Sie würde Simon, der Punkt achtzehn Uhr ihre Wohnung verlassen würde, auf dem Fuße, sofort durchs Treppenhaus folgen, während er wie immer, aus Bequemlichkeit den Lift nähme. Ein routinierter Vorgang. Änderungen ausgeschlossen, weil Simon Änderungen nicht schätzte. Sobald sich die Lift Türe hinter ihm schließen würde, erklärte Lisa, wäre sie auch schon startklar. Währenddessen Helen, die ein paar Meter weiter von Lisas Wohnung, in zweiter Reihe stehend warten musste, sofort losfahren solle, wenn sie Simon zur Tür hinausgehen sah, damit sie schnell, ohne Zeit zu verlieren, zu ihr, Helen, ins Auto springen konnte. Simons unauffälliger Wagen stand immer vor dem Haus auf Lisas Parkplatz. Ihr eigener Wagen musste jedes Mal, jede Woche, in irgendeiner Seitenstraße abgestellt werden, damit der gnädige Herr, nicht so weit laufen musste. Ohne mit der Wimper zu zucken beanspruchte er diesen entgegenkommenden Service von Lisa, damit man ihn – wie er behauptete, nicht unnötig lange auf der Straße gehend sehen könne. Die Wahrheit war jedoch nichts weiter, als pure Bequemlichkeit.

Helen ging in Gedanken noch einmal alles durch: Was sie hier und heute vorhatten, schallt sie sich selbst, war einer Frau ihres Alters nicht würdig; von Lisa ganz zu schweigen. Jenseits der Vierzig, könnte man annehmen, wäre man abgeklärt genug, die Dinge hinzunehmen die man nicht ändern kann. Worauf hatte sie sich da bloß eingelassen. Hin und hergerissen zwischen ihren Skrupeln und dem Durst nach ein paar aufregenden Schlucken Adrenalin, sagte sie Lisa, quasi in letzter Sekunde, heute Morgen zu.

Neben ihr lagen, auf dem Beifahrersitz, eine große Sonnenbrille und ein schwarzes Baseball-Käppi, um Lisa ein wenig unkenntlich zu machen, falls Simon seine Verfolger im Rückspiegel entdecken würde.

Tatsächlich... Die Uhrzeiger von Helens Uhr standen auf der Sechs. Der größere von beiden Zeigern war einen Deut vorausgeeilt. Simon schenkte, so wie Helen diese Liaison einschätzte, Lisa keine zusätzliche, vergeudete Sekunde. Sie war genau abgemessen.

Lisa schoss, in geduckter Haltung, aus dem Hauseingang zu ihrer Wohnung. Helen war die Lust zu grinsen gehörig vergangen, ihr Herz pochte wild hinter den Ohren. Obwohl Lisas Auftritt – vermutlich sah sie zu viele schlechte Krimis – ein bisschen lächerlich wirkte, blieb ihr in der Aufregung, der Sinn für Humor, regelrecht im Hals stecken. Lisa riss die Beifahrertüre auf und sprang zu Helen in den SUV. Den Kopf, außerhalb Simons Sicht nach unten, setzte Lisa die große Sonnenbrille auf. Woran keiner der beiden Hobbydetektivinnen gedacht hatte, war Lisas Flut üppiger, langer, seidenglatter, brünetter Haare, die sie aus einer Masse von tausend Frauen heraus, sofort verraten hätte. Beneidenswert und lästig zugleich. Ein weibliches Attribut, welches viel Aufmerksamkeit und Pflege beanspruchte, und justamente, wirklich ziemlich im Wege war.

„So kannst du nicht bleiben, Lisa. Wer einmal deine Haare gesehen hat, der vergisst sie niemals wieder. Versuche sie unter das Käppi zu verstecken. Bitte sehr. Beeile dich. Nicht dass Simon in den Rückspiegel sieht und uns entdeckt. Zwischen uns sind nur vier Autos, und wie es der Teufel will..."

Lisa nahm alles was sie fassen konnte, drehte die ganze Pracht zu einem dicken Strang und bastelte in Windeseile einen monströsen Dutt, der mitten auf ihrem Kopf thronte, weil er weiter hinten, durch sein eigenes Gewicht, wieder aufgegangen wäre. Auf diesen turmartigen Knödel passte kein Käppi mehr. Das konnten sie vergessen.

„Na gut, japste Lisa außer Atem. „Das muss gehen. Wird schon halten. Irgendwie. Und ehrlich gesagt, Helen: Was er sich heute erlaubt hat, das geht wirklich auf keine Mistgabel. Hätte ich nicht längst den Entschluss gefasst einen Schlussstrich zu häkeln, spätestens nach dem heutigen Ausritt hätte ich ihn abgesattelt, den guten Simon. Und wenn meine prachtvollen Haare mich verraten sollten, dann ist es halt so; es ist mir gleichgültig, verstehst du?"

„Mhm..." sagte Helen abwesend. Ihre ganze Aufmerksamkeit galt dem observierten Objekt der Begierde, ein paar Meter weiter vor ihnen, auf der stark befahrenen Straße. Simons silberner, langweiliger Mercedes E-Klasse war schwer auszumachen. Sein Allerwelts-Auto verschmolz mit anderen Allerwelts-Autos zu einem einzigen Blechbrei, der sich langsam aus der Stadt wälzte. Helen musste aufpassen. „Freitagabend ist ganz schön viel los im Schtetl", sagte sie konzentriert. „Aber schieß los. Was ist denn passiert, dass du plötzlich so sicher bist, das Richtige zu tun?"

„Stelle dir das einmal bildlich vor, Helen. (Helen schüttelte innerlich den Kopf; sie wollte nicht). Das war wirklich der Gipfel sinnloser, unverschämter Geschmacklosigkeit. Ich komme mir vor wie ein Zirkuspferd. Bei aller Experimentierfreude, bei aller Liebe, aber das geht zu weit. Also ich sage dir…"

„Kannst du bitte auf den Punkt kommen, Lisa. Ich muss mich konzentrieren. Bitte!"

„Auf den bin ich natürlich auch nicht gekommen; auf den Punkt meine ich. Wie soll man da auch… Naja, egal. Ich bin doch selbst schuld, nicht wahr? Also höre zu; ganz kurz nur. Das ist schnell erzählt. Das Spiel ging - simpel wie schon hundert Mal: ich oben er unten. Nichts von Bedeutung; schon oft und hinreichend praktiziert. Aber heute… man stelle sich das einmal vor, Helen. Heute fängt er plötzlich an, wie wild auf meinem nackten Hintern herumzudreschen, als wolle er mir die Cellulite von den Pobacken wegklopfen. Erst sachte, prüfend wie ich wohl darauf reagieren würde. Vom Hörensagen kannte sich diese Variante, also verhielt ich mich ruhig; sagte nichts. Das war ein Fehler, denn offensichtlich bestärkte ihn meine Defensive in seinem Vorhaben. Die Schläge wurden nachdrücklicher, ach was… richtig mit Schmackes, als würde er mir den Hintern versohlen. Weder war das für mich erregend, noch war es amüsant, liebe Helen. Es war höchstens seltsam und irgendwie peinlich, mehr nicht. Inspirieren konnte mich diese Klopfmassage jedenfalls nicht. Nicht nur dass ich froh bin, der strafenden Hand meiner Mutter entkommen zu sein, sondern dass ich mich einen Augenblick lang wirklich *be*-nutzt sah. Das ging so weit, dass ich entsetzt darauf wartete, ob er nicht vielleicht noch ein gellendes *Jih-ha* brüllen würde, und einen imaginären Stetson vom Kopfe

reißt und durch die Luft schwingt, du weiß schon...
so wie ein fröhlicher Cowboy, der ein wenig zu viel
Whisky geschnüffelt hat und übermütig ist. Oh... sieh
nur: Er biegt hier rechts ab. Siehst du?"

„Komisch", sagt Helen und fasst sich mit der rechten Hand ans Kinn. Ihr war innerlich zum Lachen,
wegen der Geschichte die Lisa ihr eben anvertraut
hatte. Sie schien in Sachen Fetisch und Neigungen
diverser Art, ein ziemlich unbedarftes Schäfchen zu
sein. Wenn sie davon bereits überfordert ist, überlegte Helen, dann wäre sicher früher oder später,
diese kleine Affäre sowieso im Sande verlaufen, weil
es dem lieben Simon bald fad würde. Helen bog nun
auch rechts ab und befand sich jetzt, nur noch einen
PKW von Simon entfernt, direkt hinter ihm.

„Komisch", sagt nun auch Lisa irritiert „Wir fahren ja eigentlich jetzt wieder zurück in Richtung
Kurgebiet, nicht wahr? Gibt es hier einen Schleichweg aus der Stadt hinaus, den wir noch nicht kennen? Simon hat mir einmal anfangs erzählt, dass er
aus Richtung der Autobahn kommt, wenn er mich
heimsucht. Also nahm ich an, dass er weit außerhalb
unseres Stadtgebietes, draußen auf dem Lande
wohnt. Man kann dies heute leider nicht mehr an
den Nummernschildern der Autos erkennen. Sein
Kennzeichen hat, genau wie mein Wagen, auch zwei
Buchstaben nach der Stadtkennung. Offengestanden:
dafür habe ich mich auch noch nie interessiert, Simon würde seine Frau sowieso nicht verlassen. So
naiv bin ich dann doch nicht, auch wenn ihr das alle
von mir denkt. Ist ja merkwürdig. Wo will er hin? So
herum bin ich ja noch nie gefahren, wenn ich aus der
City Richtung Autobahn will. Du?"

Helen verlangsamte das Tempo und hoffte, dass sich vielleicht noch ein anderes Fahrzeug dazwischen setzten würde, weil sie in gefährlich naher Sichtweite von Simon waren. Ein Blick in den Rückspiegel hätte genügt, um die beiden Frauen in dem SUV auszumachen. Helen hatte Glück. Ein weißer Kombi scherte aus einer Parklücke am Straßenrand, auf die Fahrbahn hinaus und setzte sich, vor Helen und Lisa.

„Wenn du mich fragst, Lisa, dann fahren wir schnurstracks in Richtung Kurgebiet zurück. Hier gibt es keinen Schleichweg aus der Stadt. Wir kommen hier am Ende der Ringstraße wieder auf die Rheingrafenstraße zurück. Links geht es auf den Berg, zu den Schönen und Reichen; rechts runter, geht es wieder zu dir zurück. Nun bin ich aber gespannt wo wir landen."

Lisa zerfällt neben Helen. Sie wird zusehends brüchig wie getrocknetes Herbstlaub. Erkenntnisse, die gerade nach ihr greifen wie gierige, knochige Hände, nehmen ihr für einen kurzen Augenblick die aufsässige Haltung, mit der sie sich für heute Abend bewaffnet hat. Zwei Jahre sinnlose Lügen und vergeudete Zeit, taten sich vor ihr wie ein dunkler Abgrund auf, der sie jetzt, in diesem Moment, hinabsaugen wollte in die ziellose Schwärze. Sie war betroffener als sie zugab. Helen kannte ihre Freundin gut genug. Lisa gab immer den liberalen, modernen, aufgeschlossenen, zufrieden, glücklichen Sonnenschein und ist, in Wirklichkeit, innerlich völlig zerrissen; millionenfach abgeprallt an seiner Gleichgültigkeit. Abgeprallt an seinem Desinteresse ihrer inneren Zustände- ihrer Wünsche, Gefühle und Lebensart gegenüber, mit der er, wäre er in nur einem Satz ehrlich zu ihr gewesen, so gar nichts anzufangen weiß. Simon spielte in einer ganz anderen Liga. Helen hatte schon Recht, besann sich Lisa in diesem Augenblick der stillen Trauer. Noch nicht lange her, und Helen hatte zu ihr gesagt, dass zu allem, ausnahmslos allem Unbill, *immer* Zwei gehören: Einer der tut, und einer der tun lässt.

„Du bist so still, Lisa. Sollen wir die Sache abblasen? Vielleicht ist das alles überhaupt keine gute Idee gewesen. Ich fürchte fast, gleich wird etwas passieren was uns... ähm dir, nicht gefällt."

„Egal. Ich will es jetzt wissen. Es ist an der Zeit dass ich etwas dazulerne, findest du nicht? Claudia sagt immer zu mir, ich würde mir deshalb gebundene Männer aussuchen, weil ich selbst nicht gebunden sein wolle. Vielleicht sollte ich noch einmal darüber nachdenken. Womöglich hat sie... Oh! Oh! Nee! Sieh doch nur! Das kann jetzt nicht wirklich geschehen, Helen. Ausgeschlossen! Ich schätze er macht nur, bei Bekannten oder Freunden einen kleinen Besuch. Nie im Leben..."

„Pssst, Lisa! Sei einen Sekunde still. Bitte! Ich muss mir schnell eine unauffällige Parklücke suchen, sonst können wir gleich einpacken. Simon steigt jeden Moment aus seinem Wagen aus. Das Letzte was ich jetzt gebrauchen kann ist, dass er uns sieht."

Kaum hatte Helen diese Bitte ausgesprochen, kletterte Simon aus seinem langweiligen Mercedes und lief, ohne sich überhaupt umzuschauen, außen am Haus entlang, in Richtung des gepflegten Gartens. In der linken Hand trug er seinen Aktenkoffer, mit der rechten Hand fuhr er sich, einer schlechten Angewohnheit folgend, tief in die Hosentasche. Sein Blick war abwesend auf den Boden gerichtet, die Schritte sicher und selbstverständlich. Hier ging Simon nicht zum ersten Mal entlang.

„Dafür braucht er eine gute Erklärung, dass verspreche ich dir, Helen." Ein Blick in Helens aufgerissene Augen sagte Lisa, dass sie sich gehörig auf dem Holzweg befand. „Na gut. Du hast ja Recht. Ich werde meinen Mund halten. Bringt jetzt auch nichts mehr; die Sache ist sowieso gelaufen und abgegessen. Schinkenklopfen ist nicht mein Spiel. Aber, verstehe das bitte: ich will jetzt *seine* Wahrheit wissen, um mich zu beruhigen. Wenn ich schon eine Idiotin bin, dann möchte ich das bitte auch in Vollendung sein, und deshalb werde ich jetzt..."
Lisa riss, völlig unerwartet, die Beifahrertür auf und sprang aus dem Wagen. Ohne nach rechts oder links zu sehen, sauste sie über die Wohnstraße Richtung des Gartens, in dem Simon verschwunden war.

„Nein, nein, nein, nein! Stopp, Lisa, stopp. Komm sofort zurück! Li-sa, verdammt... Hör auf mit dem Unfug. Li-sa, Herrgott nochmal, komm zurück!"
Sinnlos. Lisa konnte niemand mehr aufhalten. Zwei Sekunden später verschwand sie hinter dem Grün-Zaun um die Ecke des Grundstücks. Hätte Helen ihr mit Blicken folgen wollen, müsste sie ein Stückchen vorfahren, um in die Seitenstraße zu blicken. Simon war auf einem Eckgrundstück verschwunden, was Lisa natürlich insofern entgegenkam, als dass sie gleich zwei Seiten zur Verfügung hatte, um ihren persönlichen Spähauftrag auszuführen. Ein anderes Grundstück in Reihe, hätte ihr den Blick in den Garten verwehrt. Es sollte wohl so sein.

Helen gab sich ihrem Schicksal hin. Einen Augenblick lang sinnierte sie darüber nach, einfach loszufahren und Lisa sich selbst zu überlassen. Morgen wollte sie noch in den Spiegel sehen können, entschied sie und blieb. Genervt und angespannt saß sie im Auto und versuchte Lisa mit den Augen aufzuspüren. Im Grunde konnte ihr nichts passieren, beruhigte sie sich, Simon kannte sie nicht einmal. In den zwei Jahren, in denen er Lisa besuchte, gab es keine gesellschaftlichen Ereignisse, an denen Simon teilgenommen hätte. Lisa nahm ihren Teilzeitliebhaber natürlich, wie immer, in Schutz. Sie liebte Simon; er sie nicht. Und falls doch... Falls Helen sich täuschen sollte, rechtfertiget sie schuldbewusst ihre Gedanken, dann tat er es auf eine sehr materielle, einseitige Art, insofern, dass der Hauptanteil des Nutzens – wenn man es so bezeichnen darf – auf seinem Konto verbucht werden musste. Vielleicht, hoffte Helen, wäre heute der Tag der Auferweckung Lisas verkrüppelter Erkenntnisfähigkeit. Womöglich wäre, hoffte Helen, bald eine Wende in Sicht, in der die suchende Freundin ihr Glück finden durfte.

Hinter einem leuchtendgrünen, mannshohen Busch sah Helen eine Bewegung. Wenigstens, dachte sie, war sie nicht so tollkühn in den Garten hineinzugehen, um Simon zur Rede zu stellen. Dazu hatte sie, ihrer Meinung nach, nicht einen Funken das Recht. Wenn sie das täte, beschloss Helen, würde sie auf der Stelle nach Hause fahren uns ihre Freundin im Stich lassen; das ging zu weit.

Außer, dass ab und zu Lisas schiefer Turm, den sie auf ihrem Kopf balancierte, zu sehen war, geschah nichts Skandalöses, was eine Eskalation herbeigeführt hätte. Wie es aussah, begnügte sie sich mit der simplen Beobachtung dessen, was dort im Garten vor sich ging. Helen atmete eine große Menge Luft aus. Sie hatte nicht bemerkt, dass sie vergessen hatte zu atmen. Warum tat man sich das an?

Eine geschlagene Viertelstunde blieb Lisa auf ihrem Belagerungsposten. Immer wieder musste sie ihre Position aufgeben, um den vorbeifahrenden Autos nicht ins Auge zu fallen. Sie tat so als suche sie eine ganz bestimmte Hausnummer in der Straße. Alles, woran sich die vorbeifahrenden Nachbarn später erinnern würden, wäre Lisas monströser, schiefer Haar Turm auf ihrem scheinheilig suchenden Kopf. Von den hastigen Bewegungen, war das Kunstwerk schon ziemlich derangiert. Lisa sah aus wie nach einer Rauferei. Genau daran würde sich, Wochen später, ein Nachbar erinnern. Auf einem Grillfest würde er die Frau beschreiben, welche Wochen davor, um Simons Haus geschlichen sei. Diese Schilderungen würden dem Hausherrn die Hitze in die Lenden treiben. Seine Gesichtsfarbe würde sich zu einem tiefrot verändern, und er würde lügen, dass ihm die Hitze der Feuerstelle zusetzte. Danach würde er zu seiner Frau gehen und sie um die Taille fassen, damit die Nachbarn sehen konnten was für ein harmonisches Leben sie führten. Er und seine Frau.

„So...! Ich habe genug gesehen", sagte Lisa ohne jede Emotion. „Wir können nach Hause fahren."
Helen sah sie an, als sei gerade ein Zombie zugestiegen. „Was ist? Willst du nicht losfahren? Nun mach` schon. Worauf wartest Du?"

Helen sagte kein Wort, sie fragte keine Frage, sie verhielt sich still und defensiv. Lisa würde schon bald den Mund aufmachen. Vermutlich, reimte sich Helen zusammen, war das Lisas Art das Gesehene zu verdauen und neue Gedanken zu generieren.

„Sehr attraktiv...“

„Wie bitte?“

„Na, seine Frau. Simons Frau; oder begrüßt du deinen Nachbarn oder Freund mit einem Kuss auf den Mund? Wohl kaum, oder?“

„Also nicht schwer krank und depressiv?“

„Sieht nicht so aus.“

„Und jetzt? Was wirst du tun?“

„Hast du einen Vorschlag?“

„Ich...? Nee!“

„Na bitte. Ich auch nicht.

Bis zu Lisas Wohnung war es nicht mehr weit. Simon wohnte, Luftlinie, keinen Kilometer von Lisa entfernt. Sein Gejammer, von wegen, dass er sich immer durch die Stadt quälen müsse, um sich ein paar Stunden für Lisa aus den Rippen zu schneiden, war nichts weiter als eine von vielen Lügen. Ein Gewand, welches abzustreifen, ihm vermutlich, nicht gelingen würde. Wer aus einer Selbstverständlichkeit heraus lügt, erkennt ab einem bestimmten Punkt den Unterschied nicht mehr. Die Übergänge sind fließend. Ein Leben wird, leise und schleichend, zu einer einzigen großen Lüge; alles verschwimmt in einer diffusen, unbeständigen Realität. Die Lüge schwärzt alles.

„Und...? Tut es weh?“

„Weiß noch nicht. Abwarten. Mal sehen. Morgen gehe ich erst einmal in die Stadt und lasse mir die Haare abschneiden. Ich bin diese Last leid. Mit über vierzig wird es Zeit für einen neuen Anfang. Innen und außen. Und ich werde mir eine Hose kaufen. Eine verwegene Lotterhose, weg von den Kleidchen und Röckchen, dem Kleinmädchen-Image. Vielleicht gelingt es mir den dritten Weltkrieg anzuzetteln, mal sehen. Ich fühle mich motiviert."

Helen grinste so breit wie der Horizont an einem stillen Meer. Neben ihr saß eine erneuerungswillige Lisa und blickte mit ausdruckslosem Wachspuppen-Gesicht durch die Windschutzscheibe.

Dramatisch... Einen anderen Ausdruck konnte Lisa selbst nicht finden. Ihre Veränderung durch die kurzen Haare, war wirklich dramatisch. Sie fühlte sich um zehn Jahre verjüngt, erleichtert und von einer schweren Bürde befreit. Noch beim Friseur ließ sie ihr, zuvor kunstvoll aufgelegtes, Make up restlos entfernen. Ohne Maske wollte sie das neue Leben beginnen. Kaum war sie aus der Tür des Friseur-Ladens auf die Straße getreten, versuchte ein gutaussehendes männliches Exemplar, die Eroberung der neuen Lisa. Verzückt grinste er in ihr ungeschminktes Gesicht und bat sie, ihm doch bitte, für den Parkautomaten einen Geldschein zu wechseln. Lisa wechselte. Seine Frage, ob er sie zu einem Kaffee einladen dürfe, beantwortete sie lächelnd mit einem fröhlich geträllerten Liedchen. Sie drehte sich lächelnd um und ging in die andere Richtung.

„We don`t need another Hero."

Das verpfuschte Kind

Nichts im Leben des stadtbekannten, eisernen Junggesellen, wäre eine größere Katastrophe- ein regel-
rechtes Armageddon gewesen, als der verheerende
Verlust seiner persönlichen Freiheit und die Dezi-
mierung materieller Werte, von denen er, mehr als
auskömmlich besaß. Ein zweites paar Schuhe unter
seinem historischen Bett, bedeutete eine solche Ver-
schmutzung seiner Privatsphäre, dass er sie nur
temporär und absehbar ertragen konnte. Nur hin
und wieder, wenn die Bedürfnisse überhand zu
nehmen drohten. Nur ab und an, wenn es ihn, selbst
Hand anzulegen, nicht mehr zufriedenstellen wollte
was gefordert war.
Liebe ist in erster Linie eine große Verantwortung.
Danach kommen erst Zuneigung und Fürsorge; und
ganz am Ende, ganz am Schluss, wenn man kaum
noch verfügbare Kräfte hat, dann kommt das Vergnügen, dozierte er für jedermann der es nicht hören
wollte. *Jawohl,* so sei die Lage und nicht anders, setzte er, als Schlusssatz, in diesen rechtfertigenden Gesprächen zur Selbstbestätigung, wenn es, wie so oft
darum ging zu erklären, *warum* er, mit Mitte Fünfzig
bis heute nicht verheiratet gewesen ist, immer seinen persönlichen Akzent. Wiedersprach man ihm,
blieb er stur bei seinen Ansichten. Festgefahren wie
ein profilloser Reifen in einem Schlammloch.
Daran gäbe es nichts zu rütteln, an dieser Reihenfolge, behauptete er weiterhin und lässt sich nicht beir-
ren. Er brauche außerdem weder Zuneigung noch
Fürsorge, und schon gar nicht, hätte er selbst, derartiges zu vergeben oder womöglich sinnlos zu ver-

schenken. Und er sagte auch - im Brustton seiner tiefsten Überzeugung: kein Wort auf dieser Welt, sei einer so drastischen und verheerenden Inflation unterworfen, wie das - ziemlich abgenutzte, überschätzte, ausgelatschte Wörtchen *"Liebe."* Der Homo Sapiens, sagte er, und die Liebe, seien dahingehend, wäre er sich ziemlich sicher, womöglich gar nicht füreinander bestimmt und am Ende, sogar ausnahmslos inkompatibel.

Intoxikiert, wäre der treffende Begriff für seine innere Verbitterung gewesen, hätte man sich die Mühe gemacht, hinter seine Fassade blicken zu wollen. Intoxikiert, in seinem Falle *freiwillig* vergiftet, um sich den langen Weg einer Eroberung einer Liebe zu ersparen, aus einer tiefen Angst heraus, ohne Vorwarnung vielleicht, abgewiesen zu werden und nicht nur materielle Verluste zu erleiden. Obwohl die Karriereleiter bis auf die letzten Stufen erklommen war, fehlte es ihm doch an fundiertem Selbstbewusstsein. Die Kraft, sein eng geschnürtes Korsett alter Erziehungsmuster zu lockern, die fehlte ihm gänzlich. Außerdem gab es nur zwei Plätze auf dieser Welt, an denen er sich in wohliger, gediegener Sicherheit und in sich geschlossener Kontrolle wähnte. Und das war sein düsteres, lieblos eingerichtetes, unfröhliches Zuhause in einem heruntergekommenen Patrizierhaus; Kommandozentrale sagte er zu diesem alten Kasten. Und Zweitens: der bequeme Schalensitz, hinter dem Steuer einer Transportmaschine des Militärs, wo man ihn, so gut es eben ging, mied und hinter seinem Rücken, *Kommis-Kopp* nannte.

Er, davon war Joachim felsenfest überzeugt, blieb nur dann ein glücklicher und vollständiger Mensch, wenn er sich selbst die Liebe untersagte. Regelrecht fatalistisch, so, als wäre es ein unumstößlicher Fakt; ein, von der Regierung erlassenes Gesetz. Gekonnt, umschiffte er jede kleine Regung, in der Zuneigung hätte enthalten sein können.

Wenn dich die Niedergeschlagenheit im Schwitzkasten, fest im Griff nicht auslassen will, redete er sich selbst in seine Überzeugungen hinein, dann besinne dich auf die Dankbarkeit für alles was du hast und was dich glücklich macht und was sich bitteschön nicht verändert, weil Veränderungen immer mit diffusen Schwierigkeiten einhergehen. Dazu gehören weder zwingend die Liebe als solches, noch eine dauerhafte, irgendwann nervige, womöglich kostspielige Lebenspartnerin, für deren Sättigung, man am Ende noch die Verantwortung tragen muss. Alleine essen macht auch satt, dozierte er zynisch – mit vorgeschobenem Kinn, seine rigorose (egoistische) Liebes-Blockade, hinsichtlich einer dauerhaften Verbandelung.

Plausibilität die sich ohnehin nicht nachweisen ließe, wenn jemand behauptete, dass Liebe glücklich machend sei, begründete Joachim tiefgründig, beinahe schon philosophisch, seine konsequent abweisende Lebenshaltung als überzeugter, beinharter Single. Wo stünde es denn geschrieben, fragte er provozierend in gestellte Fragen hinein, dass die Teilung von Konto, Tisch und Bett, die einzig seligmachende Lebensform sei. Man müsste auch nicht Worte noch unnötig pürieren; vorwärts oder rückwärts, ganz einerlei, es ginge nicht; sei schlicht unmöglich ausgeschlossen, etwas an seinen Ansichten zu ändern oder ihn überreden zu wollen, dass er sich, um an seiner

Vereinsamung etwas zu verändern, auf ein Experiment einlassen sollte. Er sei eben so und nicht anders. Man würde ein Schwein auch nicht fragen warum es grunzt, musste man sich anhören, wenn man ihn zuvor gefragt hatte.

Außerdem, unterstrich er Haltung: ein nachhaltiges Beispiel habe er zur Hand, welches seiner eigenen Bestätigung, durchaus dazu dienlich sei, ihm komplett den Appetit zu verderben. Ein unschönes Beispiel, welches plastisch, jederzeit bemüht und bewiesen werden konnte; nämlich die desolate, am Boden winselnde Ehe seines Bruders.

Diese Ehe käme einem sunnitischen und schiitischen Lager gleich. Hier würde es keinen Frieden geben. Nie im Leben. Niemals. Hätte man nur vorher daran gedacht, kam sein kluger Ratschlag um Jahre zu spät. Aber der Bruder hatte wohl, von Anfang an, schon mit dem ersten Blick, alles falsch gemacht und viel zu großzügig mit Vertrauen und Familieninternem, um sich geworfen. Besitztümer, Sach- und Geldwert seien unbedingt vertraglich zu verifizieren, *bevor* man mit der Vermischung fortfahren würde. Im nu, belehrte der übervorsichtige Joachim mit erhobenem Zeigefinger - seine aufmerksame Zuhörerschaft genießend - verlöre man die komplette Übersicht und nachher, wie man heute leider aus Erfahrung wüsste, dann ginge die Zänkerei schnell los. Und im Nu, das betone er noch einmal ganz deutlich, sei man Stadtgespräch, wie jedermann bei ihm, seinem gelackmeierten Bruder, aktuell verfolgen könnte. Rosenkrieg und Zack: flösse unentbehrliches, sauerverdientes Vermögen, in die Taschen feister, satter und winkeliger, gewinnorientierter Advokaten.

All das, sei ihm dem eisernen, unterkühlten Junggesellen, bislang eine feine Belehrung und Abschreckung. Man dürfe sich gerne lustig über ihn machen, am Ende würden alle noch staunen, sagte er mit fester Stimme. Lieber, riet er sich selbst, ein Leben lang die Schnodderseuche zu haben, als nur fünf Tage lang verheiratet zu sein, um den Rest des Lebens dann, die schwerwiegenden Konsequenzen hinter sich her zu zerren. Skrupel haben schadete nicht. Und immer sind es die kleinen Dirnen, die einem so plötzlich überraschen, flüsterte er verständnisvoll seinem verwöhnten Ego zu. Sein Bruder saß in der Falle, wie man sah. Ihm würde das Malheur, nahm er sich Mantras betend vor, mit gebotener Vorsicht nicht passieren. Gefühle, ohnehin obsolet noch bevor sie überhaupt zu tiefen Gefühlen werden konnten, die den Weg bis an die Oberfläche, wahrnehmbar von außen, vielleicht geschafft hätten, verloren längst im Vorfeld, durch seine kategorische Denkweise, an Gewicht und Bedeutung. Mit etwas Glück durften die eingelassenen, auserwählten, zahlreichen *Sparringspartnerinnen,* wie er im Stillen, abwertend zu seinen weiblichen Besucherinnen sagte, ein charmantes Lächeln und die Worte: *Bis zum nächsten Mal,* ernten. Dies kam dann schon einer Krönung gleich. Eine Frau, die seine heiligen Hallen ein zweites Mal betreten durfte, trug schon ein besonderes Prädikat in ihrer Persönlichkeit. Vornehmheit und Diskretion, waren für einen durchtrainierten Gefühlskrüppel wie Joachim von Dellheim, nach wenigen Sekunden der Gegenüberstellung, glasklar ablesbar. Und eines Tages- als der gute, versteinerte, lebensuntüchtige Joachim, am allerwenigsten damit gerechnet hätte, schneite ein Vögelchen durch seine Tür, dass ihn schon beim ersten, zarten Flügelschlag in die Tiefe hinabriss, um ihn dort zu vertilgen. Plötzlich hatte die eiserne Persönlichkeit des - ach so unterkühlten Berufspiloten, nicht nur kognitive Probleme, nein... ihm wollten seine kontrollierten Gedanken einen bösen, bösen Streich spielen, indem sie ihm vorgaukelten, dass er diese Frau, sobald sie sein Haus wieder verließ, bereits vermisste. Eine Ungeheuerlichkeit, die es im Keime zu ersticken galt. Ein sinnloser Kampf, den er bereits verloren hatte ohne es zu wissen.

Seine lässige, *lass mir meins, ich nehme dir deins*-Haltung, fiel in jener Gesellschaft, in welcher Joachim sich aufhielt, wenn er sich außerhalb seines Schalensitzes oder der alten Mauern seines Hauses befand, ohnehin nicht großartig auf oder ins Gewicht. Die übrigen, monetär Geadelten, hielten sich auch an diese ungeschriebene Regel. Schamhaftigkeit war längst, jahrzehntelang schon, völlig aus der Mode. Moralische Bedenken, die gab es ab einem bestimmten Einkommens-Niveau nicht mehr. Sie löste sich auf wie eine Hand voll Blütenstaub in einem kräftigen Wind. In Joachims *besseren* Kreisen frönte man, seit jeher, ausgiebig der Promiskuität. Dass er überhaupt in jenen Gesellschaften der Superlative verwurzelt gewesen ist, verdankte er seiner vornehmen Herkunft, derer von Dellheim; einer alten Weindynastie mit einem Stammbaum bis in die Steinzeit. Die gelangweilten Damen der glänzenden haute Volée ließen sich - zum reinen Zeitvertreib natürlich - auch notfalls von einem kauzigen Junggesellen, wenn sonst nichts Greifbares in der Nähe gewesen ist, worauf man hätte zurückgreifen können, ganz gerne einmal ordentlich von vorne und von hinten abstauben. Hauptsache die Mahlzeiten wurden nicht langweilig, hieß die Devise; wer kann schon jeden Tag Kaviar essen. Diskretion Ehrensache. Manches weiß man eben auch, ohne ein Wort zu verlieren. Geldadel verpflichtet von der Wiege bis zur Bahre. Und gute Manieren waren - Angesichts nie versiegender, prickelnder, goldschimmernder Fluten aus teurem Champagner, wahrhaft ausgesprochene Nichtschwimmer. Diese stille Tradition war- ist und wird niemals der Gefahr einer Ausrottung ausgeliefert sein. Es gibt Werte, die sind einfach nicht totzukriegen. Wer, aus jenen Kreisen, außerhalb der Stadt, in einem Vorort oder einer kleineren Gemeinde wohnte, ließ sich, ab und an, im Gotteshaus seiner Familienkonfession blicken, damit die Reputation unbeschadet bleiben sollte. Eine probate Methode, den schlimmsten Tratsch Tanten die Mäuler zu stopfen. Diese Verdorbenen, das sind die Frommen in der dritten Reihe, direkt hinter dem Bürgermeister. Sie beten laut Halleluja, und machen frommen Gesichter, passend zum Sonntagsausgehgewand in gedämpften, brav verblassenden, zurücktretenden Farben. Amen.

Kehren wir zurück, ins traute Heim des Protagonisten Joachim von Dellheim. Mit seinen Ansichten und seinem Charakter haben wir uns vertraut gemacht. Vermutlich kann man es schon ahnen, dass sich die „*höheren Mächte*", mit derart unflexiblen Zeitgenossen, ganz gerne, hier und da ein kleines Spielchen erlaubten. Und genau das, klingelt gerade an der Tür.

Frau Dromersheim, seit beinahe zwanzig Jahren hier in Lohn und Brot, erfüllte voller Hingabe und Fürsorge, die Aufgaben einer Zugehfrau, so, wie Joachim es vom Elternhause her kannte. Im Grunde war sie unsichtbar. Niemals hätte sie das Haus betreten, wenn der Hausherr zugegen war. Ihr schien es so recht zu sein, dieses Arrangement; dem kauzigen Hausherrn sowieso.

Nun ist Frau Dromersheim, *leider*, könnte man sagen, auch nur ein Mensch aus Fleisch und Blut, wie sich herausstellte. Sie lag zu Hause, an einer bösen Influenza leidend, regelrecht darnieder. Das würde dauern bis sie wieder senkrecht stehen konnte. Zudem muss noch erwähnt werden, dass Frau Dromershein, mit rasantem Tempo auf den Ruhestand zueilte. Früher oder später also, wäre eine unaufschiebbare Veränderung unumgänglich.

Drau Dromersheim wohnte, zusammen mit ihrem altersschwachen Perserkater Albert, in einem der lieblosen Mehrfamilienhäuser der Geniner Straße. Hier waren die Mieten bezahlbar; sie konnte sich deshalb etwas leisten. Dieses etwas hieß - liebevoll von ihr getauft: *Fritz.* Und Fritz war ein - ebenso altersschwach wie der Kater - winzig kleiner türkisgrüner Fiat, mit dem sie, fünf Mal die Woche, zur Arbeit in dieses heruntergekommene Patrizierhaus fuhr. Joachim wohnte quasi einmal quer durch die Stadt, und war, mit öffentlichen Verkehrsmitteln, nur unter Einsatz von Nerven aus Stahl erreichbar.

Seit zwei Jahren wohnte eine gewisse Diana, eigentlich auch alleinstehend und leider arbeitslos, direkt in der Wohnung vis a`vis, gegenüber der guten Frau Dromersheim. Man hatte sich, trotz des großen Altersunterschiedes, mit gebotener Distanz, etwas locker angefreundet. Diana suchte einen Mutterersatz, Frau Dromersheim Zerstreuung und jemanden der nach ihrem Kater sehen würde, falls mit ihr einmal etwas sein sollte. Man konnte ja nie wissen. Ihr verschwindend kleiner Freunddeskreis wollte sich dazu nicht bereiterklären, was in der Vergangenheit dazu führte, dass Albert, in solchen Ausnahmefällen, in eine hiesige Tierpension ausquartiert werden musste, was er dann wochenlang nachtrug.

Diana, die zu jeder Zeit über auskömmliche Barmittel und Zeit verfügte, erklärte zu ihrer Rechtfertigung, dass sie Unterhalt vom wohlhabenden Bruder der Mutter, und der Mutter selbst erhalten würde. Es sei in ihrer Familie so üblich dass man einander half. Ihre Mutter lebe in der Nähe von Nürnberg, erzählte sie Frau Dromersheim. Sie betreibe dort eine Praxis für Physiotherapie. (Eigentlich ein winziges, privates Bordell; aber was macht das schon für einen Unterschied? Wir wollen hier mal nicht kleinlich werden). Und ihre Mutter, fügte sie voller Stolz hinzu, sei eine fanatische Anhängerin der verstorbenen englischen Prinzessin Diana; daher ihr Vornahme. Wer das Glück und ein feines Gehör hatte, sich in verschiedenen Dialektfarben bestens auszukennen, konnte mit etwas Gespür, Reste eines harten russischen „R" heraushören. Man musste sich schon sehr konzentrieren, weil Diana durch ihr apartes Äußeres, die Aufmerksamkeit auf jeden Fall abzulenken vermochte. Auf den ersten Blick, wenn man sich nicht von ihren eiskalten Augen abschrecken ließ, erinnerte sie an die Schauspielerin Audrey Hepburn. So gab sie sich, so verhielt sie sich; rehgleich und verletzlich.

Und in die ebenso aparte Hansestadt, hatte es Diana deshalb verschlagen, weil sie abtauchen musste vor einem wildgewordenen Liebhaber aus dem tiefsten Süden der Republik. Kurzum: Diana sprang, nach kurzer Rücksprache mit Frau Dromersheims Arbeitgeber, als Ersatz für die erkrankte treue Seele, aufs großzügigste und herzlich gerne - natürlich völlig selbstlos und ohne jede hintergründige Absichten, als Zugehfrau im Hause von Dellheim ein, weil sie sich zuvor, mit ausgiebigen Recherchen in Bezug auf besagten Junggesellen, intensiv beschäftigt hatte. Was Diana nicht von Frau Dromersheim erfuhr, das erfuhr sie von einem ihrer hochkarätigen Kunden, welche sie - ungesehen und diskret, nebenher, meistens erst am Abend, wenn Frau Dromersheim schon vor dem Fernseher saß und die Beine hochlegte, sehr professionell betreute.

Zu den beiden anderen Nachbarn auf der Etage und den restlichen Mitbewohnern im Hause, unterhielt sie bewusst keinerlei Kontakte. Keiner der Nachbarn hatte jemals ihre Wohnung betreten. Dianas Herrenbesuche waren allesamt nur besorgte Verwandtschaft, wie sie sagte. Verwandtschaft die lediglich nach dem Rechten sehen wollte und um ihre Sicherheit bemüht sei.

Frau Dromersheim, zeitlebens eine einsame Seele, beneidete Diana um einen großen Familienkreis. Sie würde, dahingehend war sie sich ganz sicher, eines Tages in einem sozialen Altersheim landen, weil ihre Rente nicht mehr hergab. Vor drei Jahren ist ihre Mutter in einem dieser sozialen Mahlwerke ums Leben gekommen; das gleiche Schicksal wartete nun auf sie, klagte sie dem schlichten Kreuz an der Wand.

Miesepeterig öffnete Joachim die Pforte zu seinem Reich. Umstände, welcher Art auch immer, hasste er genauso voller Inbrunst, wie unliebsame Veränderungen um ihn herum. Das Meisner-Streublümchen-Kaffeegeschirr in der barocken Glasvitrine, hatte im zweiten Fach des Möbels zu stehen und nicht im ersten, dritten oder vierten, nein! Im Zweiten. In der großen Diele ruhte eine düstere Garderobe aus der Gründerzeit an der hohen Wand. An ihr hing sein Ausgeh-Wintermantel. Musste dieser, alle paar Jahre einmal, zur Reinigung, klaffte in diesem Raum – für Joachims militärisches Empfinden – ein riesiges Loch der Unordnung. In dieser Zeit griff er häufiger zur Flasche als es sonst der Fall gewesen ist. War der Mantel aus der Reinigung zurück, konnte er sich wieder entspannen; die alte Ordnung war wieder hergestellt. Eine Phobie, glaubten die Einen, ein gemeiner Webfehler, behaupteten die anderen in seinem Bekanntenkreis. Ein ärztliches Attest über diese Erscheinung lag nicht vor, also konnte man es sich aussuchen.

„Gu... gu... guten Tag Fräulein... ähm Diana, richtig?" Darauf war Diana vorbereitet. Schüchtern blickte die Venusfalle vor sich auf dem Boden, wobei sie ihr zartes Kinn ein wenig mitnahm, auf diese kurze Reise der Körpersprache. Für einen Moment lang war sie so in ihre Rolle vertieft, dass sie nicht bemerkte wie sie ihre Hand – so, als würde sie Joachim zu einem Handkuss auffordern – mit dem Handrücken nach oben, in seine Richtung streckte. Ein wenig irritiert von der so dargebotenen Hand, räusperte sich der beinharte Junggeselle und trat, als könne er sich aus etwas mehr Entfernung besser überzeugen, einen halben Schritt zurück, um dargebotene Hand besser zu betrachten. Das brachte Diana wieder ins Hier und Jetzt zurück. Schnell korrigierte sie ihren Fauxpas; eine dumme Angewohnheit, mit der sie bei ihrer Kundschaft erfolgreich kokettierte.

Man schüttelte sich knapp, aber mit Nachdruck, die Hände und betrat gemeinsam die düstere Diele, welche auf jede zart besaitete Seele, einen äußerst bedrohlichen Eindruck machte.

Diana, die sich von Frau Dromersheim das Haus in groben Zügen hatte beschreiben lassen, geriet auf ihre einstudierte, dezente Art und Weise, zurückhaltend in eine schmeichelnde, beinahe kindliche Schwärmerei. Dieses Haus und diese Diele, log sie, erinnere sie schmerzvoll an ihre Urgroßeltern und deren schöne Zeiten in Schlesien, von denen die Gro0mutter so oft erzählt hätte; wohlwissend, dass Joachims Mutter auch von dort herstammte. Während sie gemeinsam das Haus durchliefen und der Hausherr ihr die Aufgaben ihres zukünftigen Tuns erklärend vorstotterte, faselte Diana noch ein paar belanglose, angelesene Details aus der schlesischen Gutsherrenart und nickte, artig und devot, zu seinen Anweisungen, ihre bevorstehenden Pflichten betreffend. Hier und da machte sie, mit riesigen, einstudierten Rehaugen, das ein- oder andere dezente Kompliment, was der steinalten, düsteren Einrichtung- und seinem sehr erlesenen Geschmack, wie sie betonte, schmeicheln sollte. Diana verwechselte in ihrem *diese-Beute-schnappe-ich-mir-Spiel* die einzelnen Epochen und Stilrichtungen, redete streckenweise völligen Nonsens und log, dass es Al Capone die Schamesröte ins Gesicht getrieben hätte, weilte er noch unter uns. Nichts davon registrierte der leidlich angespannte Hausherr - mühsam damit beschäftigt, möglichst alle Körperteile, so nah wie es nur möglich war, bei sich zu behalten. In seiner Lendengegend brannte es wie Höllenfeuer; so elend und ausgeliefert hatte er sich noch nie im Leben gefühlt.

Seine Augen ruhten auf Dianas Mund, während sie sprach, fast flüsterte. Ihre vollen Lippen, nur ganz hauchzart geschminkt, tanzten vor seinen Augen das ewige Spiel der Verführung. Ab und an blitze die kleine Zungenspitze aus dieser Falle und tat so, als hinge sie verzweifelt suchend, einer entfallenen Erinnerung nach; dann wieder ein kurzes, hohes *„Oh…"*, verzückt und begeistert - eine Spur zu lange, dieses *oh,* zu einem üppigen Kussmund geformt und möglichst zufällig… in dieser verlockenden Pose gehalten, hüllte Diana sich – der erforderlichen Dramaturgie sei es geschuldet - wieder bescheiden und mit angemessener, vornehmer Zurückhaltung, in ihre süße Duftwolke aus Zimt und Biebergeil. Nicht nur ein banales Parfüm, wie man denken könnte, nein…: ein probates Mittel, um noch für Tage danach, einen bleibenden Eindruck in der letzten Ritze aller vier Wände zu hinterlassen.

Als dann die Vertretung der guten Frau Dromersheim, auch noch mit besorgt liebevollem Blick- und einem zart gehauchten *„Entschuldigung"*, ein graues Haar von Joachims breiter Schulter entfernte, wurde es dem gequälten Hausherren entschieden Zuviel. Eine Spur zu schroff erklärte er ihr das Ende der Begehung mit den Worten, dass alles gesagt sei und dass er nun, umgehend und auf der Stelle, seinen Pflichten nachzukommen habe.

Hurtig, wie aus einem Kriegsgebiet flüchtend, und mit ein paar Schweißtropfen benetzter, gerötet- besorgter Stirn, stürmte Joachim zum Hintereingang des Gebäudes hinaus. Dort, im geschützt umwerten Hofe, standen fünf verschiedene Fahrzeuge, die seiner jeweiligen Tagesform – von eins bis fünf auf der Laune-Scala entsprachen.

Platz eins wurde von einer Harley Davidson, Electra Glide im Bobber Style, mit empfindlichem Shovelhaed Motor aus den siebziger Baujahren, belegt. Diese Schönheit stand für ausgesprochen gute Laune und schönes Wetter. Für weniger schönes Wetter, aber nicht minder gute Laune stand, auf Platz zwei, eine der ersten Pagoden der Sternemarke aus dem Süddeutschen Stuttgart. Für Nichtkenner der Automobil-Historie, wäre sie glatt als Neuwagen durchgegangen. Eine Liebe wurde ihr zuteil, die war alles andere als schlicht. Eine Liebe so tief, wie sie in seinem gefühlsspärlichen Leben, nicht für Organisches vorgesehen oder bevorratet war. So tief und innig, davon war Joachim überzeugt, konnte man nur etwas lieben, was keine Widerworte gab. Das Schlusslicht im von Dellheimer Fuhrpark, bildete ein vernachlässigter, heruntergerittener Opel Corsa. Dieses geschundene Stück Blech, musste seine Tage völliger Unpässlichkeit wortlos ertragen. Auf ihn, diesen treuen, kühlen Diener der schlechten Laune, fiel Joachims Wahl am heutigen Tage. Mit einer temporären Bewusstseinsstörung im Kopf, zokkelte er geistesabwesend in Richtung Autobahn. Worüber er nachdachte, hätte man ihn danach gefragt, war ihm bis zum heutigen Tage nicht ganz klar. Gedankliche Abwesenheit vermochte er nie in Worte zu fassen.

Vermutlich war es nur die harmlose Verkettung aneinandergereihter Zufälle, wie beispielsweise: die nicht gelingen wollende zeitliche Abstimmung, von Dianas Anwesenheit, im Hause des Herrn. Entweder war sie am Morgen zu früh- oder in den Abendstunden zu spät dran. Die Häufigkeit ihrer Begegnungen wurde, langsam aber sicher, unübersehbar. Anfangs war Joachim etwas verärgert, weil er seinen heiligen, komatösen Frieden gestört- und durch einen Eindringling gefährdet sah. Diana spielte, mit der geschliffenen Schärfe einer professionellen Theaterdarstellerin, ihr Entsetzen über ihre eigene, angebliche, Zerstreutheit gekonnt aus. Die großen Rehaugen weit aufgerissen, den verführerischen Mund nicht minder, die rechte Hand erschrocken – mit nur vier Fingern – grazil davorhalten vor besagten Mund, ohne ihn jedoch zu berühren, ließ sich, ihrer Überzeugung nach, für den angepeilten Betrachter ein recht glaubhaftes Bild inszenieren. Diana wusste um die abgeflachte, siegesorientierte, genetisch sinnvolle Beschützer-Denkweise der Überzahl männlicher Erdenbewohner. In Sachen weiblicher Manipulation des männlichen Willens, hatte Diana, quasi so eine Art imaginäres Abitur mit Auszeichnung, in der zierlichen Tasche. Im pflegerischen Institut ihrer Mutter, wurde ihr diese Fähigkeit, Tag für Tag, äußerst bildhaft vor Augen geführt.

Und es sind - wie jedermann weiß, es sind im Leben die kleinen Dinge, die große Männer außer Gefecht setzen können. Kleine Gesten, kleine Zufälle, kleine Andeutungen oder – sehr vielversprechend: kleine, spitze, gezierte Hilferufe. Sie werden gerne genommen, um die eigene Größe bestätigt zu wissen. Und so hat es sich dann zugetragen:

Im Hause des Herrn Joachim wurde eine, peinlichst genau bestückte- logistisch akkurate Besenkammer geführt. In Reih und Glied standen, auf einem recht hohen- für kleinere Menschen schwer erreichbaren Regal, die kostengünstigeren Großpackungen mit Wasch- und Reinigungsmitteln aller notwendigen Verwendungsarten, die die verschiedensten Textilien und Oberflächen im Hause, für eine korrekte Behandlung abverlangten. Das komplette Depot wurde zusammengetragen, bei insgesamt nur zwei jährlichen Großeinkäufen im entfernten Metro-Zentrum, der Anstalt für sparsame Großverbraucher. Dies sei der Rationalität geschuldet, nebenbei bemerkt; und um die kalkulierte Sparsamkeit noch auf die Spitze zu treiben, fanden besagte Großeinkäufe nur dann statt, wenn sie, durch berechtigte Termine bedingt, gerade auf der zu fahrenden Strecke lagen. Dies war, wenn er einmal wöchentlich nach Elmshorn zu seinem Arbeitsplatz fahren musste, nicht der Fall. Deshalb wartete Joachim immer geduldig auf eine, sich ergebende Gelegenheit, um diese dann sinnvoll zu nutzen. Dafür wurde eigens der bedauernswerte, alte Opel Corsa angeschafft; als Lastenträger den man nicht unnötig schonen musste, sozusagen.
Wie dem auch sei...: Joachim war wieder einmal im Hause zugegen, weil er einen freien Vormittag in Anspruch nehmen musste, der eigentlich dafür gedacht und reserviert war, auf dem hiesigen Landratsamt seinen abgelaufenen Personalausweis, für weitere zehn Jahre verlängern zu lassen.

Diana verrichtete, wohlriechend und unsichtbar, die anstehenden Hausarbeiten die ihr aufgetragen waren, bis zu dem Moment – so hatte sie es zuvor selbst arrangiert – als sie, rein zufällig natürlich, Waschmittel für die anstehende Wäsche auffüllen musste. Den bis dahin, fast noch halbvollen Plastikbehälter, hatte sie vorher schon, in weiser Voraussicht des geplanten Schachzugs, ins nebenan befindliche Klo gekippt. An Einfallsreichtum mangelte ihr gewiss nicht; das könne ihr niemand nachsagen, überlegte Diana voller Stolz über ihre Heimtücke.

Sie wartete *den* Augenblick ab, als sie Joachim in sicherer Nähe wusste. All ihre Antennen standen auf Empfang; kein noch so harmloses Geräusch- kein Schritt von ihm entging ihr. Wie vermutet, kam der Herr des Hauses die Treppe herunter geschritten und ging auf die Garderobe zu, um seine Jacke abzunehmen. In diesem Augenblick erreichte ein kleiner, spitzer Schrei sein geschultes Ohr. Das rote Lämpchen für *Störung* leuchtete zwischen seinen sensiblen, für Motorgeräusche geschärften Synapsen auf. Wenn an seiner geliebten C 160 eine Schraube locker war, Joachim hörte es mit unanfechtbarer Sicherheit, sofort und auf der Stelle heraus. Das brachte ihm bei seinen Kameraden der Staffel nicht nur Bewunderung, sondern auch beißenden Neid ein. Wo irgendwie auch nur ein Flugzeugmotor oder Fahrzeug muckte oder spuckte, wurde Joachim zu Hilfe gerufen und um eine erste Diagnose gebeten. Treffsicher, lag er in beinahe neunzig Prozent seiner Einschätzungen, auf dem richtigen Kurs.

Mit diesem Geräusch allerdings, konnte Joachim zunächst nichts anfangen. Auf solch eine Intonierung, war er weder trainiert- noch programmiert. Alleine die Zuordnung des Raumes, woher das Geräusch, seiner Meinung nach, kam, die wollte ihm sofort einleuchten. Mit vier schnellen Schritten stand er in der Tür zur Besenkammer, um mit einem Blick nur, die prekäre Situation zu erfassen.

Diana stand in voller Länge ausgestreckt, beide Arme um den Boden einer Großpackung Vollwaschmittel für Koch- und pflegeleichte Textilien, gefährlich balancierend auf den Zehenspitzen. Gäbe sie in dieser Position, auch nur einen Zentimeter nach, ergösse sich die volle Pracht des Inhaltes über sie und den kleinen Raum. Mit nur einem beherzten Satz stand er so dicht und rettend hinter ihr, dass er glaubte, durch den störenden Stoff zwischen ihnen, ihre warme, zarte Haut spüren zu können. Ein kurzer Schubs gegen den unteren Teil der Packung, und schon stand sie wieder auf festem Boden des zu hohen Regals.

Ohne bewusst darauf zu achten hielt Joachim - vermutlich aus einem beschützenden Reflex heraus, den linken Arm von hinten fest, um Dianas Taille geschlossen. Einen tiefen Atemzug ihres Duftes gönnte er sich noch, bevor alle Pferdestäken - außer Rand und Band geraten - mit ihm, in alle Himmelsrichtungen durchgingen und wie rasend davongaloppierten. Das Ungeheuerliche geschah schneller als er, in diesem erhitzten Moment, überhaupt hätte klare Gedanken fassen können. Im Grunde war er ein unschuldiges Opfer seiner, vom Herrgott zugeteilten Triebe, welche ihm sogar, hin und wieder selbst sehr lästig geworden, im Wege standen und ihm, wie in diesem Fall, ein Bein stellten. Hätte der übermütig gewordene Schöpfer, mit seinen Erfindungen bezüglich der gefühlsmäßigen Ausstattung seiner Kreation *Mensch,* nicht so verschwenderisch und verspielt gehaust, wäre das ein- oder andere Desaster, sicherlich vermeidbar gewesen. Genaugenommen hätte man, gäbe es keine unkontrollierten Triebe, vermutlich die verschiedensten Kriege auslassen können. Aber nein... Emotionen musste er auch noch in Hülle und Fülle darüber kippen, dieser Allmächtige, damit das Chaos zu einem festen Bestandteil aller Leben werden konnte.

Mit dieser Nachgiebigkeit, seitens Dianas Verhalten, hatte Joachim allerdings nicht gerechnet. Sie öffnete bereitwillig alle Tore um ihn zu empfangen und machte weder Umstände noch Anstalten sich, ihm zu verweigern. Unter den gegebenen Umständen war sie bereit auf romantisches Beiwerk zu verzichten. Gab es da nicht weit hochkarätigere Protagonisten als sie selbst, die, wie man allgemein wusste, bereits die Gemütlichkeit einer Besenkammer bevorzugt hatten...?

Die zufälligen Treffen, im Hause des Herrn, häuften sich. Leg` dich schon mal hin... ich glaub` ich liebe dich, so, dieser unverbindliche Umgang, welcher sich klammheimlich- und ohne unnötig kommuniziert zu werden, eingeschlichen und, zumindest für einen kleineren Zeitraum praktikabel, manifestiert hatte. Aber kein Wort über eine zukünftige Verbandelung; keine Silbe oder Andeutung. Joachim hielt sich bedeckt und genoss was sich ihm bot ohne, über eine einzige Konsequenz, auch nur einen begonnenen Gedanken zu verschwenden. Wozu auch; jeder ist sich schließlich selbst der Nächste und für seinen Körper, und dessen Wohlbefinden, in vollem Umfang selbst verantwortlich. Verantwortung sei übrigens etwas - das war Joachims wirkliche Einstellung dem Leben gegenüber - was jeder Mensch, es sein denn er wäre behindert, außerhalb seines beruflichen Tätigkeitsbereiches, wo man schließlich von mehreren Faktoren abhängig sei, eine ganz persönliche Sache, der sich jeder, in Bezug auf seine eigene betroffene Person, gefälligst selbst zu stellen hatte. Den berühmten und vermaledeiten Spruch; diese unerhörte Aussage...: *„Du bist schuld",* der gehöre endlich eliminiert und mitsamt den Wurzeln herausgerissen. Das sei seine ganz persönliche und unumstößliche Meinung sagte er. Aus! Punkt! Ende! Amen!

Diana, deren Rechnung nicht so ganz aufging wie erhoffte, griff zu einem strategischen Schachzug, den der rudimentäre, unterkühlte, reservierte Gelegenheits-Liebhaber, ganz gewiss, am eigenen Körper spürbar, noch als allerehestes begreifen würde. Sie entzog sich ihm; und zwar voll und ganz. Sie besorgte nur noch die Führung seines Haushaltes, aber *„Es"* nicht mehr ihm.

Diese brachiale Botschaft kam an und wurde verstanden. Sie endete in einem beleidigten, gekränkten Rückzug seinerseits; so ließ er schließlich nicht mit sich händeln, und erpressen... schon gar nicht.

Eines Abends erschien Joachim auf der Bildfläche in seinem Hause und nahm Diana, mit ernster Miene, zu einem klärenden Gespräch beiseite. Frau Dromersheim, sagte er, nähere sich ihrer vollständigen Genesung, und ihre, Dianas Aushilfsbeschäftigung, formulierte er vorsichtig die eingetroffenen Zustände betreffend, nähmen somit, mit Ablauf der nächsten Woche, ein jähes Ende; was er zwar sehr bedaure, aber der treuen, altgedienten Frau Dromersheim sei es schließlich geschuldet. Joachim versuchte möglichst großes Bedauern in seinen steinharten Blick zu legen. Mit einem – wie er dachte, wahrhaft einfühlsamen Blick, könne er seiner rigorosen Entscheidung, glaubhaften Ausdruck der Notwendigkeit verleihen. Enttäuscht nahm Diana seine kalkuliert einfühlsame Schilderung zur Kenntnis. Sie versuchte nicht ihn umzustimmen, weil sie genau wusste: hier würde sie auf Granit beißen.

Die folgenden Wochen-, beinahe fünf lange Monate zogen durchs Land, ohne dass sich an Joachims Gewohnheiten auch nur eine einzige Schnüre seines engen bürgerlichen Korsetts gelockert hätte. Wenn ihm etwas wirklich in Perfektion gelang, dann war es eine eiserne Härte gegen sich selbst. Mit manifestierter, tätowierter Erziehung in seiner unsterblichen Erinnerung, wusste er: Nur mit Verzicht auf Müßiggang, gelangt man zu Wohlstand und ewig unabhängiger Autonomie. Nur mit Verzicht...
Eines Mittags - Frau Dromersheim leerte gerade die Spülmaschine aus, betrat Joachim seine riesengroße, altertümliche, absolut unmoderne Küche mit schäbigen Einbaumöbeln aus den Siebzigern. Ganz zufällig sollte er aussehen, sein Besuch in der Küche; deshalb ging er schlendernd, so als habe er alle Zeit der Welt, an den alten, weißen, freistehenden Bosch-Kühlschrank aus den Sechzigern, um eine kalte Buttermilch herauszuholen. Joachim erkundigte sich, ebenso höflich wie banal, nach Frau Dromersheims ge-

sundheitlichem Wohlbefinden und ließ die Gute, ein kleinwenig zu schleimig vielleicht, wissen, wie erfreut er über ihre loyale, langjährige Treue sei und weil nun, endlich, alles wieder seine alte Ordnung habe. Nebenher – rein zufällig natürlich, erkundigte er sich beiläufig nach Dianas Wohlergehen. Ob Frau Dromersheim sie ab und an zu Gesicht bekäme und wie es ihr so erginge, wollte er wissen. Um diese Erkundigungen nicht allzu persönlich klingen zu lassen, fragte er nach, ob sie wieder eine neue Beschäftigung gefunden hätte. Dabei trank er seine Buttermilch leer, als sei dies gerade, für ihn, überlebenswichtig, auf Grund unermesslichen Durstes.

Frau Dromersheim stellte sich auf, machte einen geraden Rücken, fasste sich mit einer Hand, massierend in die schmerzende Hüfte, legte die Stirn in misstrauische Falten und sagte:

„Die Deern hat sich wohl einen Virus eingefangen der in drei Monaten das Licht der Welt erblickt. Ein Junge wird`s, hat sie mir erzählt. Ein Bub. Aber als ich gefragt habe, wer denn der Verursacher des langlebigen Virus sei, hat sie mit Tränen- aber nicht mit Worten, das Gespräch beendet."

Desgleichen tat Joachim: er beendete - zwar nicht unter Tränen, aber durch eine schroffe Geste, indem er verächtlich mit der rechten Hand abwinkte, das vertrauliche Gespräch mit Frau Dromersheim und drehte sich, auf dem Absatz um, um fluchtartig die Küche zu verlassen. Diese ungeheuerliche Neuigkeit, diese Botschaft rief in ihm eine spontane Panik herauf, die es fast unmöglich machte, vernünftig und im Takt weiter zu atmen, so eng wurde es in seiner Brust. Es konnte nicht sein, was nicht sein durfte.

Er brauche ein paar Tage dringenden Erholungsurlaub, sagte Joachim mit ernster Miene zum diensthabenden Vorgesetzten des Fliegerhorstes in Elmshorn. Rechtfertigungen zu seinem Begehren, ließ er sich von seinem Vorgesetzten nicht entlocken. Niemand fragte weiter nach. Der Kamerad *von Dellheim* war als unzugänglich verschrien. Man mied ihn und seine freudlose Mimik, wo immer man nur konnte. Private Kontakte, gab es bis zum heutigen Tage keine, die irgendwem in der Staffel bekannt gewesen wären. Und wer von den jungen Nachwuchspiloten das Pech hatte, *ihn* als Ausbilder zugewiesen zu bekommen, der beendete diese elend lange Zeit mit einem schweren Trauma in seiner Flug-Lizenz. So schnell würde man von Dellheims kompromisslose Strenge und zügellose Lautstärke nicht verdauen und wegstecken. Außerdem hatte man anschließend wahrhaft begriffen, was das Wörtchen *Hierarchie,* genau und im eigentlichen Sinne, zu bedeuten hatte. Fairerweise sollte man jedoch erwähnen, dass Piloten die aus seiner Hand- seiner Schmiede mit bestandener Prüfung entlassen wurden, überall mit einem roten Willkommens-Teppich empfangen wurden. Das musste man ihm lassen, dem umstrittenen von Dellheim: von seinem Handwerk verstand er wirklich etwas.

Aus der Ferne könnte man meinen, dort, am Rande der Steilküste, auf der kleinen Ruhebank, wäre eine künstlerische Installation montiert, so bewegungslos verharrt die Figur in ihrer Position; die Ellbogen auf die Knie gestützt und den Blick der Neigung des Kopfes folgend, vorwärts und hinab zur Waterkant mit ihrem endlosen Spiel; ihrer endlosen Berührung. Heute in farblosen Blassgrau -, hin und her, den hellen Sand küssend - dem trüben Himmel sei es geschuldet, den schwebenden Schleierwolken.

Dieses brennende Gefühl der Dissoziation loderte in seinem Inneren und Oberen, dort wo der Kopf die Gedanken hütet. Nichts geht mehr. Alles leer innen.

Wäre er nun gezwungen die Sichtweise aufs eigene Glück etwas nachzujustieren? Müsste er nun Gedanken denken, die zu denken er niemals zu denken *gewagt* hatte? Was war der Kontext von Frau Dromersheims Information? Kontext. Was für einen Kontext? Was wäre wenn er tatsächlich...

Am Abend - die Dämmerung winkte schon mit zarter Hand am Horizont, kehrte Joachim in sein abweisendes, liebesloses Haus zurück. Dieser kleine Ausflug zur Ostsee hatte ihm kein zufriedenstellendes Ergebnis beschert. Zweifel wurden dort draußen, auf der einsamen Bank an der Steilküste, nur geboren nicht beseitigt. Zweifel darüber, ob er nicht vielleicht doch seinen Sinn des Lebens, gelegentlich aus den herzlosen Augen verloren hatte. War es nicht, von der Gesellschaft- der sozialen Struktur, oder wem auch immer so vorgesehen, und überhaupt der einzige nachhaltige Sinn und Zweck all unseres Tuns, alles weiterzureichen an die nachfolgende Generation? Wäre es nicht Sinn-*voll*, dies ans eigene Fleisch und Blut- statt an die undankbare Verwandtschaft zu überstellen, die schon jetzt, sein Ableben, kaum erwarten konnte? Und konnte er sich *überhaupt* in der Rolle eines liebenden Vaters vorstellen? Wäre womöglich sein *eigener*, verhasster, verstorbener, despotischer Vater in ihm selbst noch so präsent, so unsterblich, dass er in sich, gegen diese disponierten Vateranteile, in seinem eigenen Inneren- in seiner Denkweise, in seinen Gefühlen, um die Vorherrschaft würde kämpfen müssen? Gab es offensichtliche Ähnlichkeiten zwischen ihm und dem Vater, die er bislang verdrängt und nicht wahrhaben- nicht eingestehen wollte? Hatte er selbst nicht diese Wesenszüge bei sich selbst schon beobachtet? Wurde er nicht gerade deswegen von seinen Kameraden gemieden? Konnte man einem Kinde das zumuten, überlegte Joachim selbstkritisch; diesen militärischen Drill- diesen bedingungslosen, fast devoten Gehorsam? Ja, entschied Joachim: Man konnte. Und er würde. Schließlich war er selbst auch nicht an dieser harten Hand des Vaters gestorben. Ein Herrenmensch war aus ihm geworden; eine beachtenswerte, gefürchtete Persönlichkeit, der man großen Respekt zollte. Und war es nicht so, dass sich die Damenwelt nach ihm verzehrte? Sie legten sich ihm zu Füßen in der Hoffnung, sie könnten seine Gefühlskälte knacken, bezwingen und missionieren. Außerdem...: würde man, heutzutage, mehr und größeren Wert auf stabile Ordnung und Gehorsam legen, bestünde vielleicht noch Hoffnung für die Verkommenheit und Trägheit der heutigen Spaß-Gesellschaft, gab er sich selbst, gedanklich Recht.

Diana war, weil sie eigentlich die Hoffnung schon aufgegeben hatte, doch sichtlich überrascht, ja fast schon überrumpelt von Joachims unangemeldetem Überfall. In der vergangenen Nacht hatte er den Entschluss gefasst, hier nicht länger unnötig auf irgendeinen Madi zu warten, der ihm vielleicht bei seinen verwegenen Entschlüssen, Beistand leisten würde. Nein, er hatte, mit zweifelhaftem Mut beschlossen, den Dirigentenstab selbst, unverzüglich in die Hand-nein... in beide Hände zu nehmen. Ein Romantiker würde aus ihm ohnehin nicht mehr werden, dessen war er sich selbst bewusst. Aber seinen guten Willen und sein Pflichtbewusstsein, dies wollte er ihr zu Füßen legen, in der kompromisslosen Hoffnung, sie würde nicht darauf herumtrampeln.

Wenn Dr. Allers, der verpflichtete Familienanwalt-und Notar, den er schon von Kindesbeinen an kann-te, einen entsprechend wasserdichten Wisch aufge-setzt hätte, könne ihm, so kein Unglück unterkom-men, wie es der Bruder gerade durchzustehen hatte. Nun... was konnte ihm noch groß passieren, dachte Joachim sein Vorhaben von hinten zu Ende. Nichts! Diana musste nur noch unterschreiben und der Fisch wäre geputzt.

Gesellschaftlich gesehen, war diese heimlich durch-geführte, bescheidene und in kleinem Kreise vollzo-gene Trauung, ähnlich einer Eruption, die durch die wissbegierigen roten Münder, weiblicher Spekulan-ten ging. Damit hatte niemand gerechnet, am aller-wenigsten der Bräutigam selbst. Weil eine dauerhaf-te Geheimhaltung ohnehin nicht realistisch gewesen wäre, unternahm Joachim nichts gegen die verbale Verbreitung dieses Ereignisses, dass einem regel-rechten Buschbrand glich. Einzig auf das sogenannte Traugespräch mit dem Beamten des Standesamtes wollte er, ohne mit sich handeln zu lassen, unbedingt verzichten. In seinem Alter - nahm er an, wusste er, glaubte Joachim, besser über Sinn und Zweck dieser Übung- dieses äußerlich banalen Aktes einer simplen Zeremonie Bescheid zu wissen, als dieser übereifrige Erfüllungsgehilfe im feierlich dunklen Anzug selbst. Im Grunde, so seine persönliche Ansicht, hätte man auf das ganze Brimborium komplett verzichten können. Nur unnütze Kosten und Zeitverlust, mehr nicht. Traugespräche, fand er, womöglich noch mit religiösem Hintergrund... Traugespräche wären - wenn man mal die Kirche im Dorf lassen würde, vertane Zeit; es hörte ja sowieso kein Schwein zu. Vielmehr sollte man eine vernünftige, fundierte Vorbereitung - so eine Art Ernstfalltraining anbieten, welches ein erwachsenes Verhalten im Falle einer, doch sehr wahrscheinlichen Scheidung beinhaltet.

Dianas Sechseinhalb-Monats-Bauch ließ sich nicht mehr unter weiten Kleidern verbergen; also zeigte sie ihn stolz in einem unangemessen knappen Kleidchen, welchem sie fälschlicher Weise zutraute, für angemessen gehalten zu werden, was allerdings, darüber gab es keine zwei Meinungen, wirklich nicht der Fall war. Sie brachte den Standesbeamten damit etwas aus dem Konzept. Immer wieder verpatzte er die Sätze, welche unbedingt gesagt werden wollten. Seine Blicke ließen sich nur mit Gewalt in Schach halten. Joachim, der auf so banale Äußerlichkeiten wie Mode nicht achtete, dem die in- und unteren Werte in deutlicher Priorität standen, wäre nicht auf die Idee gekommen ein Veto gegen dieses Kleidungsstück einzulegen. Sehr viel später erst, würde ihm der verheerende Tratsch zu Ohren kommen, und er würde sich, Zeit seines restlichen Lebens, deswegen große, unverzeihliche Vorhaltungen machen, weil er ein deutliches Signal, welches Auskunft über den Charakter der Trägerin gab, einfach übersehen hatte. Anschließend ging man im engsten Familienkreise, das heißt: die beiden Brüderfamilien (eine Frau fehlte wegen der bevorstehenden Scheidung) mit den zugehörigen, erwachsenen Kindern- und Diana mit einer, gesellschaftlich eher sehr schlichten Familie – Joachim lag das Wort asozial auf der Zunge - ihrer engsten Freundin, in ein ganz normales Lokal zum ganz normalen Essen.

Diana war vor zwei Wochen in die Kommandozentrale eingezogen. Sie bemühte sich wirklich sehr darum, Joachims Leben nicht durcheinander zu bringen. Das wollte sie ihrem kleinen Sohn überlassen; ihm würde er sicherlich nicht grollen, kalkulierte sie strategisch klug. Im Badezimmer standen keinerlei Utensilien von ihr herum. Diana hatte sich einen Kulturbeutel gepackt, den sie immerzu hin- und herschleppte. Rücksichtsvoller konnte man nicht sein, lobte sie sich. Und nun... nun saßen sie gemeinsam an einem zu langen Tisch und hatten sich einander nichts zu sagen. Man konnte kein gemeinsames Thema finden, welches die Aufmerksamkeit der kleinen Gesellschaft gefesselt- oder geeint hätte. Joachim sah Diana immer wieder verstohlen an, wenn er sich unbeobachtet fühlte. Ihm war nicht ganz wohl in seiner militärisch gestrafften Haut. Jetzt, dachte er: Jetzt, nachdem die Tinte auf dem Papier- diesem rechtmäßigen Dokument mit steuerlicher Auswirkung getrocknet war, jetzt könnte er Diana nicht wieder in den Standby-Modus entlassen, denn jetzt war sie seine rechtmäßige, gesetzlich untermauerte, legalisierte Ehefrau aus Fleisch und Blut.

In den unergründlichen Tiefen verschütteter Empathie herumwühlend, entdeckte Joachim eines Tages so etwas wie... Stolz. In der vergangenen Zeit konnte er sich doch tatsächlich zwei Mal dazu überwinden, mit seiner jungen, hochschwangeren Frau, einkaufen zu gehen. Nicht dass es ihm Spaß gemacht hätte, nein. Aber seiner pflichtgemäß versprochenen Verantwortung wollte er Genüge tun, und die schweren Sachen in den Einkaufswagen zu heben, wollte er ihr mit diesem Zugeständnis ersparen. Während er mit Diana durch die Gänge des Discounters schlenderte, fielen ihm bewundernde Blicke anderer Menschen ganz deutlich auf, die zweifelsohne auf sie - als Paar - gerichtet waren. Diana war wahrhaftig, für einen wertfreien Betrachter, eine wirkliche Augenweide. Die beinahe explodierende Schwangerschaft, mittlerweile auf der Zielgeraden, machte aus ihr eine Göttin der Sinnlichkeit.

Besitzerstolz umfing Joachims, sonst so klar strukturierte, Gedanken wie ein glänzender Firnis auf einem fertigen Bild. Purer, simpler, naturbelassener, unverfälschter, fast primitiver Besitzerstolz, ohne einen einzigen Gedanken daran zu verschwenden, ob er diese Frau überhaupt liebte. Über Liebe machte Joachim sich deshalb keine Gedanken, weil er sich bis heute, in diese Tiefen der Begrifflichkeit und die Bedeutung von Liebe, niemals vorgewagt hatte- hätte und würde oder wollte. Das Gefühl der Liebe, davon war Joachim überzeugt, war ein – dem weiblichen Geschlecht vorbehaltener Zustand der Unzurechnungsfähigkeit. Ihn interessierte nur noch ein Ziel. Nicht mehr lange –, nur ein paar Tage noch, und er würde sagen können: *„mein Sohn!"*

Gottfried, jener Bruder, der Joachim in seiner Verbundenheit am allernächsten stand, starrte zuerst fassungslos den Telefonhörer- dann den Familienanwalt Dr. Allers an, bei dem er gerade eine finale Besprechung, vor seinem in Kürze bevorstehenden Scheidungstermin, wahrnahm. Nächste Woche wäre er ein freier Mann. Dieser Gedanke musste sich zunächst noch manifestieren und mit seinen Wünschen vermählen. Gottfried war auf einem guten Wege, wie der ältere Bruder ihm solidarisch bestätigt hatte.

Und nun bekam er einen Anruf, dem er schon von der ersten Silbe des gesagten Wortes – nämlich, dass sich Joachims Vorgesetzter ihm, Gottfried, knapp vorstellte, und ihn wissen ließ, einzig und alleine Joachims Verbundenheit zu ihm sei es zu verdanken, dass er *überhaupt*, für einen Ernstfall wie diesen, eine Telefonnummer zu Hand habe.

„Ernstfall...? Was für ein Ernstfall? Wovon reden Sie überhaupt, Herr... Herr Oberstleutnant? Sie wollen mich wohl auf den Arm... Sagen Sie mir gefälligst eine Telefonnummer auf der ich Sie zurückrufen kann. Dies hier geht doch nicht mit rechten Dingen zu. Ich rufe zurück; will mich überzeugen."

Großäugig starrte Gottfried den Notar an, der ohne eine Silbe zu sagen, wartend auf der anderen Seite des großen Schreibtisches über seine Lesebrille schielte. Er verstand nicht ein Wort von dem was da, vor ihm, vor sich ging.

„Darf ich?" Gottfried griff nach dem Telefonhörer des Gerätes mit Festnetzanschluss, ohne die Antwort des Notars abzuwarten. Nach dem ersten Freizeichen, der notierten Telefonnummer, meldete sich sofort der Oberstleutnant, mit dem er, soeben, dieses zweifelhafte, befremdende Gespräch geführt hatte. Schweigend hörte Gottfried nun in den Hörer. Außer dass er sich mit der linken Hand seine Nasenwurzel mehrmals rieb, konnte der verdutzte Notar nichts hören und nichts sehen. Keine Emotion; kein Wort.

„Haben Sie bitte die Freundlichkeit, Herr Dr. Allers", sagte Joachim mit belegter Stimme, nachdem er aufgelegt hatte, „auf Ihrem Computer den Lifestream des Senders N-tv einzuschalten, ja?"

Dr. Allers reagierte wie unter einer Betäubung so langsam. Ihm dämmerte, dass etwas Fürchterliches passiert sein musste, wagte aber keine Frage an seinen Mandanten zu richten, dessen Gesichtsfarbe sich kaum noch von den vor ihm liegenden Dokumenten unterschied. Lange mussten die vier konzentriert blickenden Augen nicht warten, bis unter der ausgestrahlten Dokumentation, über das Laufband des Life-Tickers zu lesen stand, dass auf unerklärliche Weise, eine nahezu nagelneue C 160, auf dem Flug in Richtung Amerikanischer Ostküste, ins Meer gestürzt sei. Der Atlantik sei an dieser Stelle so tief, dass eine Bergung absolut ausgeschlossen bliebe. Es handele sich dabei, um eine in Deutschland stationierte Transportmaschine, welche von einem Piloten mit vorbildlicher Flugerfahrung, gesteuert worden sei. Man vermutete einen technischen Defekt.

Wäre Frau Dromersheim, die gute Seele, nicht in tiefster Loyalität dem Hause „*von Dellheim*" verbunden- und der Wahrheit verpflichtet gewesen, dann hätte durchaus die Möglichkeit bestanden, dass Diana ihr Katz und Maussspiel, ohne den Funken eines beunruhigten Gewissens, immer noch fortgesetzt hätte. Mit aller Vehemenz hatte die frisch gebackene, schlicht geliebte Frau von Dellheim zu verhindern gewusst, dass auch nur eine Menschenseele dieses Kind zu Gesicht bekam. Diese konsequente, unverständliche Verweigerung, machte sogar das simple Gemüt von Frau Dromersheim stutzig. Sie ging der Sache insofern auf den Grund, dass sie ihre investigative Nachforschung von hinten- vom Ende her begann; von dort, wo Diana sich als letztes aufgehalten hatte: Das Klinikum für Frauen mit ihren gynäkologischen Angelegenheiten. Sie musste sich nicht einmal besonders bemühen näheres zu erfahren; der Vorfall war das Gesprächsthema Nummer Eins, im gesamten Gebäudekomplex. In ein paar Tagen wäre der Inhalt des Tratsches, über die Mauern- hinaus in die Öffentlichkeit geschwappt. Unaufhaltsam... wie sie wusste. Joachim sei, wie man ihr offen erklärte, mit einem unfassbar großen Rosenstrauß durchs Haus geeilt; habe mit stolzer Haltung die Tür zu Dianas Einzelzimmer aufgerissen und sei - just im gleichen Moment, bewegungslos zur Salzsäule erstarrt. Die Blumen wären geräuschlos zu Boden gefallen, und er habe, nach ein paar schweren Atemzügen, fluchtartig wieder das Haus verlassen. Frau Dromersheim, die vergessen hatte zu atmen, fragte:

„Was, um Himmels Willen war denn passiert?"

Im Eilverfahren wurde die erst kürzlich geschlossene Ehe wieder annulliert. Dass es möglich sei, dass zwei weiße Menschen ein rabenschwarzes Baby zeugen, dass wollte selbst die frauenfreundliche Richterin nicht einsehen.

Quo vadis Domine

„Heilige Einfalt, was will sie sich noch an naivem Irrglauben einverleiben? Wen heiratet sie...? Ihn? Sein Bankkonto? Den Status oder die gute Adresse? Sag' schon... Was davon oder alles zusammen?"
Jess – eigentlich hieß sie im wirklichen Leben Jessica, um es korrekt zu benennen – funkelte in hitziger Torero-Manier, kampflustig ihre völlig konsternierte Freundin Iris an, von der sie sich im Grunde, eine solidarische Verstärkung ihrer Streitmacht erhofft hatte. Iris schüttelte aber nur mit ihrem frisch frisierten Köpfchen und meinte lapidar:

„Jeder ist seines Glückes Schmied, liebe Jess. Das geht uns überhaupt nichts an, wenn du mich fragst."

„Ja, du mich auch, bla, bla, bla... Was ist das jetzt für ein blöder, ausgelatschter Spruch, Menschenskind. Wir können doch unsere beste Freundin nicht, offenen Auges, ins Unglück rennen lassen. Sie wird uns das niemals verzeihen, glaube mir. Ich kann die Scheidungspapiere förmlich schon vor mir sehen."

„Nun mache aber mal einen Punkt, oder wenigstens ein Komma. Jeder Mensch kann sich ändern, auch Wolfram. Glaube mir... er liebt sie wirklich; ich habe es mit eigenen Augen gesehen."

„Was?"

„Was, was?"

„Na, *was genau* hast du gesehen?"

„Wie liebevoll und fürsorglich er mit ihr umgeht. Er schiebt ihr den Stuhl zurecht, steht auf wenn sie den Tisch verlässt, hält ihr die Wagentüre auf, erkundigt sich mit zärtlichen Gesten danach, ob sie noch irgendetwas zu ihrem Wohlfinden braucht und so. Solche Sachen eben. Nette Sachen, wenn du mich fragst. Welcher Mann macht das schon?"

„Mir wird schlecht. Vermutlich läuft ihm bei all seinen *Nettigkeiten*, wie du sie nennst, rechts und links der Sabber am faltigen Maul entlang. Wuäh..." Jess macht eine Geste als wolle sie sich, Punktum, auf der Stelle übergeben. Am liebsten würde sie sich mit einem entsprechend technischen Gerät bewaffnen und losrennen, um Barbara in Großbuchstaben, *extra bold*, das Wörtchen *Unabhängigkeit, Vorsicht Falle*, auf die begriffsstutzige Stirn tätowieren. Jess war wirklich aufrichtig fassungslos darüber, dass sich eine so schöne Frau wie Babs, berechnend, an den verschrumpelten alten Hals eines ausgedienten, schwerreichen Playboys- eines zukünftigen Pflege-falls – wie sie ihn abfällig nannte, mit fragwürdiger Reputation, anhängen wollte, um anschließend, in Euroscheine verpackt, ins Leere zu baumeln.

Die letzten Jahre, gestand Jess sich ein, war eine un-sichtbare Distanz zwischen ihre alten Freundschaf-ten gerutscht. Ganz schleichend machte sich Unver-ständnis unter der alten Freundinnen-Clique breit und setzte sich wie ein schädlicher Virus zwischen ihre, einst so eng verbundenen, Herzen. Natürlich kann man, wenn jeder für sich sein eigenes Leben lebt, nicht permanent im Gleichschritt vorangehen, aber seit sie, Jess, Karriere gemacht hatte, fühlte sie ständig das Gefühl nicht gemeint zu sein, wenn je-mand sich um ihre Aufmerksamkeit bemühte oder sogar kommunizieren wollte. Als spräche man auf eine zweite, imaginäre Hülle ein, die sie umgab. Vermutlich deshalb begann sie sich, als schrullige Außenseiterin zu fühlen, der man nachsagte, dass sie alles zwanghaft analysierte, was nicht bei Drei auf einem sicheren Baume saß. Und vorgestern hatte sie auch noch Wind davon bekommen, dass sie, als einzige der noch bestehenden Frauenclique, als gefürchtete Gästin- als Persona non grata quasi, vermutlich übergangen würde, weil man ihr nicht über den Weg traute, in Bezug auf ihr hemmungsloses Mundwerk. Es hatte sich also bis in die letzte Ritze herumgesprochen, dass sie, die lästig gewordene gute alte Jess, nur schwerlich ihre zynischen Bemerkungen an der Leine halten konnte; ihr mittlerweile erlangter Ruf, eilte also voraus wie man sah.

„Er ist ein hundsgemeiner User", setzte Jess einen letzten Versuch nach, Iris zu überzeugen. „Er braucht jemanden zum Repräsentieren und zur absehbaren Pflege, so steinalt wie er schon ist. Er benutzt Babs doch nur, wie es eben ein User so macht."

„Wolfram ist kein Loser; du irrst dich, liebe Jess. Er gehört unbestritten zu *den* erfolgreichsten Geschäftsleuten überhaupt, hier in unserem schönen Fischkoppland-Städtchen. Mach` ihn doch bitte nicht schlechter, als er in der Realität ist. Er spendet auch viel an Hilfsorganisationen."

„User, sagte ich Iris, User... nicht Loser. Du musst mir bitteschön besser zuhören, meine Gute."

„User... Loser... ist doch egal. Habe ich doch gesagt; reg' dich ab. Willst du eine Ritalin, oder können wir jetzt weiter diskutieren?"
Da war es wieder, dieses diffuse, unterschwellige Gefühl nicht gemeint zu sein. Als würde man unterirdisch versuchen sie unbemerkt zu demontieren, weil sie, ganz offensichtlich, mit ihrer Sichtweise nicht mehr alle Tassen im Schrank hatte; unter laten-

tem Verfolgungswahn litt, verursacht durch eigene schlechte Erfahrungen. Und am Ende würde man ihr vielleicht sogar noch Neid unterstellen; Jess gab es auf. Sollte die oberschlaue, begriffsresistente Barbara doch heiraten wen sie wollte. Wolfram war ein stadtbekannter Fremdgänger, der die Sache mit der Nächstenliebe, gehörig in den falschen Hals bekommen hat. Dieser Mann würde sich niemals ändern. Er war und blieb ein elender Jäger, immerzu bemüht sein krankhaftes Ego mit frischem Fleisch zu füttern. Jeder wusste das in der Stadt. Und was Barbara betraf: die Gesetze denen wir uns unterwerfen machen wir schließlich selbst. Damit hört es in den eigenen vier Wänden- im eigenen kleinen, verkorksten Leben auch nicht auf. Jenes Glück an dem sie gerade so eifrig schmiedete, wäre nicht von stabilem Wert, ahnte Jess mit einer gewissen Gewissheit. Barbaras kategorischer Imperativ würde schon bald, sprichwörtlich, ins Kant'sche Höschen gehen; darauf würde sie wetten. Danach käme sie wieder angelatscht und würde bei ihr, Jess, eine heilsame Gesprächstherapie einfordern; regelrecht abbetteln. Diesmal nicht, schwor sich Jess. Diesmal nicht.

„Nö lass mal. Von Ritalin bekomme ich immer ein Herpes am Arsch. Ich gehe dann mal. Wir sehen uns nach Barbaras Hochzeit auf ein Tässchen Kaffee, wenn du willst; damit du mir die neuesten Erkenntnisse verpetzen kannst. Es gibt bestimmt `ne Menge interessanter Beobachtungen zu erzählen, was die gekauften Journalisten, sich vermutlich doch nicht zu schreiben wagen, nicht wahr?"

„Wie jetzt...!? Du kommst nicht? Wieso... ich verstehe nicht. Warum machst du jetzt so ein..."

„Lass gut sein, Iris. Vor mir brauchst du deine bescheidenen schauspielerischen Fähigkeiten nicht zu bemühen. Ich bin bestens im Bilde darüber, dass ich nicht wirklich erwünscht bin. Eure... ich meine natürlich *unsere* Frauen-Clique, die offensichtlich ohne mich viel besser funktioniert, die hat einen gehässigen Maulwurf, der es genießt Öl ins Feuer zu gießen. Finde es bitteschön selbst heraus, wer von euch - Schrägstrich *uns,* pardon, diejenige sein könnte. Von mir erfährst du nichts. Keinen Krümel.“

„Das kannst du nicht bringen, Jess. Das wäre... das käme einem Verrat an unserer eingeschworenen Freundschaft gleich. So kann man sich, nach dreißig Jahren Zusammenhalt- nach dreißig Jahren hoch und tief, rauf und runter, nicht benehmen. Was ist eigentlich los mir dir? Keiner von uns versteht dich noch.“

„Mir geht es bestens, liebste Iris. Und euer fehlendes Verständnis hat sich längst bis zu mir herumgesprochen. Aber irgendwie wird mir ganz flau in der Magengegend, wenn du in einem Atemzug das Wort *Vertrauen* erwähnst, liebste Freundin. Und genau *die* dreißig Jahre sind, für mein Verständnis, der schmerzhafte Knackpunkt. Warum könnt ihr mir nicht ganz einfach, frank und frei, ins Gesicht sagen, *was genau* euch, an mir, nicht mehr passt. Wieso plötzlich diese Heimlichkeiten hinter meinem Rücken? Wo ist denn unser hochgehaltenes *Ver-trauen*, auf das wir immer sooo stolz waren, hm...? Und es ist auch dieses „uns“, von dem du hier sprichst. Zu diesem „uns“ fehlt mir seit Kurzem der Draht; und so wie du dieses „uns“, in sich geschlossen aussprichst, fühle ich mich außen vor. Weit außen vor, liebe Iris.“

„Rede keinen Blödsinn. Es stimmt doch...“

„Lass es bitte sein, unterbrach Jess Iris zappelnden Rechtfertigungsversuche schroff. „Mache es bitte nicht noch schlimmer als es ist. Du selbst hast zu Laura gesagt, dass mir der Erfolg offensichtlich nicht gut bekommt, nicht wahr? Du kennst mich lange genug Iris, dass du wissen müsstest, wie wenig mir solche Worte etwas ausmachen; vor allem dann nicht, wenn sie völliger Blödsinn sind. Du hättest mir also deine Feststellung- deine Erkenntnis, deine haltlose Vermutung über meinen angeblichen Wandel, gefahrlos ins Gesicht sagen können. Aber dass ihr... geschlossen, mit gehässiger *Schadenfreude*, eine von *„uns"* ins Unglück laufen lassen wollt, das halte ich für äußerst fragwürdig. So gemein könnt ihr doch nicht wirklich sein; oder ist es eher Feigheit? Was wünscht ihr mir, wenn ich nicht am Tisch sitze...? Das meine Praxis nicht läuft; das mir ein Beratungsfehler passiert? Das ich vielleicht, vor Jahren schon, größenwahnsinnig geworden bin, als ich mich für diesen Weg entschieden habe? Sind wir überhaupt noch Freundinnen, wo offensichtlich einige von uns, ganz plötzlich, mit *zwei* Zungen zu reden beginnen? Funktioniert sie überhaupt, diese Zweizüngigkeit? Lässt sich so derartiges, mit einem Minimum an Aufrichtigkeit, tatsächlich praktizieren, ohne dass man sich selbst dabei anwidert? Was, wenn man seinem Gegenüber in die Augen zu blicken versucht? Gewinnt die Heuchelei verlässlich über die verlorengegangene, filigrane Scham, oder war eine solche niemals vorhanden, wenn man es genau nimmt?"

„Nun lass aber mal die Kirche im Dorf, Jess. Kein Wort von dem was du sagst, stimmt auch nur annähernd. Ich habe lediglich..."

Jess stand auf, legte einen Fünf-Euro-Schein auf den kleinen Bistro-Tisch, obwohl sie nur eine Tasse schwarzen Kaffee getrunken hatte, sah Iris offen ins verdutzte Gesicht und legte die linke, flache Hand, vorschriftsmäßig zu einem militärischen Gruß, an ihre linke Schläfe.

Ohne ein Wort des Abschieds verließ sie das Café in der Innenstadt, wo früher, bis vor einem halben Jahr noch, ihre vierwöchigen Treffen stattgefunden hatten. In all den unzähligen, zurückliegenden Jahren ihrer innigen, vertrauten Verbundenheit mit- und untereinander, war der letzte Freitagabend des Monats, immer ein Ereignis auf das sich alle freuten. Ungern, und mit einer gewissen innerlichen Verweigerung, musste Jess sich nun eingestehen, dass sie insgeheim darauf gehofft hatte, alles würde sich aufklären und alles, was ihr durch Claudette zu Ohren gekommen war, stelle sich als Übermittlungsfehler und/oder sinnlose Übertreibung heraus.

Jess hatte sich, naiv wie sie nun feststellen musste, von Iris die alte Solidarität erhofft; den alten Zusammenhalt, die alte Verschwörungsbereitschaft. Iris verhielt sich, während ihres spontanen Treffens, zwar so wie immer, aber eine gewisse Vorsicht - einem Lauern ähnlich, und die peinlich genaue Beobachtung ihrer Reaktionen- ihrer Antworten und Argumente, war Jess nicht entgangen; wusste sie doch: sich auf Dauer zu verstellen, das gelang am Ende niemandem.

Klar war: sie, die gute alte, verrücktgewordene Jess, war durch irgendein unsichtbares Raster gerutscht, weil man sie in diese Verschwörung, Babs in ihr Unglück laufen zu lassen, nicht mehr miteinbezog.

Dennoch blieb Jess Barbaras Vorhaben, als bitterer Beigeschmack- als bittere Pille, auf der Zunge und in ihren Gedanken haften. Sie ahnte schon, dass sie den Mund nicht würde halten können. Freiheit, überlegte sie auf dem Weg zu ihrem Auto, das um die Ecke in der Tiefgarage stand, Freiheit ist doch sowieso nur ein Abstraktum, nicht mehr und nicht weniger als ein ungreifbares Abstraktum. Warum also sollte man diese abstrakte Freiheit - wenn sie für immer und ewig ohnehin ungreifbar bliebe, weil es ihre Bestimmung war, ungreifbar zu bleiben - nicht vielleicht doch meistbietend an den bestbezahlenden *Be-* beziehungsweise - in diesem speziellen Falle von Barbaras Entscheidung - *Er-werber* bringen? Womöglich hatte Barbara gar nicht so Unrecht mit ihrem absurden Lebensweg. Ob sich nun eine Liebe im Laufe der Jahre abschliff, welche die große Liebe vorher tatsächlich gewesen ist, (die Betonung liegt auf einem, so gut wie unabwendbaren, *gewesen*) oder ob sich eine Liebe abschliff, die von vornherein nichts weiter als ein klarer Handel- ein Geschäft gewesen war, das käme doch am Ende auf denselben Nenner, wollte man es, genaugenommen, von dieser Seite ehrlich betrachten. Blieben die Jahre dazwischen, die man, gebräuchlicher Weise, als die sogenannte Lebensgemeinschaft bezeichnete; ob mit- oder ohne Trauschein, das spielte am Ende kaum eine Rolle, mal abgesehen von diversen Rentenanteilen, die es im geschiedenen Ruhestand zu berücksichtigen gab. Diese Zeit dazwischen - von einer garantierten Mindestlaufzeit war nirgendwo die Rede - die galt es sinnvoll zu bereichern, wenn schon die Liebe tiefschlafend im baldigen Koma enden würde;

wobei das Wort *Bereichern,* im Falle von Barbaras verwegenem Vorhaben, wirklich wörtlich zu nehmen ist, denn außer Asche, Moneten, Kohle, Knete, Kessef, Penunzen, Kies oder schlicht Geld (Jess konnte sich so wunderbar in Rage denken) hatte der alte Sack, wie sie ihn gerne, schmeichelnder Weise titulierte, wahrhaftig nichts zu bieten.

Wenn Barbara sich, am Ende ihrer fragwürdigen Abenteuer-Reise im ehelichen Frust verheddert sähe, sollte sie wenigstens bereichert sein. Na gut. So sei es. Vielleicht stand ihr, wegen besonders guten Leistungen an der ehelichen Pol-Dance-Stange, ein gewisser Batzen von Wolframs leicht verdienten Talern zu, wer weiß.

Auf diese, zugegeben zynische Weise, bekamen Jess Überlegungen langsam ein Gesicht; nahmen Formen an, die, um einen Entschluss zu treffen, durchaus tauglich waren. Sie würde die Freundin einfach kurzerhand anrufen, um mit ihr ein klärendes, abschließendes, schonungsloses Tachlis zu reden. Danach wäre für sie der Fall *„Barbara"* zu den Akten ihrer eigenen turbulenten Vergangenheit gelegt. Solle Barbara sie ruhig für übergreifend, vorlaut oder völlig meschuggeh halten; hier, in ihrem Falle, gab es ohnehin nichts mehr zu assimilieren. Das geheiligte Pronomen ihrer früheren Gemeinschaft, war während ihrer kurzen, sechs Monatigen Abwesenheit, schlicht und ergreifend abgeschafft und fertig, erledigt und begraben worden. Damit würde sie leben können weil sie es musste, gab sich Jess eine kurze Therapie-Einblendung, in Anbetracht dessen, was an gefühlsbewältigenden Stunden, von da an, nach dem bevorstehenden Telefonat, auf sie zukommen würde.

Kompromisse brachten noch nie eine Erfüllung; warum also nicht Nägel mit großen, deutlich sprechenden Köpfen machen. Das Problem, welches sich jetzt vor Jess auftat, war zwar in gewisser Weise simpel, aber trotzdem unangenehm. Wie sollte sie wissen, wann genau sie Barbara alleine telefonisch antreffen konnte. Unnötigen Zorn von Wolfram wollte sie nicht unbedingt auf sich ziehen; sein Arm war lang. Ohne mit der Wimper zu zucken würde er, aus purer Boshaftigkeit, sich mit ihrem Vermieter solidarisieren; vielleicht sogar aus purer Wut ihre Praxis – zwar völlig sinnlos aber wirkungsvoll, anmieten, weil ihr zweijähriger Mietvertrag keine automatische Verlängerungsklausel beinhaltete, wovon er vermutlich Wind bekommen hatte; oder noch schlimmer: kaufen. Er würde das komplette Stadt-Haus, in dem sich ihre Praxis befand, einfach kaufen. Und dann hätte sie ein hübsches Problem, wo doch gerade die ersten Patienten den Weg zu ihr gefunden hatten.

Jess wollte Wolfram zwar keinen Raum in ihren Gedanken geben, aber sie wusste…: dieser Mann ist so empathisch wie eine Polkappe. Sie kannte Wolfram schon sehr, sehr lange. Viel länger als jede andere aus der, sich langsam auflösenden, Freundinnen-Clique, und zwar aus einem ganz einfach erklärbaren Grund, den aber weder Barbara- noch eine der übrigen Damen kannte.

Vor mehr als dreißig Jahren waren sie und Wolfram, nur kurz aber immerhin einen Sommer lang, ein Liebespaar. Wolfram hatte ihr damals – Jess war gerade einmal, zarte Anfang zwanzig - einen waschechten, ernstgemeinten, ganz offiziellen Heiratsantrag gemacht. Wenn sie noch heute an diese peinliche Situation in der damaligen Clique zurückdachte, wurde ihr ganz mulmig in der Magengegend. Schon damals hatte Jess ihr Temperament nicht gesund im Griff. In einen ungezügelten, regelrechten Lach-flash, war sie damals, so tief und unnötig albern hineingefallen, dass sie um ein Haar daran erstickt wäre, weil sie sich zu allem Übel, daran verschluckt hatte. Dieses ungebührliche- alles andere als damenhafte Verhalten, diese Abweisung auf so demütigende Art wiederum, hatte den schönen Wolfram - der er damals zweifelsohne noch war - bis ins Mark erschüttert und lebenslänglich, zutiefst gekränkt. Von da an waren sie Totfeinde die sich aus dem Wege gingen. Deshalb, wusste Jess, wurde sie bis jetzt auch nicht zur bevorstehenden Hochzeit eingeladen; er war nachtragend und unverzeihlich wie ein Elefant.

Dieser zielsicher gesetzte Hieb, sie bei den Einladungen zur Hochzeitsfeier so offensichtlich zu übergehen, kam von ihm und nicht von Barbara. Barbara fehlte es lediglich an der nötigen Solidarität ihr- und der lebenswichtigen Durchsetzungskraft ihm gegenüber. Beides waren keine wirklich guten Voraussetzungen, um irgendeiner Wahrheit ins Gesicht zu blicken, denn: seine, Wolframs Ignoranz fehlender Liebe gegenüber, wurde vom Nutzen betäubt die sie, die weichgespülte Barbara ihm einbrachte. Ein volles Gehalt für eine qualifizierte Haushaltskraft- und die Auslagen für zwingend notwendige Bordellbesuche, könnte er so einsparen, der Gaukler. Bewusst seine Manipulation ausnutzend, genoss er das Resultat seines Tuns, ohne ein Ungleichgewicht überhaupt in seine Gedanken dringen zu lassen. Dies ist, davon war Jess überzeugt, in wenigen Worten die Person

Wolframs umrissen; jener Mensch der er war, und für den Rest seines fortgeschrittenen Lebens auch bleiben würde. Änderungen ausgeschlossen. Genau das würde sie der erblindeten, vernunfttechnisch lahmgelegten Barbara, nun schonungslos am Telefon verklickern, um anschließend, ganz offiziell und in aller Form, die alte, porös gewordene Freundschaft zu beenden.

Anfangs tanzte sie, sinnbildlich gesprochen, auf ein Fingerschnippen von ihm, noch voller Leidenschaft an der Stange wie eine grazile Göttin der Demut und Sinnlichkeit. Nur ein paar Monate nach der pompösen, pressetauglichen, standesamtlichen Trauung, machten sich erste Rückensteifigkeiten bei Barbara bemerkbar. Und nur knapp vier Jahre später, befreite sie sich schnodderig mit den Worten:
"Tanz doch selber, du Arsch!"
Woraufhin die erste fest angestellte Köchin ihren Fuß in die heiligen Hallen des Unternehmer-Tempels setzte. Apropos Tempel... Größe und Art des Hauses entsprachen einzig und alleine ihren, Barbaras exaltierten Wünschen. Hätte der geblendete Gemahl geahnt auf was er sich da einlässt, vermutlich hätte er sich seine Zunge vorher abgebissen, statt zu sagen, dass sie sich an diesem Bauvorhaben verwirklichen könne. Nur gut, dass die gutgehende Firma dieser, etwas halbseidenen Branche, das Geld nachwachsen ließ, als handele es sich um einen wildwuchernden schnöden Knöterich, genährt von gierigen, kerngesunden Wurzeln die sich um alles schlangen, was auch nur den Hauch einer Schwäche erkennen ließ. Die Spielhallen-Branche dürfte vermutlich die einzi-

ge weit und breit sein, die in realen Zahlen, an jedem Ende des Monats, vom mittlerweile hohen Ausländeranteil in der Stadt partizipierte.

Barbara, zu Hause vom artigen Frauchentum an den unausweichlichen Müßiggang gefesselt, tat alles um die Agonie dieser Ehe, in die nur denkbarste Länge zu ziehen; und sie nannte es, auf ihre naive und realitätsverschwommene Art und Weise, Liebe. Eine ziemlich unglaubwürdige Liebe; eine Liebe, über die der Rest der Stadt sich, bereits lustig machte.
Sie ist, man kann es ruhig so ausdrücken, der Typ ungebrochener Opportunist, der seinen Karren gerne *vor* die eingespannten Pferde in Stellung bringt, und steif und fest behauptet, genau so müsse es sein, weil... und das ist das fatale an der traurigen Sache, sie das wirklich selbst glaubt. Das kennen wir bereits zur Genüge von anderen Fällen. Ihr scheint die Sonne aus dem Arsch, lässt sie jeden wissen, der es nicht hören will. In Wirklichkeit kommt ihr – rein ehetechnische gesehen - das teure Tafelwasser aus dem Halse raus. Aber egal: Augen zu und weiter durch den Matsch. Knöcheltief bereits, mit steigender Tendenz. Da geb' ich mir recht", lautet ihre unbeeindruckte, dickfellige Devise, um anschließend unverändert fortzusetzen und so lange im blinden Delir weiterzumachen, bis sie eines Tages selbst bemerkt, dass sie es zugelassen hatte, aus sich selbst, eine lächerlich gehörnte, *be*-nutzte Haushüterin und banale Kreditkarten-Testerin gemacht zu haben. Letzteres brachte immerhin eine gewisse Qualität von Rausch für den Moment mit sich, der allerdings nie sehr lange anhielt. Bereits mit entfernen der Preis-

Etiketten, zeigten sich erste Abnutzungserscheinungen, bezüglich dieser kurzfristigen Euphorie. Kaum waren die Stücke einmal getragen, verblasste jeder noch so wohlige Rausch ins Nichts.

Auf ihren Mode-Safaris, quer durch die teuersten Läden, wurde viel Prosecco und viel Verbales verkonsumiert. Dabei blieb es nicht aus...

So nach und nach drangen doch sehr unschöne Geschichten bis zu ihr vor, die es Barbara nahezu unmöglich machten, Ohren und Augen weiterhin, so vehement verschlossen zu halten.

Barbara will etwas sagen, aber er kommt ihr zuvor. Wolfram deklariert, in fast atemlosem Stakkato, seinen Unmut über ihre plötzliche Kleinlichkeit.

Bislang hatte sie doch keine misstrauischen Fragen über seine häufige, abendliche Abwesenheit – natürlich rein beruflich bedingt, gestellt. Warum so plötzlich? Warum jetzt auf einmal?

Barbara, die mehr oder weniger, genährt durch bloße Gerüchte, die man ihr - im Vertrauen natürlich - zutrug, wild mit Beschuldigungen um sich warf, stocherte auf spekulative Weise, in der Hoffnung zufällig ins Blaue zu treffen, in den Kochschwaden besagter Gerüchteküche herum, weil ihr selbstverständlich, konkrete-, hieb- und stichfeste, beweisbare Namen, zu den zugetragenen Entgleisungen ihres werten Herrn Gatten, schlichtweg fehlten. Ihre endgültige- ihre letzte verzweifelte Versionsnummer von schwerwiegenden, anklagenden Vorhaltungen, jene, die *alles* umfassen sollten, was niemals gelingt, die endeten doch tatsächlich mit einer wirklich absurden Unterstellung. Barbara sagte, er, Wolfram, habe ein Verhältnis mit Jess, weil die sich komplett von ihr abgewandt und zurückgezogen- ja sogar die langjährige, einst so unerschütterliche, verlässliche Freundschaft, vor beinahe vier Jahren gecancelt habe.

Kaum fand dieser lächerliche Vorwurf- diese unbegründete, irrwitzige Vorhaltung den Weg aus ihrem grell geschminkten Mund, bemerkte sie auch schon: jetzt war sie zu weit gegangen; jetzt hatte sie sich zu weit vorgewagt.

Und nun... nun war schnellstens eine nachhaltige- eine glaubwürdige Schadensbegrenzung angesagt; schnell ein Tuch darüber decken, als Geste, als Signal der schnellen Beendigung dieser ergebnislosen Diskussion. Was war dazu besser geeignet, als literweise, bemitleidenswert vergossener Krokodils Tränen. Normalerweise, eigentlich ein probates Mittel. Zu Barbaras Überraschung, bewirkten sie jedoch das genaue Gegenteil dessen, was sie eigentlich damit bezwecken wollte; nämlich: die Beendigung ihres Ausfluges auf unsagbar dünnes Eis.

Er hatte sie mit allem Tamtam und Chi Chi- mit einem legendären Hochzeitsfest geheiratet und wenige Monate später, schon aufgehört, sie innig und voller Leidenschaft zu küssen. Das sprach Bände, war eine vielversprechende Vision für das was kommen musste. So, würde die restliche Zukunft aussehen - kusslos, und bald darauf vielleicht, nein, sogar... lieblos.

Einiges an Halt, versprach ein Bündel Banknoten, nach dem ihre Finger tasteten während sie Wolfram nahschaute, wie er am Abend, wortlos durch die Haustüre verschwand.

Quo vadis domine, fragten ihre Augen schmerzvoll ins Leere blickend. Und die schwere Tür fiel hinter seinem Rücken ins Schloss; er fuhr zu seiner Geliebten um ein Kind zu zeugen von dem er - im Augenblick des wortlosen Abschieds - noch nichts ahnte.

Barbara drehte das Bündel Geldscheine, traurig und gedankenverloren hin und her, ohne sich bewusst zu sein, dass sie es überhaupt in den Händen hielt. Eigentlich, dachte sie, könnte sie Jess mal wieder anrufen und griff zum Telefonhörer.

Luzi und der blaue Luftballon

Darüber haben wir nicht nachgedacht.
Falle zu, Affe tot. Die Hochzeitsfeier war längst Geschichte, aber verheiratet waren und blieben sie nun, so sagte damals der katholische Pfarrer, während der Übergabe seiner Freiheit, an die unmittelbar bevorstehende Familie: bis dass der Tod sie schied.
Darüber hatten sie nicht nachgedacht; keiner von ihnen. Von so einer langen, zerlaufenen Laufzeit, war wohl Anfangs niemand ausgegangen. Wer dachte schon bei der feierlichen Trauungszeremonie an das hintere Ende?

Gut, gut...! In seiner Vita stand zu lesen: verheiratet, zwei Söhne, Haus, Hund, Katze, Zweitwagen und Ehefrau. (Man werfe einen Blick auf die Reihenfolge) Das sieht gut aus; das macht was her in der herumgereichten Vita. Hier steht ein Mann, auf den ist Verlass, liebe Damen und Herren der bürgerlichen Gesellschaft. Greifen sie zu, nominieren sie ihn für die höchsten Ämter des Landes. Er wird sie nie enttäuschen, weil: er hat immer Zeit für seine, ihm gestellten Aufgaben, jawohl. Zeit hat er deshalb, weil er - nicht wie sie vielleicht denken - sich diese Zeit nimmt, nein... er lässt sich nur zu gerne von der ihm gestellten Aufgabe einnehmen, denn in Wirklichkeit läuft er von zu Hause weg, weil er die Idylle der heilen Welt nicht mehr erträgt. Sie und sie, nicht minder, nehmen ihm den Atem. Feste, unabänderliche Regeln geben Sicherheit, jawohl. Liebe als Bürokratie verstanden und praktiziert, oder war das doch umgekehrt...? Liebe ein simples Tauschgeschäft: Versorgung gegen Versorgung. Alles legitim; egal wie man es auch drehen mochte.

Mönchsbraunes Twinset in Kombination mit einer nordseesandfarbenen Gabardine-Hose, ohne Schlag selbstverständlich. Solche modischen Finessen erlaubte man sich nicht. Einen Aufschlag am unteren, schwingenden Ende, knapp über der Sohle des bequemen- jenseits von aller Erotik befreiten Straßenschuhs...? Nein! Viel zu provokant. Ihr Anblick, nach nunmehr sechsundzwanzig Jahren Ehe-Koma, versetzte jeden sensibilisierten ADHS-Patienten in einen augenblicklichen Tiefschlaf.

Und die andere Seite...? Die ruhmreiche Seite, was sagte die zum Leben im Allgemeinen?

Wir sind das Etablissement, dozierte Karl-Ferdinand schwergewichtig. Ich habe der Gesellschaft gegenüber Verpflichtungen die ich dir gegenüber, offen gestanden, nicht habe, liebe Luzi. Ich liefere und du verwaltest verantwortungsvoll einen vorbildlichen, makellosen Haushalt, der jederzeit von unverhofftem Besuch betreten werden kann. Und freundlich sind wir zu unverhofftem Besuch, weil unsere Mägen gefüllt- und die Wäsche die wir am Leibe tragen, sauber und ordentlich in Erscheinung tritt.

Aufrechterhalten von Regeln und Ordnung; kein Zerfall der kleinen Zelle, keine Scheidung... Unmöglich! *Ihre* dynastischen Gedanken - unter Miteinbeziehung des zu erwartenden schwiegerelterlichen Erbes - bewährten sich vorzüglich als eine Art Kitt, um das familiäre Klischee am Leben zu erhalten und Unpässliches runterzuschlucken. Es geht tatsächlich, auch wenn es uns im ersten Moment einen kalten Schauer über den gebeugten Rücken treibt.

Und wenn sie nicht zu leben angefangen haben, dann sterben sie noch heute. Amen.

Damit wäre diese Kurzgeschichte wahrhaft schnell erzählt. Nichts Neues im Staate Dänemark...? Alles nur die Wiederholung der Wiederholung der endlosen wiederholten Wiederholung?
Stimmt!
Aber... das Schicksal verschont keinen der unsrigen. Nur wer – es ist kaum vorstellbar - ungestreift von A nach Z-, vom Tage der Zeugung bis zur Asche, durch ein seichtes Leben wabern darf, der hätte auch gleich an Ort und Stelle, in den unendlichen Tiefen der göttlichen Ursuppe verbleiben können, weil jener- oder jene, nichts hinterlassen werden woran man sich erinnern könnte. Toter als tot räumen sie ihren Platz frei, für alles was dann kommt; was dann, *nach* ihnen kommt, wenn diese leeren Hüllen, unsichtbar geworden, in dieser Hemisphäre nicht mehr vorhanden sind. Sie sind *über*-storben, die Bedeutungslosen, weil sie zu Lebzeiten schon nicht lebten.

Besser, als sich immer heimlich irgendwelche Antidepressiva aufs Geratewohl einzuverleiben, entschloss sich Luzi, zu einem ausgedehnten Strandspaziergang mit ihrem treuen, in die Jahre gekommenen, temperamentlosen, übergewichtigen, braven Golden Redriver, der auf den Namen Schiller hörte; oder auch nicht, je nachdem...
Außerhalb der schützenden vier Wände ihrer bezahlten, recht ansehnlichen Doppelhaushälfte am Rande der Stadt, dort, wo die bessere Mittelschicht hauste, bediente diese harmlose, langhaarige Krea-

tur die stützende Funktion eines stabilen Rückrades, für Luzi -, so langsam hatte sich ihr Selbstbewusstsein in bröseliges Wohlgefallen aufgelöst – wenn sie völlig grund- und sinnlos, nur um sich selbst etwas Gutes zu tun, unproduktive Zeit an der frischen Luft vertrödelte, ohne dafür eine glaubwürdige, beruhigende Rechtfertigung zur Hand zu haben. Ihr schlechtes Gewissen, latent immer aufdringlich anwesend, saß momentan auf Brusthöhe, im Bereich ihres Solar-Plexus.

Hätte es diesen wundervollen Alibi-Hund nicht gegeben, Luzi fühlte sich, bis heute, bei jedem einzelnen Spaziergang permanent elend, schlecht und vollkommen nutzlos. Zuerst hatte sie dieses dumpfe Gefühl – das war lange bevor der Hund ins Haus kam - im Bereich der Schilddrüse entdeckt, später dann, seitlich an den Schläfen vorbei, hinter den Ohren bis weiter zum Nacken. Und vorne, im ungeschminkten Gesicht, bis hin zur Nasenwurzel, wo sich schon die erste tiefe Falte anzukündigen begann. Luzis Überlegungen, was sie am Abend auf die Frage: *Was hast du denn den ganzen Tag gemacht?* antworten sollte, bescherten ihr oft heftige Migräneanfälle, die sich kaum noch vertreiben ließen.

Karl-Ferdinands plötzlicher Sinneswandel, ein mittelgroßer Hund gehöre zum Gesamtbild einer anständigen, gesellschaftlich etablierten, deutschen Familie mit bester Reputation, rettete Luzi letztendlich das graue Gewissen und befreite sie von der sinnlosen Suche nach quälenden Rechtfertigungen.

Und um Schiller, der öfter mit Langeweile zu kämpfen hatte, die er ungehemmt an Schuhen ausließ Zerstreuung zu bieten die keine Hundesteuer kosten würde, holte man damals, vor neun Jahren, eine ordinäre Hauskatze aus dem städtischen Tierheim. Danach herrschte Ruhe. Schiller war mit genauen Beobachtungen beschäftigt und die Schuhe waren wieder in Sicherheit. Kricket war ein grau-weißer Kater der sich, mit fortschreitendem Alter, als höchst übellaunig entpuppte. Man konnte sich ihm kaum noch nähern, ohne dass sein Blick die Schärfe einer Solinger Klinge annahm.

Heute, nach so vielen Jahren mehr- oder weniger harmonischen- meist wortlosem Zusammenlebens, begegneten sich Hund und Katz mit völliger Gleichgültigkeit, ja fast schon mit Ignoranz. Man saß nicht an einem Tisch um die Mahlzeiten einzunehmen; also was sollte die ganze Aufregung, solange jeder seine eigene Schüssel bekam und satt wurde. Man könnte glauben, dass selbst die vierbeinigen Familienmitglieder sich an die Gepflogenheiten ihrer Herrschaften anpassten. Weit hergeholt aber durchaus begründet, bliebe zu munkeln, dass sogar Gesichtsausdrücke, nach und nach, eine beachtliche Ähnlichkeit aufwiesen, wenn man ganz genau dahinter sah. Jeder lebt in seinem eigenen Orbit; in seinem eigenen Glücksgefühl, sich Morgen für Morgen für Morgen, noch ein bisschen lebendig vorzufinden.

In Luzis bescheidenem Stimmungsvorrat wollte keine rechte Scheibe abbrechen, um die wundervolle Natur, um sie herum, mit entsprechender Dankbarkeit zu würdigen. Ihre müden Füße schienen Gaia kaum zu berühren; keinen Stein unter der Sohle zu spüren und kein Tempo machen zu wollen, so als liefe sie, mutterseelenalleine, über elysische Felder.

Sie fühlte sich in letzter Zeit so ausgehöhlt, so leer und unerfüllt, jenseits aller noch so kleinen Lebensfreude. Fragen begannen sich in ihrem Kopf zu formen und sich, unerwünscht, ins Hier und Jetzt zu drängen. Fragen nach dem Leben, nach dem Sinn; ob überhaupt und je einer da war. Wie eine ineinander verschlungene Kette tanzen Buchstaben vor ihr her und wollen sie necken. Unkalkulierbar, schön, traurig, verrückt, tragisch, empathisch, egoistisch, frei, erfolgreich und erfolglos liest sie daraus ab, nur um einige zu nennen. Ablesen ließ sich daraus nichts; nicht eine Botschaft, keine Anweisung, nichts.

Schiller, ein ganz Treuer, kehrt immer wieder besorgt an ihren Fuß zurück; er will sie trösten. Vergeblich, denn sie achtet nicht auf ihn.

Um nicht zu stolpern macht Luzi eine Rast auf der bereitstehenden Bank den Blick ganz leer aufs Wasser. Grau ist es. Grau und kühl und tief von hier oben. Schiller geht ein Stückchen weiter, überlegt es sich dann und kehrt zurück. Gesellschaft leisten kann ja nicht schaden, wenn man nicht weiß, warum so viel Trauer in der Luft liegt.

Ihre Gedanken wussten nicht mit wem sie reden sollen, bis ein schmerzvoller Schluchzer plötzlich, ganz unerwartet, ihre Kehle verließ und laut hörbar „Oh Gott", stöhnte.

Da war er, der geduldige Zuhörer, in all seiner Herrlichkeit und Liebe. Luzi konnte seine Präsenz ganz deutlich spüren. Nichts hätte sie davon abbringen können zu ihrer Gewissheit zu stehen. Durch Gebete hindurchwinseln wollte sie sich nicht, nein. Es sollten diesmal eigene Überlegungen und Wahrheiten auf den Tisch gelangen. Luzi wollte alles loswerden was sie tief quälte oder anzweifelte. Sein Ohr, wusste sie, war so groß, dass es den ganzen Himmel umspannte unter dem sie, so verloren, saß. Luzi war nun, wie sie sich voller Euphorie zugestand, in guter- in absolut bester Gesellschaft. Nun legte sie eine innere stille Beichte ab, in diesem göttlichen Moment „*Seiner*" sicheren Anwesenheit. Sie wollte die Zeit unbedingt nutzen; Zeit nur für sie.

„Gott", sagte sie, „Gott... ich glaube ich habe mich verloren, Grundgütiger. Aber ganz sicher habe ich mich gehörig verrechnet in der Statik meines eigenen Fundaments, meiner Lebensarchitektur; dieser bürgerlichen Fassade, die alle um mich herum, bewundernd oder beneidend, sehen können. Und Fehler kann ich finden auf meinem Konto, Gott. Jede Menge Fehler. Den Mund hielt ich verschlossen und klagen wollte ich nicht; hab` alles hingenommen. Alles. Und so war ich, glaube ich, doch irgendwie unaufrichtig, nicht wahr? Erhoben, habe ich mich gefühlt, und beschenkt bei der feierlichen Übergabe an meinen fürsorglichen Ehemann, der diesen wohlgefälligen, angesehenen Status über mich stülpte. Geliebt...? Nun ja, ich weiß nicht recht was Liebe ist, Gott. Du hast sie in so vielen Facetten kreiert, dass ich nicht recht weiß... Sie unterscheidet sich so sehr von Mensch zu Mensch, von Herz zu Herz. Sie ist so launisch und oft abwesend. Und nein, ich glaube wir schätzen einander nur, nicht lieben. Liebe in ihrer reinsten Form empfinden wir beide für unsere Kinder; das verbindet, lieber, geliebter Herr im Himmel, das verbindet uns für immer und ewig. Geblieben ist aber Einsamkeit. Ich fühle mich oft unsichtbar; nicht wahrgenommen, weiß du. Seit Tagen habe ich das Gefühl an einer Klippe zu balancieren und hinab, in eine diffuse Dunkelheit zu blicken. Fragen nach dem Sinn des Lebens nehmen mir den Schwung am Morgen. Und was nun? Was kann man da machen, Gott? Was soll ich bloß tun? Ich habe Angst."

Luzi wollte schon aufstehen um weiterzugehen, als sie glaubte eine Stimme in sich selbst zu hören. Still blieb sie dort und hörte zu was sie zu sagen hatte.

„Eigene Defizite heiraten", sagte die fremde, innere Stimme, „um sich zu finden... keine Chance! Diese Aufwertung ist nicht von Bestand, sie ist nur eine äußerliche, temporäre Makulatur; ja sie bringt auf Dauer sogar Unglück. Schuld daran ist die entstehende Aura von Enge beim anvisierten, einkassierten Gegenüber, dessen Herz allzu sehr im Focus stand, steht und stehen soll. So wird aus einer Koalition, im Laufe der Jahre, eine Kollision. Es geht nicht. Es geht eine Weile vielleicht unter Betäubung des zu bewältigenden Alltags, der dich einnimmt, aber spätestens wenn die Kinder das Haus erst verlassen haben, zeigen sich marode Stellen, die sich ausbreiten wie sporiger Pilz."

Das waren klare Worte aus ihrer gesprächigen Seele, genährt von „Seinen" Botschaften. Und wenn dem so war, warum nicht weiterlauschen, dachte Luzi.

„Wenn die Nabenschnur durchtrennt ist beginnt die Sehnsucht", konnte Luzi wen sagen hören. Und sie wusste in diesem Moment, dass sie, vor genau dieser Wahrheit mutlos die Augen verschloss. Sie wusste in diesem Moment, *was* genau sie wollte; was sie unbedingt wollte:

Einen Augenblick Liebe.

Einen einzigen, langen Moment lang Liebe, wollte sie. Es müsste nicht von Dauer sein, aber lange genug um sie zu verstehen und zu wissen wie sie sich anfühlte, diese Liebe. Im geschlossenen System der katholischen Religion aufgewachsen, war dieser Wunsch ein Absurdum, ein Skandal. Die Interpretationen waren vernichtend, weil sie mit dem Gedanken des Betruges verbunden schienen. Betrug und Untreue; vielleicht sogar der völlige, vollzogene Ehebruch in der dazugehörigen Körperlichkeit.

Die Worte des Pfarrers bei ihrer Trauung sollten nicht vergessen werden. Die Worte des Pfarrers bei der Trauung waren eine klare und unzweideutige Anweisung die nicht debattiert werden konnte: „Bis der Tod dich rausreißt aus deinem Versprechen", schrie die Stimme des Pfarrers in ihr.

Nie Liebe aber plötzliche Verantwortung, meldete sich ein schwarz befrackter Clown aus der hinteren Ecke ihrer tiefsten Seele. Die Stimme des Opportunismus, hämisch lachend und längst tot geglaubt von ihr selbst. Da war sie plötzlich und verulkte sie.

„Na du Dummkopf", rief sie spöttisch, die Stimme des schwarz befrackten Clowns. „Hast du dich bei all diesem Gutmesch Getue-, bei deinen vorbildlich mängelfreien Leistungen als Mutter, Hausfrau und Ehefrau aus den Augen verloren? Hast du...? Hast du dich zwischen deinen unzähligen Putzeimern, Staublappen und Einkaufstüten verlaufen? Ja? Hast du? Hast du dich unterwegs hübsch vergessen, verlegt und verirrt, ja? Hast du...? Innen und außen, ja? Du siehst auch so aus, so unscheinbar, so übersehbar ha, ha, ha...! Und... ha, ha, ha...: man sieht es dir an, dass du noch nie etwas vom *Begehren* gehört hast. Man sieht es dir an, liebe, fade, gehorsame, dumme Luzi. *Erfüllung...,* kannst du nicht einmal richtig schreiben, ha! Mit keinem Finger kannst du auf jemanden deuten, um Schuld zuzuweisen, Luzi; außer auf dich selbst, dich ganz alleine, Luzi ha, ha, ha."

Ein Schrei... Ein gellender, lauter Schrei in dem alle Trauer und Resignation zu hören war, verschaffte sich den Weg aus Luzis Mund nach draußen. Dann war alles ganz still um sie herum. Keine gekräuselte Welle auf dem spiegelnden Wasser des Meeres, kein Lufthauch, kein Vogelgezwitscher, nichts; nur Stille.

Als Luzi wieder zu sich kam bemerkte sie, wie ihre Hand den Kopf von Schiller streichelte. Offensichtlich hatte er seinen Schädel, die ganze Zeit, auf ihren Knien abgelegt. Mit einem leisen Grunzen gab er ihr zu verstehen, dass es ihm gut ginge und er, mit seinem Hundeleben, sehr zufrieden sei. Sein Blick sagte Luzi, dass er ihren Kummer verstünde. Er sei bei ihr, wollt er sagen. Luzi lächelte auf ihn herab. Sie stand auf um nach Hause zu gehen.

Kraftvoll und entschlossen, das Leben eines Metronoms beenden zu wollen, Staffagen nun - Stück für Stück - abzubauen und einzureißen, setzte Luzi, einen Fuß vor den anderen. „Ich habe die Wahl zu wählen", sagte sie zu Schiller, der die Berührung mit ihren Beinen suchte. Bei Fuß gehen wollte er, um aufzupassen, dass jeder Schritt in die richtige Richtung ging. „Unternehmen", sprach Luzi weiter. „Man sollte lieber unternehmen statt unterlassen, nicht wahr Schiller?" Mit einer weiteren sanften Berührung ihrer Beine stimmte Schiller zu. Was Luzi nun sagte, hörte er nur noch mit einem halben Ohr, denn seine Nase verriet ihm, dass nicht weit vor ihnen, eine Hundedame im richtigen Alter, offensichtlich den gleichen Weg benutzte.

„Wenn man alles aufschreibt was man besitzt, Schiller, sagte Luzi zur offenen See - eine Hand tätschelnd auf Schillers Kopf, „dann hat man am Ende das Ergebnis einer vergänglichen, irdischen Inventur, nicht wahr? Schriebe man stattdessen auf was man *erlebt*, im Laufe so eines – naja, vielleicht etwas aufregenderem Lebens als dem unsrigen, hätte man am Ende womöglich die Essenz eines Ichs, stimmt's Schiller? So ist es doch. Das sagen auch die klugen Philosophen. Und was habe ich, Schiller? Mhm... was? Nicht viel... Schiller, mein guter Hund; nicht viel, sage ich dir. Würde *ich* alles aufschreiben, wäre das Ergebnis vergleichbar mit einer Schallplatte, die an einer bestimmten Stelle, so um die Mitte herum, hängen geblieben ist, und von niemandem, auch von Gott nicht befreit wird, um endlich weiterlaufen zu können. Ein mageres Skript, sage ich dir, Schiller."

Ein langer, trauriger Seufzer entwich Luzis Lungen. Schiller hörte ihr nicht mehr zu. Er war sich ganz sicher: Gleich traf er auf die pure Versuchung.

Als die beiden, in Frieden und stillem Verständnis, um die Kurve bogen, dort, wo der Laubwald sich wieder zurückzog und den Blick aufs Meer vollständig freigab, sah sie – nicht mehr weit von ihr entfernt – einen blauen Luftballon in der nachmittäglichen Sonne schweben. Zuerst dachte Luzi natürlich an ein Kind, aber sie sah keine erwachsenen Menschen; weit und breit nicht. Was sie sah, war ein erwachsener Mann auf einer Bank – ähnlich der Bank auf der sie eben gesessen hatte – der gedankenverloren auf die offene See blickte und dabei, fast schon mechanisch, die Schnur eines blauen Luftballons in beiden Händen hielt. Vornübergebeugt, die Ellbogen auf den Knien, den Blick hinaus auf die See gerichtet, spielte er mit dem Ende dieser Schnur. Luzi stutzte. Aus irgendeinem fremden Impuls heraus war sie sich, plötzlich, ganz sicher, dass dieser Mann dort auf der Bank, der in Gedanken versunken, verloren dasaß, großen Kummer hatte. Merkwürdig wärmend rührte diese Szene, die sich ihren Augen bot, ihr Herz an. Wann hatte sie das letzte Mal jemandem geholfen, überlegte sie. Wie aufrichtig hörte sie zu, wenn die Freundinnen sich über Banalitäten bei ihr ausschütteten? Welchen Satz hatte ihr Mann als letztes, heute Morgen beim Abschied, zu ihr gesagt? Nichts woran man sich erinnern musste; nur abgestandene Routine ohne Emotionen, erinnerte sich Luzi.

Als hätte sie eine unsichtbare Kraft an Marionettenschnüre festgebunden, zog etwas geheimnisvolles, Luzi, mit unerklärlicher Magie, auf diese Bank mit dem Fremden zu. Sie setzte sich ungefragt neben diesen Mann mit dem blauen Luftballon. Beim zweiten- dem genaueren Blick, beim näheren Hinsehen konnte sie lesen, was auf der filigran, blauen Fläche des sanft wankenden Luftballons geschrieben stand: „Leb` wohl", stand dort. Leb` wohl. Mit einem dicken Filzstift in unbeholfenen Buchstaben, stand die Lösung, vor ihren Augen, am Himmel.

Schiller, der die Weimaraner Hündin schon lange vorher ausgemacht hatte, saß schon neben ihr und bewunderte schweigend ihre Schönheit. Auch Luzi schwieg weiterhin. Kein Hallo, kein guten Tag, kein

Gruß, nichts. Sie sagte keine Silbe der Höflichkeit; sie schwieg betroffen von ihrer eigenen Erkenntnis.

Wie lange sie so dasaßen, würde Luzi heute nicht mehr sagen können. Die Dämmerung brach schon herein, als der Mann neben ihr, ganz plötzlich, den Luftballon losließ. Er sah ihm nach bis er ihn nicht mehr ausmachen konnte. Luzi spürte wie ihr die Tränen übers Gesicht rollten. Ohne zu wissen warum, war sie bis tief ins Herz gerührt.

„Danke, dass Sie mir Gesellschaft geleistet haben", sagte der Fremde unerwartet. Luzi erschrak vom Ton seiner Stimme, so sehr hatte sie die Stille genossen. „Ich habe gehofft dass Sie kommen würden", sprach der Fremde weiter. Luzi verstand nicht. Um sie nicht im Unklaren zu lassen, erzählte der Mann, in kurzen Worten umrissen, seine Geschichte. Luzi erfuhr von der unheilbaren Krankheit seiner Frau. Dass der Schöpfer wohl gegen ihn entschieden hatte und er, sie, gehen lassen musste, was ihm bis heute nicht gelungen sei. Immer wieder, erzählte er, habe er diese Worte auf einen blauen, dem Himmel gleichen Luftballon geschrieben; immer und immer wieder sei er zu dieser Stelle hier gekommen, aber nie sei es ihm gelungen den Luftballon loszulassen. Der Fremde verriet Luzi, ohne sich für sein Bekenntnis zu schämen, dass er mit seinem Schöpfer im Dialog gewesen sei, kurz bevor sie zu ihm gekommen wäre, um sich auf dieser Bank niederzulassen. Sie hätten vorher schon ausgemacht, sagte er: Wenn Luzi, oder eine andere Person, ganz egal wer, ihn, auch nur mit einem Wort ansprechen würde, dann dürfte er seinen geliebten blauen Luftballon wieder mit nach Hause nehmen. Sagte sie aber keine Silbe, müsse er ihn loslassen und dem Himmel übergeben.

„Nun... wie Sie selbst wissen, sagte er lächelnd zu Luzi und blickte ihr zum ersten Mal in die Augen, haben sie keinen Ton gesagt. Wir haben zusammen geschwiegen; das war wundervoll. Wie heißen Sie eigentlich? Luzi bemerkte überhaupt nicht dass sie angesprochen war. Jedes Wort von ihm gelangte an eine Stelle, von der sie bislang nicht wusste, dass sie existiert. Hin- und hergerissen zwischen Dankbarkeit und einem unerklärlichen Schauer saß sie da und blickte ihn, mit leicht geöffnetem Mund, ein wenig dümmlich an. Als würde sie aus einer Starre erwachen sagte sie zu dem fremden Mann:

„Sie haben mir sehr geholfen. Vielen Dank."

Spätestens nach einem gemeinsamen Abend steht Luzi der schroffen, kategorischen Ablehnung ihres Mannes gegenüber, welche er dickfellig zu ignorieren versteht. Auf ihren zaghaften Versuch hin, ihren Gemahl um einen kleinen Ausflug - eine Art letzte Chance für ihre Ehe zu bitten, erntet sie nur ein geknurrtes *„Mhm..."*, von dem sie keinerlei nähere Auskunft ableiten konnte.

Fünfzehn Monate später wurde die – wie der sonst so gleichgültig gewordene Gatte fand - skandalöse Scheidung rechtskräftig. Aus Luzi-fair war – in seinen kleinlichen Augen – Luzifer geworden. Er verstand die Welt nicht mehr, so gut wie es ihr bei ihm ergangen war.

Und Luzi... Luzi konnte plötzlich fliegen.

In Hamburg sagt man Tschüss

„So etwas Dummes; so etwas Unüberlegtes, nein, wie konnte sie nur... Damit hat sie das Ende doch selbst heraufbeschworen. Ich meine: es zu tun, oder es zu tun und sich dabei erwischen zu lassen, das sind doch zwei Pärchen Schuhe, findet du nicht?"
Maxi sieht das blanke Entsetzen in den Augen ihrer Freundin Emma. Die Damen, eigentlich sind es fünf an der Zahl, haben sich heute, zwecks Austauschs der neuesten Katastrophen und Skandale im engsten Freundeskreise, hier, bei Champagner und Häppchen verabredet. Eine Art Krisensitzung mit Vetos, welche grundsätzlich ins Leere liefen, wie jeder wusste. Im Grunde interessierte das eigentliche- das tatsächlich vorhandene Problem kein Schwein; alleine die Tat-sache, sich in schmutzigem, vielversprechendem Sensationsschleim ausgiebig zu wälzen, mobilisierte die noch so faulste Teilnehmerin der kleinen, erlese-nen Runde, immer und zu jeder Zeit. Ein Festmahl der Sinne, wenn man so will.

„Boah Mädels... entschuldigt bitte, hechelt Laura völlig außer Atem und knallt ihre Tasche auf den Fußboden im Café Wichtig. „Habt ihr schon angefan-gen", fragt sie nervös. „Habe ich etwas verpasst? Also die Parkplätze hier, das ist wirklich eine Zumutung; wo steht ihr denn, ich habe eure Autos überhaupt nicht gesehen. Oder habt ihr Neue und ich weiß am Ende nichts davon, was? Das wäre ja..."

„Nun setz dich doch erst einmal hin und mache hier nicht alles wuschig. Du wirst noch früh genug erfahren was passiert ist, mault Emma genervt. In letzter Zeit war sie, immer wieder, in Überlegungen vertieft, sich aus dem illustren Kreise ihrer angeblichen Freundinnen zurückzuziehen. Immer häufiger kam es vor, dass der alte Eid: *Alles was am Tisch besprochen wird, bleibt auch am Tisch,* gebrochen wurde. Außerdem war einst vereinbart und als ungeschriebenes Gesetz festgelegt worden, dass keine aus dem Club der fünf Damen, über eine andere in diesem Kreise herzieht oder, in deren Abwesenheit, böse, intrigante Dinge über die Abwesende erzählt. Und wenn doch… wenn es *beweisbar* herauskäme, würde die jeweilige Verursacherin, eiskalt und ohne eine zweite Chance, kurzerhand ausgeschlossen werden. Musste – aus welchem Grunde auch immer, eine Person ersetzt werden, dann war das nur einstimmig möglich, so die Regel.

„Was ´n los mit dir, Emma. Was bist du denn so giftig", überreagierte Laura in ihrer typisch beleidigten neureichen, schnepfigen Art. Laura war von allen Frauen die skrupelloseste. Während sie sich elegant hin drapierte, gab sie sich allergrößte Mühe ihre linke Hand, möglichst oft, vor den Augen der beiden Freundinnen hin und herzuschwenken. Mit Erfolg…

„Oh… was haben wir denn da", fragte Maxi sofort aufmerksam geworden. „Hast du deinen Alten schon wieder bei seiner persönlichen Stiftung Warentest auf dem volatilen Fleischmarkt erwischt?"

„Jaaa…", quietsche Laura vergnügt wie ein Kind. „Ist das nicht toll, Kinder? Er lernt es wohl nie außer Hause zu vögeln, ohne dass Mutti ihn dabei erwischt. Herrlich! Wie dumm er doch ist… wirklich eine Schande; man müsste sich fast schämen wenn man könnte. Aber seht mal her…" Laura hielt ihre üppig beringte, manikürte Hand unter die neugierigen Nasen ihrer Freundinnen. Bewundernde, spöttische Blicke - begleitet von fassungslosem Kopfschütteln, trafen sich auf Lauras Hand.

„Wer war es denn diesmal", fragt Maxi gelangweilt. Wenn doch nur ihr Oscar, das faule Stück, sich *einmal* ein wenig Anregung außerhalb gönnen würde, damit ein wenig frischer Wind durchs abgestandene Schlafzimmer wehen würde, oder wenigstens ein bisschen Stimmung aufkäme, weil man endlich einen vernünftigen Ansatzpunkt zum Streiten gefunden hätte; aber nein...: er saß, wie immer, wie angenagelt an seinem heiligen Schreibtisch und erfüllte ordnungsgemäß seine Pflichten als begnadeter, humorloser Rechtsanwalt. Seine einzige ausschweifende Tätigkeit lief darauf hinaus, dass er, hin und wieder, wenn der Gärtner mal wieder den sterbenden Schwan spielte, übertrieben schwitzend und schnaufend dem Rasenmäher hinterher lief, um sich wie ein Held zu fühlen.

„Keine Ahnung", sagte Laura euphorisch. „Diese große Anzahl von bedeutungslosen Gespielinnen, die behält doch kein Mensch im Gedächtnis. Er vermute ich, auch nicht. Wen interessiert das schon, Mädels. Seht mal, es ist doch so: Einen lupenreinen Vierkaräter zu besitzen", sagt sie nüchtern und ohne den Hauch einer Emotion, „mit einer Farbe der Kategorie "H" ist, als besäße man eine zweite Seele, nicht wahr? Insofern, Mädels, kann er von mir aus eine Kuh besteigen; Hauptsache es kommt für mich dabei etwas Vernünftiges rum. Nächstes Frühjahr kommt der neue Porsche auf den Markt, und..."

„Du bist ein richtiger Teufel", stöhnt Emma entsetzt. „Wie kann man nur so abgebrüht sein? Und ohne einen Funken Schamgefühl in den rappeldürren Knochen; ich verstehe das nicht. Wirklich nicht. Wo bin ich hier bloß hingeraten? Sodom und Gomorra am Medusen gefüllten Ostseestrand."

„Er liebt mich, Emma. Er liebt mich eben schlicht. Auf seine Weise, verstehst du das denn nicht? Oh..." quietscht sie dazwischen: „Das reimt sich sogar. Und ich, liebste, prüde Emmama... ich *lieeebe* es so wie es ist. Alles klar? Ach übrigens", wirft Laura - wieder etwas zur Ruhe gekommen, ihren Auftritt sichtlich genießend, in die Runde: „Annika kann leider nicht kommen. Ich soll sie bei euch entschuldigen, bat sie mich gestern Abend am Telefon. Sie hat schon wieder die beiden fetten Kinder ihrer Tochter am Halse. Sie tut mir leid, die arme Seele. Was sie ihrer Tochter aber auch alles durchgehen lässt..."
Der Kellner erschien am Tisch und erkundigte sich, wie viele Gläser er heute bringen sollte. Man ließ ihn wissen, dass es, bedauerlicher Weise, nur drei Stück wären, dass er aber, trotz der fehlenden beiden Clubmitgliedern, durchaus eine Magnum-Flasche aufmachen dürfe, im Anbetracht der Hitze heute. Und die Häppchen... die dürften gerne für Fünf – wie sonst üblich – ausgelegt sein; man habe eine gute Unterlage nötig, in Anbetracht der üppigen Füllmenge besagter, sehr beliebter Magnum Flasche.
Die drei Damen genossen gemeinsam die Hinteransicht des jungen Kellners, bevor Laura wieder zu drängeln anfing. Maxi genießt diese Aufmerksamkeit in vollen Zügen. Sie liebt es im Mittelpunkt zu stehen, wenn sie die einzige ist, die eine hübsch schmutzige Neuigkeit im Petto hat. Bevor sie zu reden anfängt, wartet sie bis Laura kurz vorm Platzen ist.

„Herrgott nochmal, jetzt mache es doch nicht so spannend, Maxi. Du weißt wie ich das hasse. Wir sind doch hier nicht im Kindergarten, nicht wahr, Emma? Sag` du doch auch einmal was."

Emma zuckt nur mit den gebräunten, nackten Schultern die aus ihrer spottbilligen Carmen-Bluse, die sie sich gestern für weniger als zwanzig Euro geleistet hat, herausragen. Wenn die geschätzten Freundinnen wüssten, dass hinten kein Etikett eines berühmten Designers eingenäht ist, würden sie ihre gepuderten Näschen rümpfen.

„Hetz mich nicht", sagte Maxi sadistisch. Im Geiste fehle es ihr an Applaus dafür, dass sie die einzige am Tisch ist, die überhaupt etwas Berichtens wertes beizutragen hatte. Für ihren Auftritt hatte sie sich heute ganz besonders große Mühe gegeben. Wenn sie schon die Tortur aufgefrischter permanent-Augenbauen und nagelneuer Nägel auf sich genommen hatte, wollte sie, bitteschön, auch entsprechend gewürdigt werden. Mindestens ein Augenpaar fehlte zum Ruhm, das war schon schlimm genug.

Laura, die zweifelsohne ein richtiges Miststück ist, hatte vor vielen Jahren schon, ihrem Ehemann den ultimativen Gnadenstoß versetzt. Wenn sie heute noch davon erzählte, was sie hin- und wieder mit Genuss tat, konnte man die diabolischen Züge wahrnehmen, die ihr zu Eigen sind. Emma fand, wenn sie sie bei ihren Erzählungen beobachtete, dass aus ihr eine brillante Gefängniswärterin geworden wäre.

Die teuflische Laura hatte die körperlichen Ansprüche ihres Gatten satt bis obenhin. Jeden Abend diese Turnübungen, sagte sie klagend, das könne auf Dauer so nicht bleiben. Die Umsetzung seiner Bedürfnisse, gerieten nach der Geburt der beiden Kinder, etwas ins Hintertreffen, was ja an sich ein völlig normaler Zustand ist, wie sie damals fand. Aber der gute Ehegatte war, hinsichtlich seiner Bedürfnisse, recht uneinsichtig, was vor allem im Hochsommer sehr lästig war. Etwas beleibter geworden, geriet er schnell aus der Kondition und schwitzte wie ein Schwein, was Laura wiederum *ü-ber-haupt* nicht schätzte. Und eines Abends dann, sagte Laura in ihrer Ablehnung einen Satz, der von da an, die Architektur ihrer Ehe völlig neu erfand. Sie gab dem Drängen ihres Gemahls mit den Worten nach...: „Na gut. Wenn es unbedingt sein muss, dann komm halt zu Mutti; aber mach` bitte schnell."

Rums! Diese Worte waren dazu in der Lage, jeden noch so dicken Baum zu fällen. Diese Vorstellung wurde daraufhin abgeblasen, weil alles, was mehr als zehn Zentimeter von des Gatten Leib abstand, sich von da an beleidigt zurückgezogen hatte. Ein erneuter Versuch scheiterte jedes Mal daran, dass der arme Mann, vor seinem geistigen Auge, das Bild seiner Mutter erblickte. Mehr muss man dazu nicht sagen. Die unbeliebten Turnübungen waren von da an Geschichte. Laura war glücklich und zufrieden, der Gatte hingegen, anfangs derart durch den Wind, dass er - damals als das neue Heimatmuseum eingeweiht wurde, zu dessen größten Sponsoren er zählte, eine Rede hielt, über die man sich noch heute köstlich amüsierte. Etwas verwirrt und mit schmerzend angeschwollenen Samensträngen sagte er statt: „Historischer Schatz", den vernichtenden Versprecher: „Historischer Scheiß", woraufhin zunächst betroffenes Schweigen im Raume herrschte. Als dann einer der Zuhörer laut fragte: „Was hat der gerade gesagt...?" war das Gelächter nicht mehr aufzuhalten. Der Gatte war zum Gespött geworden und legte einen Tag später sein Amt als Vorsitzender des Heimat-Vereins nieder. Die so gewonnene Zeit war nun vakant. Mit der Zeit wusste er sie zu füllen, der Gute. Seine zahlreichen Ehrenämter dienten ohnehin nur dazu, sich selbst nicht begegnen zu müssen. Er ließ sich auf die Avancen seiner Sekretärin ein, die ihn, schon seit Monaten, devot anbetete. Kaum war er in sie gefallen, war er auf den Geschmack gekommen aus fremden Tellern zu naschen. Sein Hunger wuchs mit jeder neuen Verkostung. Ein neues Hobby- eine große Leidenschaft war fortan, unheilbar geboren. Alle Betroffenen, Beteiligten, Gestreiften und Vernachlässigten, waren glücklich und zufrieden. Obwohl...: das Trauma, welches ihm Laura verpasst hatte - die Bilder in seinem Kopf, der Mutter beizuwohnen, die hielten sich hartnäckig bis zum heutigen Tage. Damen, welche es nicht schafften seine Visionen zu bereinigen, wurden nach der ersten fleischlichen Begegnung entsorgt; notfalls sogar mit einer angemessenen Abfindung in Form eines kleinen Schmuckstückes. So ging es. Für alle. So ging es...

„So langsam platzt mir der Geduldsfaden, ihr Lieben. Würdest du endlich berichten, Maxi, was so Wichtiges geschehen ist, dass wir uns außerhalb des gewohnten Turnus treffen sollten. Nicht, dass ich euch nicht gerne um mich haben würde, aber...", so endete Lauras angefangener Satz, weil sie eines der ansehnlichen Häppchen in den weit geöffneten Mund schob, noch bevor der, ebenso ansehnliche, Kellner das Tablett in die Mitte des Tisches abstellte. Bezüglich Voyeurismus stand Laura ihrem lüsternen Gatten in nichts nach, denn kaum wandte der Kellner dem Tisch die Rückseite zu, gierte sie ihm schmatzend hinterher, ohne sich ihrer Gafferei auch nur die Spur zu schämen.

„Es geht um Regina, wie ihr euch denken könnt. Sie steckt in einer verdammten Klemme, und zwar ziemlich unangenehm", fiel Maxi mit der Tür ins Haus. Vier Augen waren wie Laserpistolen auf sie gerichtet. Jetzt abzubrechen, aufzustehen und unvollendeter Dinge einfach wegzugehen, käme einer gesellschaftlichen Hinrichtung gleich. Butter bei die Fisch, hieß die Devise. Wer gackert muss auch ein Ei legen oder zwei.

„Wieso ruft sie eigentlich immer dich an, liebste Maxi. Warum nicht einmal jemanden von uns anderen? Sind wir nicht gut genug, oder warum", fragte Laura eschauffiert über den Tisch.

„Oh Laura", stöhnt Emma und rollt gefährlich mit den Augen. „Halt die Klappe!"

„Also es ist so", versucht Maxi unbeeindruckt fortzufahren: „Vincent hat in Lauras Sachen einen Brief von einem Verehrer gefunden..."

„Einen Brieeef", spottete Laura. „Wie romantisch, einen Brief, nein wirklich. Wo gibt es denn so etwas noch. Den muss ich kennenlernen, diesen Goldschatz. Womöglich hat er sogar Fantasie und Empathie; all die vom Aussterben bedrohten Superlative, ach Gottchen, ach Gottchen. Ist das nicht..."

„Bist du jetzt fertig, du alte Giftspritze", faucht Emma wie eine Cobra über den Tisch. „Lass Maxi doch bitte mal ausreden. Was ist denn los mit dir heute. Soll ich eine Fußballmannschaft engagieren, damit sie dir den Verstand gerade vögelt, oder was?"

„Also Kinder, ehrlich. Reißt euch mal ein bisschen am Riemen, ja. Wir sind doch hier nicht bei den Hottentotten. Ich habe nicht ewig Zeit und wäre ganz froh, wenn wir weniger als einen ganzen Nachmittag verprassen würden. Also Ruhe jetzt. Ich will jetzt sagen was ich zu sagen habe."

Für eine halbe Minute gewann Einsicht die Überhand. Mehr war unter diesen Voraussetzungen auch nicht zu erwarten. Welch ein Erfolg. Maxi nutzte die Chance und fuhr fort. Kaum drehten sich die ersten Worte aus ihrem Mund, hob Emma, so wie in der Grundschule, den Arm und fragte dazwischen:

„T'schuldige Maxi, dass ich kurz dazwischen gehen muss. Aber hat Regina uns die Erlaubnis erteilt über sie - während ihrer Abwesenheit, zu philosophieren? Du kennst unsere Regeln."

„Viel schlimmer, Emma. Viel schlimmer. Aber gut, dass du jetzt dieses Thema anschneidest. Und viel schlimmer heißt: Regina möchte, dass wir ihr ein Alibi geben und behaupten, der pikante Brief sei von einem von uns; als kleiner Scherz sozusagen, um ihren eingetrockneten Gemahl aufzuwecken – ihn den Bits und Bytes zu entreißen. Versteht ihr?"

Synchron schnappen Laura und Emma nach Luft. So ähnlich hatte Maxi die Reaktionen erwartet, als sie noch schnell anfügte, dass das auf keinen Fall in Frage kommen würde; bei aller Liebe nicht.

Nomen est Omen. Vincent hieß, aus dem lateinischen übersetzt: Vincere, was so viel wie *siegen* bedeutet. Der siegreiche Vincent. Er hatte unerlaubter Weise in

Reginas Handtasche geschnüffelt, der Drecksack. So ging das natürlich auch nicht. Diese unerhörte Aktion war vergleichbar damit, als würde man, heimlich, in andere Leute Handy herumstöbern. Man tut es nicht, es gehört sich nicht, es ist gegen alle Spielregeln einer jeglichen Beziehung, egal welcher. Amen! Entweder man kam von alleine darauf, dass der Partner aushäusig war, oder man war eben der- oder die Betrogene, Beschissene, Gehörnte. Siegreich hin oder her. Münder sind zum Reden da.

Vincent, ein waschechter Nerd der neuen Neuzeit war damals, Ende der Achtziger Jahre, als diese viereckigen, schnaufenden Helferlein bezahlbar wurden, mit einem Kopfsprung in die Welt der Nullen und Einsen hineingesprungen und seitdem nicht mehr aufgetaucht. Seine eigene Hochzeit-, die Zeugung seiner Kinder den Hausbau und die Urlaube erlebte er in einer gewissen apathischen Trance, die er schweigend über sich ergehen ließ, ohne seine Umwelt- geschweige denn seine Familie, wahrhaftig mitzuerleben. Seine Augen waren in einem blassen Display-Grau, irgendwie immer unergründlich. Seine Hautfarbe hatte sich dem Gehäuse seines Computers angepasst, weil es ihm deutlich an frischer Luft mangelte. Bei vierzig Grad im Schatten hauchte ihm ein Ventilator neue Lebensgeister ein. Nächtlicher Schlaf kam einem Kurzzeit-Entzug gleich. Nach der Geburt des zweiten Sohnes hatte Vincent vergessen wozu der Schöpfer ihn, mit geschlechtlichen Merkmalen, gesegnet hatte, die einzig dem Manne vorbehalten blieben. Einzig die Funktionen des Wasserlassens blieben in seiner Erinnerung haften. Selbst diese Pausen schätzte er nicht sonderlich. Neben seinem häuslichen Büro, in dem er als PC-Doktor und Software-Schreiberling erhebliche Summen verdiente, war ein großer Raum als Werkstatt eingerichtet. „Betreten verboten" stand auf einem gelben, billigen Baustellenschild, außen auf der Tür zu diesem – für die restlichen, unerwünschten Familienmitglieder ausgewiesenen Sperrgebiet. Dieser Hinweis galt für alle – ausnahmslos; auch für den Hund.

Zwischen Gehäuse-Skeletten und Bildschirmen in verschiedenen Größen befand sich Vincents persönliches Paradies, dass er nur – wenn überhaupt – zur notwendigen Nahrungsaufnahme- zum Toilettengang und zum Schlafen verließ. In Urlaub fuhr Regina schon lange ganz alleine; seit die Söhne aus dem Hause waren. Wen wundert `s, fragen sich alle, dass dann etwas aus dem Tritt gerät, bei so viel familiärer Anteilnahme. Regina bezeichnet ihren Mann als Haustier mit linguistischen Kenntnissen. Amüsant war ihr pflegeleichter Gatte schon lange nicht mehr, gestand sie sich ein, wenn sie mal wieder alleine im großen- top gepflegten, einsamen Garten saß und über ihr Leben nachdachte, was in den letzten beiden Jahren sehr häufig vorkam.

Und so geschah es dann, dass sie auf einer Kurzreise nach Berlin, abends an der Hotelbar, in fremde, rehbraune Augen hinabstürzte, die ihr signalisierten, dass *er* sie gesehen- wahrgenommen und registriert hatte. Reginas freier Wille wurde von einem wohligen Schauer außer Gefecht gesetzt. Sie gab sich hin und wollte sich nicht mehr wiederhaben; alles verschenken was an Gefühlen in ihr, im Laufe der Jahre verfault, verkommen und verrottet, zurückgeblieben war. Aus der beständig braven, biederen, verlässli-

chen *Nur-Ehefrau-nur-Hausfrau* wurde, innerhalb
von Minuten, eine hingebungsvolle, sinnliche Venus.
Regina lernte fliegen.
Erst nach der sechsten Städte-Tour innerhalb eines
Jahres, hob Vincent den Kopf und sah zur Tür, durch
die seine Frau gerade geschlüpft war. Tschüss hatte
sie gesagt und war gegangen. Irgendwie dämmerte
ihm, dass sie das schon fünf Mal in diesem Jahr getan
hatte. Er lehnte sich auf seinem Gesundheits-Büro-
Stuhl zurück und kratzte sein schütteres Haar. Fast
schien es als würde er sich daran erinnern können,
dass diese Person, die eben zu ihm *Tschüss* gesagt
hatte, seine Frau ist, die er schon lange nicht mehr
betrachtet- nicht mehr wahrgenommen hatte. Weiter
gingen seine Überlegungen - hinsichtlich dem Stand
der Dinge nicht; genug der ausschweifenden Grübe-
leien. Vor ihm galt es eine knifflige Aufgabe zu lösen.
Ein Kundenauftrag, ein ganz brisanter. Wichtig.

Zwei Tage später kehrte Regina von ihrem Ausritt
wieder nach Hause zurück. Vincent stand gerade am
Kühlschrank und trank aus der Tetra-Milchtüte um
keine unnötige Zeit zu verschwenden. Regina hasste
diese Angewohnheiten ihres Mannes. Allerdings ver-
sendete sie diesmal keine mahnenden Blicke, sondern wurde knallrot im Gesicht. Vor Vincents Mund
schwebte die Tetra-Packung; er sah sie eindringlich
an. Mitten ins Gesicht- in die Augen, auf den Mund.
Lange. Sein Blick ruhte auf ihr, länger als je zuvor.
Regina fühlte sich, als stünde sie nackt, mitten auf
einer riesigen, hauchdünnen Eisfläche und unter ihr
knisterte es bedrohlich. Sie wagte kaum zu atmen, so
überwältigt war sie von diesem plötzlichen Augen-

kontakt; dieser üppigen, ungewohnten, auffälligen Aufmerksamkeit. Ein verkrüppeltes: *Moin Moin,* zwängte sich aus ihrem Mund. Sie stellte ihre Handtasche auf den Küchentisch und verschwand im Gäste-Klo um wieder zu Sinnen zu kommen. Den Atem im Rhythmus eines energischen Stakkatos, völlig aus dem Takt geraten, setzte sie sich auf den Deckel und fror eine Weile sinnierend vor sich hin. Eine Vorahnung vielleicht, sie wusste es nicht. Eine Spur zu lange war sie weg geblieben. Eine Spur zu lange. Vincent verstand die offene Tasche als Einladung zuzugreifen. Skrupel hatte er nicht, kannte er nicht. Skrupel gehörten in die verschwommene Welt der Emotionen, also nicht seine Welt.

Jener Brief, der aus dem Seitenfach der aufgeklappten Tasche herausragte, war ihm, als Relikt aus alten Zeiten sofort aufgefallen. Briefe kannte er nur noch vom Hörensagen. Seine Frau kümmerte sich um so banale Alltäglichkeiten wie die Bearbeitung der - in Recycling-Papier kuvertierten Schriftstücke, wenn sie schon nicht den digitalen Weg auf seine Festplatte fanden. Vincent gehörte zu den begnadeten Menschen, die ein Dokument nur oberflächlich sehen müssen, und deren Inhalt und Bedeutung, sofort, auf der Stelle, vollumfänglich begreifen. Dieses Mal jedoch, brauchte er einen zweiten Anlauf, weil er glaubte einer Sinnestäuschung aufgesessen zu sein. Er drehte das Stück Papier sogar kurz um, weil er glaubte, auf der Rückseite die- oder eine Lösung zu finden. Musterbrief oder Scherzartikel sollte dort geschrieben stehen; aber die Rückseite war leer und weiß wie eine Kinderseele. Das war ein Schock für Vincent, einem elektrischen Schlag gleichkommend.

Das war ein echter Wachmacher, den er da in den Händen hielt. Vincent las... langsam:

Schöne, fremde Hamburgerin,
kaum hast Du das Hotelzimmer verlassen, streift die
tiefe Sehnsucht meine Lenden. Wie der Morgentau so
frisch und unverbraucht ist Deine süße Lust.
Ich kann es kaum erwarten, bis ich Dir wieder mein
Begehren schenken darf. Die Liebe wächst und ge-
deiht, schöne Hamburgerin. Ich kann es ahnen und
spüren. Lass mich nicht so lange auf Dich warten.

In Liebe,
Udo

Tor! Der war drin, dachte Vincent erwacht. Was war hier seinem Alltag- seinem gemütlichen, bedenkenlosen, bequemen, selbstverständlichen Alltag entglitten, ohne dass er etwas bemerkt hatte? War Derartiges – falls es denn stimmte was dort geschrieben stand, nicht albern, absurd und kindisch? Waren das tatsächlich Worte, die ein erwachsener, vernunftbegabter Mann, um sich und seine Empfindungen verständlich zu machen, benutzen würde? War *Liebe* nicht eine romantische Erfindung der Menschheit, aus der Welt der Belletristik, die eigentlich nur mit dem notwendigen Austausch von evolutionsbedingten Körperflüssigkeiten verwechselt wurde? War Liebe nicht gleichgestellt mit existenzbedingter, zwingend notwendiger Fortpflanzung? Hierzu war am allerbesten jener Gegenpart geeignet, welcher eine gewisse Sympathie erweckte, das leuchtete Vincent auch ein; aber Liebe...? Liebe war für ihn ein

Wort dem viel zu viel Bedeutung angedichtet wurde. Wenn es jene diffuse Liebe überhaupt gab, dann nur in der einen reinen Form, wie Eltern ihre Kinder liebten. Alles andere war profanes Begehren und Geilheit, mehr nicht. Lieben konnte man ein gelungenes Bild- ein Auto oder ein raffiniertes Software-Programm; aber einen Menschen...? Schwierig. Sehr schwierig grübelte Vincent. Nach, überstandener-meist euphorischer Anfangsphase galoppierte die, enorm geschätzte, bequeme Gewohnheit ins alltägliche Leben, auf die Vincent nichts kommen ließ, weil sie ausschließlich Vorteile in sich barg, wie er glaubte. Alles Unveränderliche birgt Sicherheit in sich. Dieses erprobte Stadium eines ehelichen Phlegma sah er nun gefährdet und von außerhalb bedroht. Über Trennung oder Scheidung brauchte er nicht nachzudenken, denn dann bliebe er – nahrungstechnisch betrachtet - unversorgt zurück. Dieses schwergewichtige Argument stand an der Spitze aller Überlegungen. Genau diesen speziellen- sachlich vernünftigen Gedanken hatte Regina auch, als sie – noch immer jämmerlich frierend, auf dem Klodeckel saß. Auf dem Rückweg von Berlin saß sie nachdenklich im Zug und spielte die ein- oder andere mögliche Situation durch. Egal wie lodernd das Feuer der Lust in ihr brannte, sie kam immer und immer wieder auf den gleichen Nenner: Sie hatte alles! Sie hatte alles was sie für ein komfortables, abgesichertes, gutbürgerliches, anständiges Leben brauchte. Sogar einen toleranten Mann dem es egal war was seine Frau in ihrer freien Zeit so trieb, wenn sie nur wieder zurückkam, um eine köstliche Mahlzeit zuzubereiten und den Haushalt zu versorgen. Hier lag das Glück begraben, in dieser unverzichtbaren Verlässlichkeit und Kontinuität. Dinge, die blieben wie sie allen Beteiligten effizient dienlich waren bedeuteten, in diesem gewissen Sinne, eine unerschütterliche und in höchstem Maße beruhigende, wertvolle Lebensqualität, fand Regina. Sie hatte wirklich und wahrhaftig alles was sie brauchte; außer Liebe, dieser abstrakten, ungreifbaren, launischen Unbekannten. Nur ein winziger Schritt aus ihrer Gewohnheits-Ehe würde bedeuten, dass sie völlig unversorgt- frei von jeglichem Status nahezu vermögenslos wäre, weil sie, vor der Eheschließung - naiv und verliebt damals - einen knallharten, beinahe schon sittenwidrigen Gütertrennungs-Ehevertrag unterschrieben hatte, auf den der Herr Schwiegervater vehement bestanden hatte. Ordnung im familiären Besitztum sollte herrschen, wenn der Sohn schon eine bettelarme, dahergelaufene Frau ins hochwürdige Haus schleppte.

Vincent war zwar ein unbeweglicher, ausgemachter, einspuriger und verblödeter Fachidiot, aber keineswegs auf den blassgrauen, desinteressierten Akademiker-Kopf gefallen. Nach einer kurzen Erholungsphase, wegen des unverzeihlichen Vergehens seiner Angetrauten, sah er in dieser peinlichen Angelegenheit eine positive Seite: nämlich die Chance seinen eigenen Marktwert bei seiner Frau – unverhofft und längst überfällig, wie er fand, zu überprüfen. Als Regina erneut die große Wohnküche betrat und ihren Mann immer noch in diesem Raum vorfand, wusste sie, dass es gleich Dreizehn schlagen würde. Ihr weiblicher Instinkt war - all die Jahre lethargischen Ehelebens, trotzdem noch gut in Schuss. Ein Blick auf ihre Handtasche bestätigte ihre Befürchtung dass sie diesmal tatsächlich aufgeflogen war. Sie fühlte wie in ihr die Tränen hochtrieben, ohne dass sie etwas dagegen tun konnte, was dies verhindert hätte. Aber Regina wäre keine Frau, wenn ihr nicht in letzter Sekunde die rettende Lösung eingefallen wäre, also ergriff sie die Offensive und sagte:

„Das war die Revanche für damals, Vincent. Damals, am Anfang unserer Ehe, als du mich mit einer Kollegin betrogen hattest. Revanche für damals und heute, Vincent. Ich kann nicht sagen dass es mir Leid tut dich zu erschrecken, aber ich musste dir mal einen Denkzettel verpassen, weil du mich *ü-ber-haupt* nicht mehr wahrnimmst, Vincent. Ich bin hier nur noch so eine Art Room-Service mit erweitertem Aufgabenbereich für dich, nicht wahr Vincent? Hauptsache das Essen steht pünktlich auf dem Tisch und du bist frei für dein isoliertes Insel-Leben hier im Haus. Seit die Kinder aus dem Hause sind, bin ich quasi ein Single mit einem Haushaltsjob.

„Willst du damit sagen, dass dieser blödsinnige, schmalzige Zettel nicht echt ist?"

„So ist es. Diese heftige Idee ist von Emma, meiner zweitbesten Freundin, wie du weißt."

„So so."

„Glaubst du mir etwa nicht? Dann rufe sie doch an. Hier!" Regina hielt ihrem Gatten das Handy provozierend dicht vor die Nase. So dicht, dass er einen halben Schritt zurück machte. Sie konnte diesen spontanen Punkt ihrem Konto gutschreiben; sie hatte den siegreichen Vincent besiegt. Vorerst.

„Egal", sagte Vincent sichtlich rot geworden. Das war, musste Regina sich eingestehen, ausgesprochen ungewöhnlich für sie, eine äußerlich sichtbare Emotion bei ihrem Mann festzustellen. So hatte sie ihn noch nie gesehen. Jedenfalls nicht in den letzten zwanzig Jahren. Ihre Sicherheit verwandelte sich in ein flaues Loch im Magen. Was waren das für Geister, die sie hier heraufbeschwor?

„Es ist natürlich sehr bedauerlich, wenn es dir... *egal* ist, Vincent. Ich habe gehofft deinen Zorn zu entfachen, weil du vielleicht so etwas wie Eifersucht verspüren würdest. Eifersucht setzt für mich noch einen kümmerlichen Rest Liebe voraus, verstehst du? Verstehst du mich, was ich damit sagen will?"
Vincent drehte sich wortlos um, und ließ Regina stehen. Sie hatte seinen Plan - *seinen* Marktwert bei *ihr* zu überprüfen, ins glatte Gegenteil umgedreht. Diese Antwort, welche in dieser verschleierten Frage enthalten war, die konnte er ihr nicht geben, also verzog er sich in sein Refugium zu seinen einzigen Freunden: den Bits und Bytes, den Nullen und Einsen.

„Trotzdem verstehe ich nicht wirklich, warum Regina heute nicht *selbst* anwesend ist, Maxi. Was hindert sie daran hier zu sein? Wenn ich es recht verstanden habe, dann sind die beiden – Vincent und sie, doch jetzt pari, nicht wahr? Wo ist das Problem? Alles ist doch gut. Ausgeglichen."

„Nein! Ist es eben nicht, Laura. Vincent ist seit drei Tagen dabei auszuziehen. Regina ist völlig gelähmt von dieser Überraschung. Sie weiß nicht einmal, wo genau, er hinwill."

„Das ist in der Tat eine Überraschung, mischt sich Emma ein. So viel Flexibilität und Spontanität, so viel Mut und Entschlossenheit hätte ich dem verdorrten,

weltfremden Computer-Freak wirklich nicht zugetraut. Donnerwetter!"

„Nicht zugetraut…? Wie kommst du denn darauf",
eschauffiert sich Maxi mit hochgezogen schriller
Tussi-Stimme. „Denke doch nur mal an damals, ganz
am Anfang, als die beiden frisch verheiratet waren,
als er diese kurze, fiese Affäre mit einer Kollegin
hatte. Regina hatte ihn erwischt, wenn du dich bitte
mal erinnerst. Sie hatte in sein Handy gesehen und
diverse Nachrichten gefunden. Analsex und solche
Sauereien hatte der Gute mit dieser Dame praktiziert. Wuäh… Da wird mir heute noch schlecht. Und
Vincent…? Was macht der…? Vincent hat damals
kurzerhand die SIM-Karte aus dem Gerät genommen
und untergeschluckt und alles abgestritten, ja. Erinnert euch bitte. Dieser Mann hat einen Halbleiter
geschissen; was glaubt ihr wozu der noch fähig ist.
Regina bekommt – wenn überhaupt, ein Minimum an
Unterhalt von ihm, weil er sie immer – ohne dass sie
es je realisiert hätte, als Mitarbeiterin führte, wegen
der Krankenversicherung und so."

„Ach du Scheiße", attestiert Laura den gehörten
Ausführungen ihrer verschworenen Freundin. Das
hatten wirklich alle, außer Maxi, total vergessen.
Damals… das war schon so lange her. Damals… das
war noch damals. Damals, gingen die Ereignisse noch
nicht so tief unter die junge, glatte Haut, wie es heute
der Fall war. Damals, das war Jahre her.

„Weiß Annika schon etwas davon? Wollen wir ihr
anrufen? Sie kommt bestimmt um vor Langeweile
mit ihren beiden dicken Enkelkindern, die den ganzen Tag nichts Besseres zu tun haben, als pausenlos
auf ein buntes Display zu glotzen." Prophylaktisch

kramte Laura schon mal in der Tasche um ihr Smart-Phone heraus- auf den Tisch zu befördern. In ihrer Handtasche hätte ungelogen ein Säugling Platz gefunden, so groß war sie. In den geheimnisvollen Tiefen dieses Ungetüms wurde sie nicht sofort fündig. Angespannt biss sie auf ihre herausguckende Zungenspitze und vollführte dabei das reinste Gesichtsballett. Sie wurde sichtlich von einer Inversion übermannt und bekam ihre typische laurafarbene Röte im Gesicht. Emma sah ihr amüsiert dabei zu und sagte versonnen:

„Wisst ihr was Kinder...: ich hoffe wirklich für Regina, dass sie diese Chance, die sie jetzt noch als ihren Untergang begreift, sinnvoll nutzen wird und bald schon erkennt, dass sie auch alleine laufen kann; auch ohne das ganze Geld und Drumherum und Status und englischem Garten mit perfektem Rasen und wohlgesonnenen Nachbarn und Klischee und Gedöns. Vielleicht kommt sie in einer stillen Stunde mal darauf, dass sie in Zukunft von Vincent nichts mehr zu erwarten hatte, außer vielleicht, die überschätzte wirtschaftliche Sicherheit. Leben wird dieser Mann nicht mehr, so viel ist sicher. Hoffentlich findet sie ihre Augen- die Ohren und ihr Herz wieder, und lernt sich, bei dieser... dieser – wie soll ich sagen, bei dieser Geburt, wie ich finde, selbst einmal richtig kennen. Ich glaube sie ist sich schon lange nicht mehr selbst begegnet. Die kleine Affäre, die sie dort in Berlin angefangen hat, ist für meinen Geschmack nur ein Auslöser für eine neue Zeit die heranbrechen soll. Nichts geschieht ohne Sinn, nicht wahr? Und wenn ihr mich fragt, ihr Lieben, dann würde es Regina überhaupt nichts bringen, wenn ich jetzt zu Vincent gehen würde um ihm zu sagen, dass der kleine Liebesbrief von mir geschrieben wurde. Wenn ihr mich fragt, dann sind die Würfel für diese Ehe gefallen. Sie ist vorbei."

„Oh... Warum so tiefgründig, so ernst und philosophisch", fragt Maxi mit großen Augen und leichter Ironie in der Stimme. „Was ist los mit dir, Emma? Hast du uns etwas zu verheimlichen?"

In diesem Augenblick klingelte Lauras Handy, was der lästigen Sucherei in den Untiefen ihrer Handtasche ein willkommenes Ende bereitete. Annika!

Emma war erleichtert die Antwort schuldig bleiben zu können. Die beinharte Single-Frau hatte sich nämlich ein bisschen verliebt und wollte sich das Absurdum nicht wirklich eingestehen. Sie fühlte sich von ihrem eigenen ICH verraten, weil es solche Kapriolen mit ihr anstellte. Man konnte, fand sie, sich nicht einmal auf sich selbst verlassen. Darüber reden wollte sie auf keinen Fall. Emma war sich sehr sicher, dass diese unerwünschten Gefühle ebenso schnell wieder verschwanden wie sie entstanden waren.

Annika, mittlerweile auch schon seit Jahren eine alleinerziehende, höllenerprobte Großmutter, hatte sich nach der Trennung von ihrem ewig unzufriedenen Gemahl wirklich prächtig entwickelt. Sie hatte aus ihrem Hobby einen einträglichen Beruf entwickelt und verkaufte ihre künstlerischen Kreationen gewinnbringend im Internet. Ihre einzige Tochter folgte bald darauf dem mütterlichen Beispiel und schickte ihren Mann hinterher, in die unendliche Wüste der Singles und Singleinnen. Seitdem herrschte zwischen Mutter und Tochter friedliches Einvernehmen, was vorher, unerklärlicher Weise, nicht der Fall gewesen ist. Streit lag an der Tagesordnung, als hätte dieser Mann zwischen Mutter und Tochter eine unsichtbare Barriere errichtet. Allgemeine Unzufriedenheit wühlt offensichtlich derart beeinträchtigend, untergründig im Beziehungsalltag herum, dass man es irgendwann als Gegeben hinnimmt und sich sogar daran gewöhnt, hatte Annika danach gesagt. Die Freundinnen nickten einstimmig, zu Annikas preisgegebenen Erkenntnissen. Jede von ihnen hatte ihre eigene Geschichte, die einer allgemeinen Analyse unterzogen- und sorgsam, mit Unmengen an Empathie bewertet wurde. Alle Frauen, der kleinen Vereinigung, waren wild entschlossen an vergangenen Ereignissen zu lernen und in den Himmel zu wachsen. Jede erzählte nur so viel von sich selbst, wie sie preiszugeben bereit war. Diese stille Vereinbarung funktionierte bislang, ohne nennenswerte Störung, wirklich gut und lehrreich. Vertrauen untereinander war und blieb die primäre Voraussetzung, wusste jede einzelne von ihnen. Würde man sich *nicht* an die stillen, ausgemachten Regeln halten, geriete die Intrige schnell durch die offene Tür dieses intimen, kleinen Kreises.

Annika, auch eine schonungslos ehrliche Haut sagte, nachdem Laura das Telefon auf laut gestellt hatte:

„Stellt euch das mal vor, Kinder...: Ich bin eben mit meinen beiden Wonneproppen zu diesem neuen Erlebnis-Spielplatz gepilgert, um mal ein paar Minuten meine Ruhe vor diesen Monstern zu haben. Auf dem Weg dorthin muss ich an diesem sanierten Fabrikgebäude vorbei, in dem lauter neue, totschicke Loft-Wohnungen entstanden sind, die kein Mensch bezahlen kann. Vor dem mittleren Gebäude stand ein Möbelwagen der Firma Erlein. Und nun stellt euch mal vor, wer aus der Beifahrer Tür des kleinen LKW's herausgekrochen kam?"

„Vincent", lautete die dreistimmige Antwort, wie aus der Pistole geschossen; als hätte jemand Unsichtbares dirigiert und einen imaginären Taktstock über den Köpfen geschwungen, hörte sich der ausgesprochene Name von Reginas Mann, so perfekt synchron an, dass Annika nicht wissen konnte wer von den drei Frauen letztlich gesprochen hatte.

„Ihr wisst davon?", entschied Annika sich für das Plural in der Anrede. Sie war hörbar überrascht dass keiner überrascht gewesen ist. „Wieso weiß ich es nicht? Wieso sagt mir niemand etwas?"

„Wir sitzen gerade beim *Wichtig* und sprechen darüber. Ganz frisch alles, liebe Annika. Ganz frisch und noch warm. Niemand will dir etwas verheimlichen. Wirklich nicht."

„Alles ist gut", fiel Emma Maxi genervt ins Wort und verdrehte die Augen theatralisch.

Maxi nahm Laura das Telefon aus der Hand und erklärte nun Annika den aktuellen Stand der Dinge. Sie legte ein wenig Dramaturgie oben auf, um die Wichtigkeit ihrer Mission besser in Szene zu setzen. Am Ende war man sich, zu viert, geschlossen einig darüber, dass man Regina *kein* Alibi gegen sollte, weil alles was geschehen war, gut für sie sein würde. Sie wusste es nur noch nicht. Regina würde irgendwann, wenn sich neue Ereignisse über die alten legen würden begreifen, wie gut dass alles ganz am Ende für sie war, was sich da gerade in ihrem Leben ereignete. Sonst – das würde sie sich später eingestehen müssen, hätte sie sich schließlich niemals mit einem anderen Mann eingelassen, wenn die Türe zu ihrer Ehe, nicht einen Spalt breit, offen gestanden hätte. Unter dem endgültigen- dem letzten Strich, den es ausnahmslos immer zu ziehen galt, ganz egal was auch vorfällt in jedem einzelnen Leben, würde ganz gewiss das Beste hervortreten, was ihr je vom Schicksal vorbestimmt war. Regina litt - was jeder gut verstand - im Moment nur, wie jeder andere Betroffene auch, der vor den Scherben seiner Liebe steht, an der allgemeinen Begriffsstutzigkeit die jeden befällt, der in diese malmenden Räder geriet. Darüber würden sie noch viel reden müssen; im Augenblick war es dafür noch zu früh. Das Entsetzen und die Trauer waren noch roh und unverdaut, allgegenwärtig, frisch und vernichtend, denn: mit einer derartig chancenlosen, unnachgiebigen und brutalen Konsequenz seitens Vincents Entscheidung, hatte Regina niemals gerechnet; zumal sie ihren Fehltritt-, ihren Leichtsinn, von dem Vincent im Grunde immer noch nichts wusste, wirklich bitter und aufrichtig bereute. So hatte sie ihren Mann, alle die vergangenen Jahre, überhaupt nicht eingeschätzt. Regina sah in ihm immer nur diese bequeme, genügsame, einsilbige und stille Person mit der man nicht einmal streiten konnte. Solange Vincent von seiner Arbeit umgeben war, bemerkte man kaum seine Anwesenheit im Haus. Annika sagte abschließend in den Hörer, dass sie allerdings eine Sache nicht ganz verstehen könne. Sie ließ Maxi, Emma und Laura wissen, absolut sicher zu sein, dass in dieser Wohnung, in die Vincent da einzog, bereits ein anderer Mann wohnen würde der erst vor Kurzem dort eingezogen sei. Annika sagte es fast beiläufig, ohne zu wissen, was für eine eklatante Beobachtung sie da gemacht hatte. Sie ging davon aus dass Vincent, vorübergehend, bei einem Freund untergekommen ist. Warum denn auch nicht; jeder Mensch hat schließlich Freunde. Was sollte daran so falsch sein?

Kolja Hendixson ist gemeinhin das, was man einen schrägen Vogel nennt. Vor beinahe zwanzig Jahren hat er seinen exorbitant hohen Intelligenzquotienten in die Ecke geschleudert, ließ sein Theologiestudium auf halber Höhe verhungern und machte sich auf in die große, weite Welt. In jungen Jahren ging es ihm teilweise so schlecht, dass er lohnend seinen gelungenen Körper an alte, geile Säcke verkaufen musste, um etwas zu fressen – wie er es nannte, zu haben. So richtig kreuz und quer durch den Kakao gezogen, ließ er alle Ängste vor den Leben, komplett hinter sich und außerhalb. Eines Tages begriff er, dass Spiritualität mit Spiritismus und Esoterik nichts zu tun hatte und begegnete, am laufenden Band wie er sagt, einem wohlgesonnenen Gott, der schützend die Hände über seine unbefangene Zutraulichkeit hielt. Kolja lebte sein selbst erwähltes Außenseitertum als Travestie-Künstler mit so einem umwerfenden und einnehmenden Charme, dass selbst der Papst es ihm gestattet hätte, auf seinem Schoß Platz zunehmen. Wer ihn kannte liebte ihn, gleichgültig welcher, Gesinnung man auch war. In diesem spitzbübischen Erwachsenenmännergesicht tummelten sich alle kindlichen Züge eines guten Menschen. Feinde umschiffte Kolja, mit einer Art Echolot, schon von weitem. Nazis, sagte er, könne man am Geruch erkennen; Pädophilie an den Augen jener befallenen, kranken Kreaturen. In Kolja steckte ein feinsinniger, weitsichtiger Philosoph vereint mit einem emphatischen Psychologen. Kolja liebte den Frieden und die Harmonie und hätte niemals jemandem etwas weggenommen was ihm nicht zustand.

Nun saß er auf dem großen, schwarzen Sofa und sah Vincenz nachdenklich an. Er wollte für seinen langjährigen, heimlichen Freund nur das Beste. Sein Glück lag ihm so nahe am Herzen, dass er all die Jahre von den Krümeln lebte, die Vincents gesellschaftliches Bürgertum dass er lebte, übrig gelassen hatte. Selten traf man sich und meistens am Tage. Außer wenn Vincents Frau einen ihrer zahlreichen Ausflüge unternahm, dann hatten sie eine schöne Zeit miteinander. Die Anonymität des gewaltig großen Hochhauses hatte ihnen all die Jahre Schutz geboten. Seit Kolja hierher nach Bad Schwartau gezogen war, ist die gewünschte Nähe beinahe ins Gegenteil umgeschlagen. Die gewohnte Anonymität war ganz plötzlich futsch; sie fühlten sich beobachtet. Der Umzug stellte sich als Fehler heraus bis...

„Du bist dir auch ganz sicher Vincenz, dass du den allerletzten Schritt machen willst? Du weißt was das bedeutet; überlege es dir gut. Noch kannst du deine Sachen wieder zurückbringen, sie sind noch nicht ausgepackt, mein Lieber. Keiner weiß etwas. Ich möchte, dass du alles bis zum Ende denkst."

Vincent sah Kolja lächelnd an und meinte:

„Ich werde es tun. Regina wird mir eines Tages dafür genauso dankbar sein, wie ich ihr jetzt dankbar dafür bin, dass sie mit diesem Udo aus unserem Vertrauen ausgebrochen ist. Die Zeit dafür war längst überfällig; sie ist noch keine fünfzig Jahre alt und hat noch eine gute Chance auf ein neues Leben. Vermutlich wird sie sogar erleichtert sein, weil sie mich völlig falsch einschätzt; sie glaubt in mir meinen Vater wiederzuerkennen, diesen geizigen, verschlossenen Möchtegernpatriarchen. Ich kann sie sogar verstehen; sie ahnt nichts von meiner Dualität."

„Seht euch bloß *die* an...: Sie liegt hier so breitbeinig im Sand, als läge sie auf einem gynäkologischen Untersuchungs-Stuhl, und jeden Moment, würde sie ein Kind gebären. Ts... ts... ts...!"
Emma stand breitbeinig vor Regina in der Sonne und blinzelte auf sie herab. Ihre langen, blonden Haare, die sie ihrem Alter unangemessen immer offen trug, flatterten in der leichten, kühlenden Ostseebriese um ihren Kopf und verfingen sich, immer wieder, im Eis an dem sie genüsslich herumlutschte.
„Sieht aus, als würde sie jeden Moment niederkommen. Und seht nur wie sie grinst; sie hat auch noch Freude dabei."
Maxi, Laura und Annika setzten sich gleichzeitig auf, um die hin drapierte, tiefenentspannte, debil grinsende Freundin besser betrachten zu können. Emma konnte viel behaupten, sie hatte in letzter Zeit sowieso nur Blödsinn im Kopf. Wie ein frisch verliebter Teenager war sie die meiste Zeit albern und peinlich wie ein übermütiger Kobold.
„Stimmt", schloss sich Laura dieser Beurteilung an. „Andrerseits", sagte sie: „Man könnte auch glauben sie ist auf Empfang."
„Wie meinst du das denn", fragte Annika die ungekrönte Königin der Naivität.

„Wie sieht denn wohl die Missionarsstellung aus, du Dumpfbacke, hä…? Wie? Ist Deine letzte Begegnung so lange her, dass es dir entfallen ist, oder was? Ich dachte du hast einen neuen jungen Lover aufgegabelt; was ist mit ihm?" Laura leckte sich kampflustig die Lippen und wartete auf eine Antwort von Annika. Die wiederum dachte nicht im Traum daran sich zu rechtfertigen. Statt einer Antwort, legte sie sich wieder zurück auf ihr Handtuch und streckte diabolisch lächelnd den Mittelfinger ihrer linken Hand in die Sonne.

„Du mich auch", beffte Laura und grinst kampflustig. Sie hatte Lust ein wenig zu streiten, aber niemand biss an. Sie Sonne machte alle träge und faul. So einen wundervollen Strandtag hatten sie schon lange nicht mehr genossen, es war herrlich.

„Wisst ihr eigentlich", sagte Regina plötzlich, ohne ihre Position zu verändern: „wie hübsch Vincent in Frauenkleidern aussieht? Wenn ich ein Mann wäre, ich könnte mich glatt verlieben. Ach übrigens", plauderte sie ganz beiläufig weiter: „wir sind allesamt auf das Schiff eingeladen, auf dem die beiden Auftreten. Wir brauchen nur unsere Nebenkosten zu bezahlen; die Kabinen gehen aufs Haus… ähm Schiff. Wie findet ihr das?"

„Wir alle?", fragte Laura ungläubig.

„Ihr alle!", bestätigte Regina.

„Irgendwie ist Vincent ein feiner Kerl… ein, ein…"

„Ein feiner Kerl der sich liebend gerne in eine Frau verwandelt", ergänzte Regina und half Emma aus ihrer Formulierungsnot.

Theo kann's nicht lassen

Man sah sie kurz ratlos vor so viel Reue. Eine gesalzene Backpfeife trug zur innerlichen Entspannung bei und erleichterte die bevorstehende Vergebung enorm. Renate holte, wie von Sinnen, aus einem Reflex heraus aus, und schlug mit einer solchen Wucht zu, dass Theo einen Schritt zurücktaumelte. Diesmal war er zu weit gegangen mit seiner Herumhurerei. Diesmal war es ins Geschmacklose abgedriftet.

Damit hatte Theo nicht gerechnet. Seine Frau war für gewöhnlich friedfertig, gutmütig und vor allem... langsam. Sehr langsam, was ihn hier und da schon mal zur Weißglut trieb. Begriffsstutzig sei geschmeichelt, lästerte er im Suff, wenn er wieder einmal gehörig einen über den Durst gebechert hatte. Theo, Meister der Korrelation, hatte in bestimmten Zeiten so viel nebenher am Laufen, dass er schon einmal ernsthaft darüber nachgedacht hat, sich eigens dafür einen elektronischen Terminplaner anzuschaffen. Seine Karriere im Außendienst öffneten ihm Tür und Tor, seine Leidenschaft Sex und die Gier nach immer Neuem, in vollen Zügen und ohne Rücksicht auf Verluste auszuleben. So lange er niemandem dabei Schaden zufügte, rechtfertigte er sich gekonnt vor sich selbst, war doch wirklich alles paletti.

Renate stammte aus einem erzkatholischen Elternhaus; die Mutter Hausfrau und wohltätig unterwegs, der Vater – schon lange Zeit in Rente, war seit der Gründung bei pro-Familia eine wichtige Persönlichkeit. Über Verzeihung und Vergebung wurde nicht nur geredet; es wurde praktiziert bis zum Exzess. So

lernte Renate, von Kindesbeinen an, mit der Vergebung und Lichterketten zu hantieren. Mit fünf weiteren Geschwistern aufgewachsen, war diese probate
Praxis, auch der einzige Weg des geringsten Wider-
standes. Alles andere hätte in die heiligen Hallen des
geschwisterlichen Krieges geführt.
Engel, hatte Theo sie damals liebevoll genannt, als er
sie vor mehr als dreißig Jahren, bei einer christlichen
Veranstaltung in der Marienkirche zu Lübeck ken-
nenlernte. Etwas Dümmeres... pardon... Besseres als
Renate hatte ihm nicht passieren können, freute
Theo sich wie ein Kind. Sie, diese Renate aus gutem
Hause war für ihn, den Hallodri aus einer bescheidenen Unternehmerfamilie, die fleischgewordene Toleranz und eine gute, fickbare Köchin obendrein.
Und dann das...
Ausgerechnet mit der zukünftigen Schwiegermutter
ihrer Tochter Mareike, die in einer knappen Woche
dem Sohn der angesehenen Familie Waffelbacker,
vor dem Altar jener prachtvollen Kirche die weltweit
bekannt ist, das heilige ja-Wort geben wollte, hatte
Theo ein, äußerst geschmackloses, Techtelmechtel
angefangen. Ausgerechnet mit dieser verkünstelten
Frau, an der nichts, aber rein gar nichts echt ist. Eine
neureiche, extrovertierte Kuh, nannte Renate sie,
wenn sie niemand hören konnte. Doch das Glück
ihrer geliebten, einzigen Tochter stand im Vordergrund - hatte allerhöchste Priorität; deshalb schwieg
sie und machte gute Miene zum falschen Spiel.
Theo war nach draußen, in den Garten vor der großen Wohnküche gegangen, um Eine zu rauchen, wie
er sagte. Das tat er oft; Renate dachte sich nichts
dabei. Und diesmal...: ohne ersichtlichen Grund sah

sie aus dem Küchenfenster. Normalerweise ließ sie sich von nichts ablenken, während sie ihre Hausarbeiten erledigte. Doch heute zog sie etwas Unbestimmtes- eine Art Instinkt zum Küchenfenster. Theo stand mit dem Rücken zu ihr und telefonierte konzentriert und debil lächelnd, beinahe schon eine Spur entrückt, mit seinem wohnbehüteten Handy. Renate wäre nie im Leben auf die Idee gekommen zu lauschen, weil sich ihre Empfindungen für ihren Mann, in Bezug auf seine unkontrollierbaren- beinahe tierisch unersättlichen sexuellen Triebe, längst, durch eine gewisse Gleichgültigkeit, erträglich gemacht, abgeschliffen hatte. Sie liebte ihn schon lange nicht mehr, gestand sie Helga, ihrer besten Freundin. Aber wegzugehen würde Gott ihr niemals vergeben, glaubte sie zu wissen. Eine katholische Ehe war und blieb – nach ihren Glaubenssätzen, untrennbar.

Renate hatte die Rechnung ohne ihren gepriesenen Gott gemacht. Jener Gott sorgte, just in diesem Augenblick dafür, dass ein magisches Band Renate nach draußen, zur Terrassentür der Wohnstube zog, die einen Spalt breit offen stand; wie leichtsinnig. Sie hörte dem Gezwitscher ihres Gatten eine Weile zu und erkannte die Person am anderen Ende dieses absurden Gespräches. Karin, dieses falsche Biest.
Wie lange sie so dastand wusste Renate nicht. Theo drehte sich ganz plötzlich um, erstarrte in seiner Bewegung und blieb, wie angenagelt, auf der Stelle stehen. In seinem erschrockenen, entsetzten Blick lagen die Fürsprache der Heiligen Jungfrau und die Fürbitten aller Heiligen, die der Himmel so herzugeben hatte. Reue hüllte ihn ein wie eine eiskalte, un-

verhoffte Dusche aus der Hölle, in der es bekanntlich eher heiß zugeht. Erwischt!

Mit fünf beherzten Schritten war Renate bei ihm und verpasste ihm – nach einem kurzen Augenblick des Zögerns, einen starken rechten Haken, ohne noch länger zu überlegen, ob- oder ob nicht. Nach erfüllter Mission drehte Renate sich auf dem Absatz um, und überließ Theo den Resten seines Gewissens.

Bis zur Trauung von Mareike wurde kein Wort- keine Silbe mehr aus Renates Mund entlassen. Sie hüllte sich in stoisches Schweigen, selbst als Theo versuchte vor ihr auf die Knie zu gehen. Sie übersah ihn einfach und machte einen großen Schritt um ihn herum. Eine kleine Dosis Rache mit seiner Scheckkarte bewerkstelligt, und schon lässt sich, im Keime entstehender Hass, besser ertragen als man es für möglich halten würde. Ein ausgewogener Reaktionsmechanismus. Teuer aber effizient.

Noch etliche andere Seitensprünge neueren Datums, waren in ähnlicher Weise abzuarbeiten. Renate hatte zu tun. Theo ließ sie, mit einem flauen Gefühl im Magen, gewähren. Ein Veto kam ihm nicht in den Sinn, nachdem er den Bogen derart überspannt hatte. Mann und Frau schliefen sogar noch im gleichen Bett, was Renate überhaupt nichts ausmachte. Hätte sie sich ein wenig mehr – in die Tiefe gehend - mit ihrem Leben als solches befasst, wäre ihr vermutlich bald aufgefallen, dass sie mit ihrer Ehe längst durch und am Boden gewesen ist. Alles nur noch Fassade, an der es an allen Ecken und Winkeln, gehörig und unaufhaltsam bröckelte. Man hantierte mit schweren, blickdichten Tüchern, um das Allgegenwärtige

Desaster zu überdecken. Mareike und ihre bevorstehende eigene Familie, sollte vom Scheitern der Familienidylle verschont bleiben. Was, wenn sie erführe, dass ihre Schwiegermutter ein Flittchen ist. Keinem wäre damit geholfen, am allerwenigsten Mareikes Mann Leo.

Am Tage des großen Ereignisses, der Trauung von Mareike und Leo, war es natürlich völlig unmöglich – situationsbedingt – dieser abgebrühten Nebenbuhlerin aus dem Wege zu gehen, weil es, mit größter Wahrscheinlichkeit, anderen Gästen und Familienmitgliedern vermutlich ziemlich schnell aufgefallen wäre, dass hier etwas nicht stimmte im Staate Dänemark. Ob diese Karin wusste, dass sie Theo beim verliebten Telefonat mit ihr ertappt hatte, konnte Renate nur spekulieren; diese eiskalte Person ließ sich jedenfalls nichts anmerken. Überrascht von einer plötzlich brennenden Wut, im inneren ihres unsicher angespannten Körpers, hielt Renate sich an ihrem eigenen, ahnungslosen Schwiegervater schadlos. Er saß direkt neben ihr an der langen, festlich eingedeckten Tafel und ließ sich den kostenlosen Wein schmecken. Bissige Bemerkung über Theos Fremdgeherei, die auf den Schwiegervater wie eine Sprengladung wirkten, bereiteten Renate sichtliches, sadistisches Vergnügen. So kannte sie sich selbst nicht. Was war bloß los mit ihr, fragte sie forschend in sich hinein. Ein wenig Staub aufwirbeln wollte sie; dies hier war die richtige- die perfekte Gelegenheit.
Der Schwiegervater – mittlerweile hatte er die Gesichtsfarbe einer Schachtel Marlboro, hektisch von Rot auf Kalkweiß wechselnd - wurde Zusehens un-

beherrschter. Bis zum Ende der Veranstaltung hielt er es nicht mehr aus; er forderte unfreundlich seinen Sohn auf ihm zu folgen, zwecks Klärung der eben gehörten Behauptungen.

Der Tag des Herren, grinste Renate schadenfroh in sich hinein; was hatte sie noch zu verlieren. Nun würde der aushäusige Gatte wissen wie es sich anfühlt, wenn man glaubte, vor dem tiefsten Riss in der Erde zu stehen, und in die Ungewissheit hinabzublicken, die man jahrelang verleugnet hatte. Renate starrte den beiden Männern hinterher, die den Saal verließen um etwas zu... *klären*. Beim Anblick von Theos plumpen, füllig gewordenen Rücken, verspürte sie plötzlich so etwas wie Ekel. Aus irgendeinem unerklärlichen Grunde vollzog sich in ihrem Inneren eine Wendung- ein Wandel, ein Wechsel, eine Veränderung; diffus noch. Unklar.

Theo war nun ständig zu Hause. Er schlich um Renate herum wie ein geprügelter, devoter Hund, der um ein Häppchen Liebe bettelt. Seine Worte: *„wir sollten mal reden",* verpufften zwischen Frühstücksei und Sauerkraut. Ohne ersichtlichen Grund wollte er sie plötzlich umarmen. Renate wich erschrocken zurück; angewidert von seiner unbeholfenen Art sich selbst anzubiedern wie abgestandenes Bier. Was er überhaupt hier treiben würde, wollte sie beim Abendbrot von ihm wissen. Sie vermutete, dass er seine Arbeit verloren hätte und sagte es ihm auch. Urlaub habe er, behauptete Theo. Stinknormaler Urlaub, wie jeder andere Arbeitnehmer eben auch. Renate verstand sofort: Diese Urlaubstage waren in der Vergangenheit seinen Gespielinnen vorbehalten; sie hatte davon überhaupt nichts mitbekommen, erst jetzt begriff sie die Zusammenhänge aus der kaputten, verlogenen, übertünchten Vergangenheit. Zwei Wochen Hochschwarzwalt im Jahr, und der Fisch waren geputzt. Dafür nahm man so eine elend lange Reise, quer durch die überfüllte Republik auf sich, nur um ein bisschen Höhen- und Waldluft zu schnuppern. Mehr Leid als Freud waren diese langen Autofahrten. Renate konnte keine Tannen mehr sehen. Und dann noch ein paar wenige Tage zwischen den Feiertagen; aber da blieb man zu Hause, wie es sich gehörte für eine katholische, traditionsbewusste Familie. Jesus wollte schließlich ohne Stress und überhöhte Benzinrechnungen gepriesen werden; von unnötigen Übernachtungskosten ganz zu schweigen.

Aus purem Überdruss an seiner Person, weil Theo ihr mit seiner ständigen Anwesenheit auf die Nerven fiel, übernachtete Renate neuerdings, ab und an, bei ihrer langjährigen, vertrauten Freundin Helga, die sich jedes Mal fast überschlug vor lauter Freude. Man betrank sich ausgiebig und voller Übermut; nicht aus Enttäuschung. Das wäre auch zu spät gewesen, jetzt, nach so vielen Jahren Duldung, noch enttäuscht zu sein. Enttäuscht sein hatte sie verpasst, wusste sie. Aus Blindheit übersehen; nicht bemerkt.
Die beiden Frauen genossen die neugewonnene Freiheit, *keine* Rücksicht mehr auf Theo nehmen zu müssen, der, wenn er denn zu Hause war, Wert auf pünktliches Essen legte. Solle er doch zusehen wie er seinen Magen füllte; Renate war es schnuppe und arsch egal, wie sie kichernd sagte. Überhaupt schien es, als habe sie ihren lange vermissten Humor wie-

dergefunden. Das stand ihr ausgesprochen gut; machte sie um Jahre jünger. Einen Ausflug ins flache Marschland, wollten sie am kommenden Wochenende machen, um endlich einmal wieder klare Linien vor Augen zu haben. Renate sagte, dass sie schon so lange nicht mehr da gewesen sei und sich sehnte, nach dem modrigen Geruch der weichen Erde. Helga hatte sofort zugestimmt; ihr war alles lieb und teuer was die Freundin wollte. Schließlich war sie ihretwegen, ohne je eine Beziehung einzugehen, all die langen Jahre alleine geblieben; ohne Resultat, bis jetzt. Sie hatte bis heute, mit respektvoller Verschwiegenheit, Renate über ihre Gefühle zu ihr im Unklaren gelassen, weil sie eine Abweisung viel zu sehr fürchtete. Außerdem hatte sie Angst davor diese Freundschaft zu verlieren. Dieses Risiko war ihr zu groß, deshalb schwieg sie. Sie schwieg und litt.

Am nächsten Abend saß Renate in ihrem Garten und starrte auf die langweilige Gepflegtheit ihrer eigenen Hände Arbeit. Ihr ordnungsstrotzender Garten war ihr ein- und alles. Ihr Trost über viele einsame Stunden des Alleinseins. Wenigstens hier herrschte eine militärische Ordnung, wo alle Blumen in Reih und Glied, freundlich schweigend nebeneinander standen; makellos der getrimmte Rasen, fast schon künstlich wirkend. Ganz plötzlich machte diese Ordnung ihr eine diffuse, nebelartige Angst, mehr so ein Druck, ein Unwohlsein, dessen Quelle sich nicht orten ließ. Sie musste eine Entscheidung treffen, wollte sie weiter lebendig leben. Besteht die Konversation zwischen zwei Menschen nur noch aus Wortkrümeln und knirschendem Schweigen, überlegte sie, dann war es wirklich und wahrhaftig an der Zeit über eine Veränderung nachzudenken. Renate wusste, geboren aus den letzten Resten eines Instinktes heraus, dass ihre Angst vor einer Entscheidung ihren Mut beflügeln würde. Mut ohne Angst, das gab es nicht.

Die Idee, vorübergehend bei Helga zu wohnen, stieß bei der Freundin auf regelrechte Jubelausbrüche. Sie umarmten sich pausenlos und immer wieder aufs Neue. Begegneten sie sich im Flur, in der Diele oder im Wohnzimmer, nahmen sie einander spontan in den Arm und tanzten wie die Kinder, als hätten sie sich jahrelang nicht mehr gesehen.

Nach der Trennung von Theo, der zwischenzeitlich zwei nagelneue Affären in die imaginäre, überfüllte Ablage befördert hatte – es war wohl wieder einmal nicht die Richtige - hatte Renate das Gefühl, als begänne gerade ihr Leben, und alles Vorherige sei nur ein langer, schlechter Traum gewesen. Ein Vorhang öffnete sich, eine Bühne zeigte sich vor ihren müden, etwas traurigen Augen. Ab jetzt wäre sie die Hauptdarstellerin, jawohl. Ab sofort würde sie sich nicht mehr betrinken, jawohl. Ab sofort würde sie lebendig leben, jawohl. Leben mit Helga, ohne die sie sich ihr Dasein nicht mehr vorstellen wollte. Bei ihr hat sie erfahren – nachdem alle schüchterne Scheu von ihr abgefallen war, was Liebe wirklich bedeutet, wie sie sich anfühlt wenn sie aufrichtig ist, wie sie Glück und Frieden schenkt und wie sie schmerzen kann, wenn man eine geliebte Person vermisst, weil sie gerade einmal nicht anwesend sei kann. Bei ihr hat sie gelernt, dass vertrauen sich lohnt wenn man mit der Wahrheit, statt mit Lügen hantiert. Bei ihr hat sie gelernt ihren Körper endlich so zu akzeptieren wie er war, selbst wenn hier und da ein Makel erkennbar durchblitzte. Sie war schön, sagte man ihr; schön bis ins gute, liebende Herz.

Ihre ahnungslose, alte Mutter müsste sie unbedingt mal wieder besuchen, überlegte Renate, mit dem Hauch eines schlechten Gewissens, weil sie sich so lange nicht mehr um sie gekümmert hatte. Sie hätte ganz schön was zu erzählen. In der Zwischenzeit war einiges zusammengekommen. Gestern Abend hatten sie miteinander telefoniert, um einen Termin für den überfälligen Besuch auszumachen. Um die allgemeine Lage im Vorfeld abzuklopfen, hatte Renate schon einmal vorgefühlt und gefragt, was die Mutter von schwulen Männern und lesbischen Frauen so hielt. Ihre lapidare Antwort überraschte Renate, die bislang geglaubt hatte, ihre Mutter sei erzkonservativ und weltfremd. Es seien alles Gottesgeschöpfe, hatte die Mutter geantwortet. Auch die müsse man lieben und tolerieren. Damit war das Thema erledigt, sie hatte andere- wichtigere Probleme, die ihr am Herzen lagen. Wenn Renate recht verstanden hatte, wollte sie sich für die Erweiterung ihrer Kommunikationsmöglichkeiten schulen lassen. Sie brauche dringendst Unternet, behauptete die alte Dame.

Liebe x Zweck = teuer

„Liebe dich…", ruft er lächelnd und wirft noch einen charmanten Handkuss durch die Luft zwischen Küche, Flur und Haustür bevor er sie, hinter sich, ins Schloss zieht. Erschöpft winkt Gerlinde hinterher. Sie war schon seit sechs Uhr auf den Beinen und hat im Keller des großen, zweckmäßig, lieblosen Mehrfamilienhauses mit den bezahlbaren Mietwohnungen, die Wäsche nach unten gebracht-, fünfzig Cent in den Geldautomaten der Waschmaschine geworfen, die Wäsche von gestern abgehängt, zusammengelegt und im roten, großen Wäschekorb nach oben gebracht. Um diese Zeit konnte sie sicher sein, dass noch kein anderer die Maschinen belegte; in einer Stunde sähe das anders aus.

Der altersschwache Lift war schon wieder kaputt; der genervte Monteur der Firma Otis käme wieder erst gegen Acht. Er hatte einen langen Anfahrtsweg, man kannte das schon; man kannte sich. Gerlinde war ihm schon oft begegnet und hat ein bisschen mit ihm geflirtet. Nichts ernstes aber immerhin…: sie traute sich. Verlernt hatte sie es noch nicht, das flirten. Glück habe ich, dachte sie und starrte auf die verschlossene Haustür. Glück, dass wir in der zweiten Etage wohnen und nicht in der letzten, der Siebten. Von ganz oben sah das Treppenhaus bedrohlich aus, so unendlich. Die Tiefe machte ihr ein banges Gefühl in der Magengegend.

In der engen, altmodischen Küche standen das ganze Frühstücksgeschirr und die Lebensmittel noch auf dem Tisch. Er wäre nicht einmal auf die Idee gekommen ihr zur Hand zu gehen, etwas abzuräumen oder in die Spülmaschine zu stellen, geschweige denn sein Bett selbst zu beziehen. Den alten Staubsauger kannte er nur vom Hörensagen. Bevor er zum Einsatz (zwei Mal die Woche) kam – Gerlinde hatte festgeschriebene Rituale und bestimmte Zeiten um den Staub zu saugen – war er immer, vorher, von der Bildfläche verschwunden. Job-Center, Vorstellungsgespräch, dringende Besorgungen oder Arzt; irgendetwas fiel ihm immer ein. Bloß weg hier. Der Lärm war unerträglich für sensible Ohren wie seine.

Gerlinde räumte schnell den Tisch ab und stellte die Lebensmittel in den billigen Kühlschrank. Sie musste sich beeilen, heute war sie spät dran, wegen der Wäsche und dem kaputten Lift. In zwanzig Minuten begann ihre Schicht beim Discounter an der Kasse; sie freute sich auf ihre Kollegen, diese wundervolle Abwechslung wenn andere Gesichter ihr zulächelten. Zehn Minuten musste sie zu Fuß gehen, einmal um den Block und sie war noch nicht einmal gekämmt.

„Nur die Ruhe", flüsterte sie ihrem Gewissen zu und eilte in ihr kleines Schlafzimmer, das früher einmal das Kinderzimmer war. Jacke und Tasche holen, ins winzige Bad eilen, einmal mit dem Kamm durch die dünner werdenden Haare und ab durch die Mitte. Raus hier, aus diesem Gefängnis, dieser Enge, wo das Geld vorne und hinten nicht reichte.

Sechzig würde sie nächste Woche werden, daran wollte sie überhaupt nicht denken. Sechzig, wie schrecklich, nun war sie alt, von einem Tag auf den anderen sechzig. Gerlinde hatte ihm versprochen ihn, zur Feier des Tages, zum Essen einzuladen. Ausgehen wollten sie, richtig ausgehen. Zum Peter, unten an der Trave, dort wo man so schön sitzen kann,

gegenüber der historischen Häuser mit ihren hübschen, stolzen Rotstein-Fassaden. Aus *ihrer* müden
Fassade wollte Gerlinde die hübschen Fassaden gegenüber betrachten, die treue, bescheidene Gerlinde,
die so liebevoll lieben konnte, so voller Hingebung
und Selbstlosigkeit. Er, nahm alles von ihr was er
kriegen konnte und genoss und konsumierte und
liebte irgendwie... zurück, ließ er sie glauben.
Nach der Arbeit, überlegte Gerlinde, wollte sie noch
schnell bei Eva-Maria vorbei, um nachzusehen ob sie
Blumen hatte, die sie wegwerfen müsste, weil sie
unverkäuflich geworden waren. Eva-Maria ist ihre
beste Freundin, die einen winzig kleinen Blumenla-
den betreibt. Lohnend war das Geschäft nicht mehr,
aber es ernährte sie so recht und schlecht. Außerdem, sagte sie immer voller Sehnsucht in der Stimme, könne sie nichts anderes als Blumen verkaufen
und Kränze binden. Sie habe nichts gelernt, damals,
als die ungewollte Schwangerschaft dazwischen gekommen war. Alleine war sie damals dagestanden,
weil der Alfred sich beizeiten aus dem Staub gemacht hatte. Alimente... Fehlanzeige; bis heute hasste sie dieses Arschloch, obwohl es schon über vierzig
Jahre her war.

„Du siehst ziemlich blass und müde aus", sagt
Eva-Maria, ebenfalls müde, zu ihrer alten Freundin
die, vor ihr, vor dieser kleinen Verkaufstheke steht
und müde, blass lächelt.
„Oh, es geht mir aber gut; kann nicht klagen. Es
war ein ganz normaler Tag im Laden, die Kunden alle
nett und geduldig. Aber *du* siehst nicht gut aus, so
blass. Was ist los? Wirst du krank werden?"

„Nein, das nicht. Aber das lange stehen und hin- und herlaufen macht mir, von Tag zu Tag, immer mehr aus. Am Abend spüre ich meine Beine wie brennende Säulen; ich werde alt."

„Wem sagst du das... Unsereiner wird Sechzig nächste Woche, oh Gott. Wenn ich darüber nachdenke wird mir ganz blümerant in der Magengegend. Wenn ich zurückschaue sehe ich nichts was sich zur Betrachtung lohnt. Ist das nicht irgendwie traurig, Eva-Maria? Ist es das nicht?"

Eva-Maria will diese Frage lieber umschiffen, weil sie selbst, einen Moment nur, einen winzigen Blick zurückgewagt hat und Ähnliches *Nichts* sah, wie Gerlinde. Die Wahrheit ist nicht immer gut wenn man sie sieht. Besser ist es manchmal die Augen zu verschließen. Wem nutzt es noch, wenn sich alles in Klarheit vor dich hinstellt und betrachtet werden will. Niemandem nutzt es. Es ist wie es ist.

„Geht ihr wieder essen, ihr Beiden", wagt sich Eva-Maria die vorherige Frage zu ignorieren. Sie kennt das schon: all die Jahre das gleiche Programm. Essen gehen, zu Peter an der Untertrave, und die historischen Häuser bei Matjes nach Hausfrauenart betrachten. Die mag er so gerne, der liebe Udo. Matjes nach Hausfrauenart und danach einen doppelten Kümmel zum frisch gezapften Pils und seine Welt ist in Ordnung, für ein paar Tage. Chinesisch essen gehen würden sie dann eine Woche später. Nur Eva-Maria und Gerlinde, sonst keiner. Gerlinde liebte diese exotische Küche. Kochen durfte sie das nicht, sonst wäre Udo ausgeflippt. Nichts was fremd war mochte er, da war er eigen, der Udo. Hausmannskost mit möglichst viel Fleisch musste auf den Tisch kommen, sonst zog er einen Flunsch, hinunter bis auf den Linoleum-Boden in der Küche, den stumpf gewordenen. Stumpf vom vielen putzen. Gerlinde ist eine saubere Frau, in allen Belangen, in wirklich allen. Sie kommt immer erst am Schluss mit ihren Wünschen: erst der Udo, weiß Eva-Maria, die ab und an gerne etwas dazu gesagt hätte.

„Ja", sagte Gerlinde unbedarft, arglos und irgendwie ein bisschen stolz. „Das leisten wir uns mal wieder. Das muss drin sein, nicht wahr? Und nächste Woche wir Beiden dann... zum Chinesen. Darauf freue ich mich noch mehr; aber sag`s nicht dem Udo, das würde ihn kränken. Eva-Maria lächelt traurig und sagt nichts. „Hast du heute ein paar Blumen für mich, sonst komme ich morgen wieder?", fragt sie, mit ihrer angeborenen Schüchternheit.

„Mehr als du tragen kannst. Mir ist ein Kunde tot umgefallen, stell dir vor. Mitten in der Fußgängerzone muss das passiert sein. Seine Frau war am Telefon und hat es mir erzählt als ich anrief. Musste ich doch, er kam ja nicht vorbei, um die Blumen zu holen. Hatte ja keine Ahnung von der Tragödie; peinlich war das. Aber weiß sind sie, Gerlinde, weiß, verstehst du? Die kann ich keiner Sau verkaufen. Wer kauft schon weiße Rosen, außer für eine Hochzeit. Es ist viel zu heiß zum Heiraten. Du kannst sie alle - bis auf ein paar Stück die ich verarbeiten kann, gerne haben. Ich kann sie nicht mehr sehen. Haben irgendwie ein schlechtes Energiefeld um sich herum."

Mit Eva-Marias Esoterik-Tick konnte Gerlinde nichts anfangen. Sie nickt trotzdem zustimmend über den kleinen Tresen hinweg. Manchmal gehen ihr die Bemerkungen der Freundin auf die Nerven. Trotzdem bleibt sie immer freundlich und spielt Verständnis für diese diffuse Esoterik-Welt vor. Manchmal hat sie ja auch Recht. Also schweigt sie geduldig.

„Ich habe auch davon gehört", bestätigt Gerlinde teilnahmsvoll. Frau Pintarek kannte diesen Mann; die Pintarek, weißt du, die aus der Fünften. Sie tratscht gerne ein bisschen. Von ihr weiß ich es. Man tuschelt, sagt sie, dass der Mann am gebrochenen Herzen - mitten in der Fußgängerzone, urplötzlich umgefallen und verstorben sei, weil seine Frau ihn verlassen wollte, sagt sie. Dann hat er also versucht sie mit weißen Rosen aufzuhalten, was? So wird es gewesen sein, was? Wie dumm; als wenn das ginge, was Eva-Maria? Das geht nicht. Weiße Rosen halten nichts auf, wenn man sich entschieden hat."

„Nein. Das geht nicht", stimmt Eva-Maria zu. Ihr Blick schweift für einen Augenblick aus dem kleinen Schaufenster in die Ferne, von der sie weiß, wo genau diese Ferne ist. Bei der einzigen Liebe die sie je im Leben hatte. Unerfüllt ist sie geblieben. Nur hundertfünfzig Tage war sie glücklich... damals.

„Wollen wir schon einen festen Tag ausmachen für unseren Abend? Für übernächste Woche meine ich, wenn wir zum Chinesen gehen wollen; so wie immer. Ja? Wollen wir?"

„Ich hätte eine viel, viel bessere Idee, liebe Gerlinde. Eine viel bessere Idee. Hör` kurz zu: Wir verlegen diesen Tag auf einen Sonntag. Dann schnappen wir uns frühmorgens den erstbesten Bus nach Travemünde, steigen ein, fahren an die Ostsee und verbringen dort den ganzen, lieben langen Tag, stinkefaul am Strand. Abends gehen wir vorne zu diesem Chinesen und fahren dann mit dem Bus wieder nach

Hause. Wie findest du das? Was hältst du davon? Das wäre doch mal eine tolle Idee, nicht wahr?"

Gerlinde tritt unsicher von einem angeschwollenen Fuß auf den andern – klagen würde sie nie - und weiß nicht was sie machen soll. Schön war diese Idee, sehr schön. Aber Udo... den konnte sie doch nicht einfach so, ohne Essen, im Stich lassen und das Leben genießen. Der arme Kerl hatte doch nichts und niemand außer ihr.

„Das wäre wundervoll, aber..."

„Sag` jetzt aber nicht aber. Sag` jetzt nicht, dass du nicht kannst, weil du den armen Udo nicht im Stich lassen willst, dieses faule Miststück."

„Eva-Maria bitte... Rede nicht so."

„Nichts da, von wegen bitte rede nicht so. Hör` auf, Gerlinde. Ich bin das wirklich, wirklich, wirklich leid dir dabei zuzusehen, wie du dich - weil er dich doch sooo sehr liebt, der kleine Hosenscheißer, dein ganzes Leben lang schon für ihn aufopferst-, ihm den Arsch hinterherträgst, sein Lieblingsessen kochst, Wäsche wäschst, alles bezahlst was er verursacht, sogar sein Handy, und ihm Drei-Sterne-Vollpension mit Room-Service gewährst, und alles nur, weil du seine Mutter bist? Ich fasse es nicht. Es ist wirklich an der Zeit es dir, liebe Freundin, einmal unverblümt ins Gesicht zu sagen. Ich frage mich wirklich und wahrhaftig *was* passieren muss, dass du *end-lich* begreifst, dass es nur eine Zweck-Liebe ist, die einzig und alleine *sein* Ziel verfolgt: *dich* auszunutzen, und zwar nach Strich und Faden. Geheuchelte, hundsgemeine, hinterhältige Zweck-Liebe, mehr nicht. Mamilein, Mamilein ich liebe dich so sehr, bla, bla. Wuäh... Ich konnte pausenlos kotzen; entschuldige! Er lebt von dir und deiner Arbeit. Mit vierunddreißig, liebe, dumme Gerlinde; mit zarten vierunddreißig Jahren, ja. Er verarscht dich von morgens bis abends, dreihundertfünfundsechzig Tage im Jahr und das schon jahrelang, diese faule Socke, diese faule. Wenn das mein Sohn wäre, liebe Gerlinde, dem würde ich aber Beine machen. Wie kannst du nur seine Schlechtigkeit so lange unterstützen? Und weißt du was, *Gerlin-deee...*: du bekommst, zur Strafe, von mir noch nicht mal mehr einen einzigen verfaulten Blumenstängel, bevor du diesen verfressenen Parasiten nicht endlich an die frische Luft beförderst. Basta! Das ist mein voller ernster ernst. Ernsthaft."

Gerlinde steht, mit offenem Mund, völlig bewegungslos vor ihrer Freundin. Das war eine Gardinenpredigt vom Feinsten. Eine Gardinenpredigt der Güteklasse A. Eva-Maria hatte zwar früher schon oft die Zustände zwischen Gerlinde und ihrem Sohn kritisiert, aber so deutlich... Sie dreht sich um und will schweigend und traurig den Laden verlassen, weil sie, postum, vergessen hat was sie eigentlich noch hatte fragen wollen. Der Schock saß tief. Kurz bevor sie die Türklinke in die Hand nimmt, ruft Eva-Maria ihr hinterher, dass sie es wirklich nur gut meinen würde und sie wirklich liebt, wie man eine alte, vertraute Freundin nur lieben kann. Sonst würde sie nicht so wütend werden können und sich aufregen, wenn sie ihr als Mensch gleichgültig wäre.

Mit diesem dünnen, wenig tröstenden Seelenpflaster, macht sich Gerlinde auf den kurzen Nachhauseweg. Sie öffnet niedergeschlagen die Wohnungstür und hört, schon von draußen, dass Udo telefoniert; auf ihre Kosten selbstverständlich. Sie fasst sich in Geduld und wartete bis er fertig ist. Dann sieht sie ihn lange schweigend an, bis er nervös und unruhig, von einem Fuß auf den anderen tritt.

„Geliebte, beste Mutter aller Mütter", Mamilein du Gute, schleimt Udo zum x-ten Mal, geübt, in probater Weise: „Du wirst doch nicht krank werden, so blass wie du aussiehst", formuliert er seine ärgste, schlimmste Befürchtung in Worte gespielter Besorgnis - ausnahmsweise interessiert in Gerlindes kalkweißes Gesicht blickend. Irgendetwas stimmt hier nicht, funkt sein verkrüppelter Instinkt in sein marodes Gehirn. Gerlinde schweigt stoisch weiter, was die Situation für ihn nicht unbedingt verbessert. Allerdings hat der Herr Sohn sie soeben auf eine ausgezeichnete Idee gebracht, überlegt sie. Jetzt könnte sie seine, angeblich tiefe Liebe zu ihr, bei dieser Gelegenheit etwas genauer ausloten ohne ihm, offensichtlich, dabei auf seine ungewaschenen, nackten Stinkfüße zu treten. Er war wohl gerade erst aufgestanden, von wegen auf Jobsuche gehen, wie er log.

„Es tut mir so weh in der Seele, mein lieber Junge, armes Kind. Deine alte, schwache Mutter kommt gerade vom Arzt, weil mir heute ganz blümerant gewesen ist; den ganzen Nachmittag schon. In der Mittagspause fing es an damit. Es steht wohl schlimm um mich; man weiß es nicht. Ein Pflegefall könnte ich sogar werden, sagte Doktor Oppermann aus der Fleischhauer Gasse. Das Herz, du verstehst? Ach Gottchen, ach Gottchen...", lamentiert sie, fast schon senil mit gebrochener Stimme und blickt auf den Küchenboden, um nicht grinsen zu müssen, weil ihr danach ist... nach grinsen. Ein Meisterstück der Täuschung, klopft sie sich, innerlich, auf die Schulter.

„Das… das… das trifft sich aber ausgesprochen schlecht", stottert Udo mit aufgerissenen Augen, entsetzt seine Mutter an. „Ausgerechnet jetzt könnte… könnte ich bei Calles Vater im Getränkegroßhandel arbeiten und in einer kleinen Personalwohnung, für einen Appel und ein Ei unterkommen, wie er sagt. Ausgerechnet jetzt… Ma… Ma… Mamilein. Ausgerechnet jetzt, lügt Udo schamlos weiter in ihr, immer noch, niedergesenktes Gesicht. „Was… was können wir denn da machen? Ich meine… ich könnte natürlich… aber das wäre… verstehst du? Jetzt… wo gerade so ein tolles Angebot… also, ja. Das ist jetzt aber wirklich dumm, wenn ich absagen… ähm, also ich meine, wenn ich…" Bei dem Gedanken seine Mutter vielleicht, in absehbarer Zeit, pflegen zu müssen, wurde ihm regelrecht speiübel. Seine Hände begannen kühl zu zittern, das Herz schlug ein paar Takte schneller als gewohnt.

Gerlinde lässt ihn noch eine ganze Weile im Kreise stottern. Ihre innere Enttäuschung ist größer als das gesamte Weltall und noch ein Zweites, unbekanntes dazu, so schmerzend schmerzhaft ist die Erkenntnis über ihre wahre Bedeutung. Jetzt geht es ihr wirklich elend; sie muss nicht einmal mehr lügen. Natürlich wusste sie in der Vergangenheit, dass Udo sie ausnutzte, aber sie hat aus Liebe zu ihrem Sohn nicht geklagt. Ihr eigen Fleisch und Blut, dachte sie immer entschuldigend, sei deshalb so wie er ist, weil der Vater so früh verstorben ist. Sie nahm seine Trägheit in Schutz und erfand, für Außenstehende, sogar eine imaginäre Stoffwechselkrankheit an der Udo niemals gelitten hat. Sie war mit ihrer Hingabe zu weit gegangen, gestand sie sich nun ein. Und noch etwas musste sie sich eingestehen: Vermutlich hatte sie dem erwachsenen Sohn damit mehr geschadet als gutgetan. Eva-Maria hatte Recht, mit dem was sie vorhin gesagt hatte. Aber dass Udo sie so schnell fallen ließ, das zerschnitt ihr doch das weiche Mutter-Herz. Das war nicht fair von ihm, für all die Jahre Verzicht und Arbeit. Das hatte sie wirklich nicht verdient. Und deshalb, entschied sie, gab es heute Abend auch kein Abendbrot. Schließlich bekam er ein paar Groschen Arbeitslosenhilfe; sollte er doch zusehen wo und wie er satt werden würde.

Udo war schneller aus der gemeinsamen Wohnung verschwunden, wie Gerlinde je einen Satz zu Ende denken konnte. Er hatte es offensichtlich so eilig, dass er sogar vergaß zu fragen, ob er ihr aus der Stadt etwas mitbringen soll, wo sie doch angeblich so plötzlich schwer, aus heiterem Himmel erkrankt ist, die arme Gerlinde; Mutter aller Mütter.
Liebe, dachte sie ihrem Sohn wehmütig hinterher, ist – so wie es aussieht - eines der am häufigsten missbrauchten Worte im eigentlichen Sinne der Bedeutung. Wie oft dieses gehaltvolle, unter- oder überschätzte Wort billig verschleudert wurde, dass wusste nur Gott alleine. Liebe zu behaupten war - nach diesem einschneidenden Erlebnis von heute, eine große Sünde mit schwerem, unterschätztem Gewicht in seiner Auswirkung auf das Leben im Allgemeinen. Mit einem einzigen, banalen Wort kann man die Welt, sowohl im positiven- wie im negativen Sinne, tief und nachhaltig beeinflussen; Menschen manipulieren bis zur Selbstaufgabe, zur absoluten Hingabe, zur Aufgabe, hin zum absoluten Vertrauen, welches

sich, um es zu missbrauchen, geradezu anbietet. Das Wort *Gabe* frißt den Löwenanteil in diesen Zuständen des Verlustes der Selbstkontrolle. Liebe *geben*, schien leichter als sie entgegenzu*nehmen*, falls sie echt und aufrichtig ist, diese Liebe. Echte Liebe hat noch weit mehr Kraft und Wirkung, lässt aber Freiheit und Selbstbestimmung zu. Unechte Liebe hingegen, ist flexibel wie Gummi und um vieles leichter in leichtfertiger Handhabung. Man kann damit einkaufen gehen... mit vorgegaukelter Liebe. Man bekommt dafür etwas, verstand Gerlinde; manchmal sogar was man will. Die Liebe ist eine Art Währung, eine Handelsware mit hohem Kurs. Aber auch eine gefährliche Waffe, die durchaus zum Töten geeignet scheint. Vernichtungspotential war in diesem Wort mehr enthalten, als in einer Stange Dynamit, die man besser einschätzen konnte weil sie kalkulierbar blieb. Die Liebe, entschied Gerlinde für sich, bliebe für immer ein Buch mit sieben Siegeln. In Zukunft wollte sie damit einen Hauch sparsamer umgehen. Das wäre immer noch mehr als genug, zumal Udo das einzige Kind geblieben war. Sie wünschte ihm Glück und verzieh ihm diesen schmerzvollen, eiligen Verrat. Was würde es bringen es ihm nachzutragen... Nichts! Manchmal lag das Glück im Vergessen, manchmal lag es in der Vergebung. Und manchmal brauchte man beides...

Eine Frau und ein Mann. Eine Beziehung, die schnell den Bach runtergeht. Zuneigung, die umschlägt in Hass. Sie ist eine gestandene Geschäftsfrau, eine Kriegerin. Und so kommt es zum Kampf. Wortwörtlich bis aufs Blut.

Ein Buch, das berührt

Weitere Bücher der Autorin Lele Frank:

„Tanz der Optimisten"	
338 Seiten, ISBN-Nr. 978-8301-1623-3	14,80 €
„Wenn Peter zu der Hure geht"	
248 Seiten, ISBN-Nr. 978-3-7375-2701-9	8,99 €
„J…(L)etztendlich 60"	
276 Seiten, ISBN-Nr. 978-3-7375-3393-5	8,99 €
„Ärsche die nach Süden ziehen"	
164 Seiten, ISBN-Nr. 978-3-7375-2700-2	6,49 €
„Das Haar in der Suppe"	
280 Seiten, ISBN-Nr. 978-3-7375-2747-7	8,99 €
„Tödliche Blicke"	
224 Seiten, ISBN-Nr. 978-3-7375- 3225-9	7,99 €
„Guten Tag, ich bin das Glück…	
Darf ich reinkommen?"	
157 Seiten, ISBN-Nr. 978-3-7375-3432-1	8,49 €
„Impotenter Mann gesucht."	
134 Seiten, ISBN-Nr. 978-3-7375-3779-7	7,49 €
„Auf die Plätze, fertig …, Vergebung" „Glück" „Liebe"	
- Trilogie, 124, 120 und 120 Seiten	
ISBN-Nr. 978-3-7375-3-4523-5, - 4524-2, 4525-9	je 5,99 €

„Tagebuch eines Bleistifts"
418 Seiten, ISBN-Nr. 978-7375-3-4619 -5   9,95 €

„Heideres Strandlääba." (Heiteres Strandleben)
108 Seiten, ISBN-Nr. 978-7375-3-6246-1   4,99 €

„App in den Himmel"
260 Seiten, ISBN-Nr. 978 -7375-3-6487-8   8,49 €

„Brüder Blut"
236 Seiten, ISBN-Nr. 978-3-7375-6945-3   7,49 €

„Oktobermond"
248 Seiten, ISBN-Nr. 978-3-7345-1543-9   9,99 €

„W" wie WerBU(H)nG"
228 Seiten, ISBN-Nr. 978-3-7345-2434-9   8,99 €

„Gottes schöne Kleider"
200 Seiten, ISBN-Nr. 978-3-7345-5801-6   8,49 €

„Zu dumm zum Sterben"
680 Seiten, ISBN-Nr. 978-3-7439-3997-4   19,99 €

Zeitfracht Medien GmbH
Ferdinand-Jühlke-Straße 7
99095 Erfurt, Deutschland
produktsicherheit@kolibri360.de